Agatha Christie

Rotkäppchen und der böse Wolf

Scherz
Bern – München – Wien

Überarbeitete Fassung der einzig berechtigten Übertragung
aus dem Englischen
Titel des Originals: »N or M?«
Schutzumschlag von Heinz Looser
Foto: Thomas Cugini

14. Auflage 1990, ISBN 3-502-50443-1

Gesamtherstellung: Ebner Ulm

1

Tommy Beresford zog im Vorraum seiner Wohnung den Mantel aus und hängte ihn langsam und umständlich auf. Sein Hut kam mit derselben Sorgfalt auf den Haken daneben.
Er straffte die Schultern, legte sein Gesicht entschlossen in lächelnde Falten und ging ins Wohnzimmer, wo seine Frau saß und eine Soldatenkappe aus Khakiwolle strickte.
Man schrieb das Frühjahr 1940.
Mrs. Beresford blickte kurz auf und strickte dann mit rasender Geschwindigkeit weiter. Nach ein, zwei Minuten fragte sie: »Was Neues in der Abendzeitung?«
Tommy erwiderte: »Hurra, hurra, der Blitzkrieg kommt! In Frankreich sieht's übel aus.«
»Ein behaglicher Aufenthaltsort ist die Welt augenblicklich wirklich nicht«, meinte Tuppence.
Es entstand eine längere Pause. Dann sagte Tommy: »Na, warum fragst du denn nicht? Sei doch nicht so verdammt taktvoll.«
»Hast ja recht«, gab Tuppence zu, »aber wenn ich frage, reizt es dich auch. Außerdem brauche ich wirklich nicht zu fragen; es guckt dir schon aus allen Knopflöchern, was los ist.«
»So? Seh ich aus wie ein Unglücksrabe?«
»Nein, mein Schatz«, sagte Tuppence, »aber du hast ein Lächeln aufgesetzt, das einfach herzzerreißend ist.«
Tommy grinste.
»Wirklich so schlimm?«
»Noch schlimmer! Na, also los, heraus damit! Nichts zu machen?«
»Nichts zu machen. Nirgends Verwendung für mich. Ich kann dir sagen, Tuppence, es ist ein scheußliches Gefühl, wenn man mit sechsundvierzig Jahren behandelt wird wie ein Tattergreis. Bei der Armee, bei der Marine, bei der R.A.F., im Auswärtigen Amt, überall die gleiche Antwort: zu alt.«
»Mir geht's genauso«, erwiderte Tuppence. »Leute in meinem Alter kann man zur Krankenpflege nicht mehr brauchen. Auch für andres nicht. Lieber holen sie sich so ein un-

bedarftes Gänschen. Als hätte ich nicht 14/18 in der Chirurgischen gearbeitet und später einen Proviantwagen und zuletzt sogar ein Generalsauto gefahren! Und ich behaupte kühn, daß ich alles sehr anständig gemacht habe. Aber jetzt ist Tuppence Beresford eine Frau, die in die Jahre kommt – zudringlich und lästig, weil sie nicht begreifen will, daß sie brav mit dem Strickstrumpf zu Hause zu sitzen hat.«
»Wenigstens hat Deborah eine vernünftige Arbeit«, tröstete Tommy.
»Ja, das schon. Und sie wird ihre Sache auch gut machen. Aber weißt du, Tommy, ich meine immer, ich könnte es noch mit Deborah aufnehmen.«
Tommy grinste.
»Sie wird anderer Meinung sein.«
»Töchter können einem auf die Nerven gehen«, knurrte Tuppence, »besonders wenn sie gar so besorgt tun.«
»Und wenn Derek anfängt, sich so rücksichtsvoll mir gegenüber zu benehmen«, murmelte Tommy, »das ist schwer zu ertragen. Jeder Blick sagt: armer alter Daddy.«
»Ja, ja, unsere Kinder«, sagte Tuppence, »sie sind Prachtstücke, und doch bringen sie einen manchmal zur Raserei.«
Aber sobald sie die Zwillinge, Derek und Deborah, nur erwähnte, strahlten ihre Augen vor Zärtlichkeit.
Tommy bemerkte nachdenklich: »Ich glaube, es ist für alle Menschen schwer, sich damit abzufinden, daß die Jugend vorbei ist.«
Tuppence schnaufte wütend, schüttelte ihr glänzendes dunkles Haar und warf das Wollknäuel vom Schoß, daß es weit durchs Zimmer rollte.
»So? Und jetzt gehören wir zum alten Eisen?«
»Da könntest du recht haben«, nickte Tommy.
»Aber wir haben doch wirklich etwas geleistet! Und das soll alles nichts mehr gelten? Kann denn das wahr sein? Hast du denn nicht einmal eins über den Schädel gekriegt und bist von feindlichen Agenten geschnappt worden? Sind wir nicht einmal hinter einem gefährlichen Verbrecher hergewesen – und haben ihn schließlich erwischt? Haben wir ein andermal nicht ein Mädchen befreit und wichtige geheime Dokumente

gefunden, so daß man uns den Dank des Landes ausgesprochen hat? Uns! Dir und mir! Dem unerwünschten, beiseite geschobenen Paar, Mr. und Mrs. Beresford.«
»Na, mein Schatz, nun hör mal auf. Was soll denn das alles?«
»Ach, gar nichts!« Tuppence blinzelte, um die Tränen zurückzuhalten. »Unser Mr. Carter enttäuscht mich schwer.«
»Er hat uns doch einen sehr netten Brief geschrieben.«
»Ja, aber getan hat er nichts. Nicht einmal ein bißchen Hoffnung gemacht.«
»Er steckt ja auch nicht mehr mitten im Betrieb – genau wie wir. Er ist alt geworden. Lebt in Schottland und angelt.«
Tuppence sagte nachdenklich: »Beim Geheimdienst hätte man uns doch verwenden können.«
»Vielleicht auch nicht«, entgegnete Tommy, »vielleicht haben wir heute nicht mehr den nötigen Schneid.«
»Das wäre ja gelacht! Ich fühle mich nicht anders als damals. Aber vielleicht . . . wenn es auf Biegen oder Brechen geht . . .« Tuppence seufzte.
Es klingelte. Tuppence ging öffnen.
Vor der Tür stand ein breitschultriger Mann mit dichtem Schnurrbart und einem vergnügten roten Gesicht.
Er sah sie schnell und prüfend an und fragte mit freundlicher Stimme: »Sie sind Mrs. Beresford?«
»Ja.«
»Mein Name ist Grant. Ich bin ein Freund von Lord Easthampton.«
»Oh, wie nett. Bitte treten Sie doch näher.«
Sie führte ihn ins Wohnzimmer.
»Mein Mann . . . Mr. . . . Grant, ein Freund von Car . . . von Lord Easthampton.«
Der Deckname des ehemaligen Chefs des Geheimdienstes – Mr. Carter – kam ihr immer leichter über die Lippen als der richtige Name des alten Freundes.
Grant war ein anziehender Mensch mit einnehmenden Umgangsformen, und das Gespräch, das sich entspann, gab Tommy und Tuppence etwas von ihrer alten Zufriedenheit zurück.

Dann ging Tuppence aus dem Zimmer und kam nach kurzer Zeit mit einer Flasche Sherry und Gläsern zurück.
Als eine Gesprächspause eintrat, sagte Mr. Grant zu Tommy: »Ich hörte, Beresford, daß Sie eine Beschäftigung suchen?«
Tommys Augen leuchteten auf.
»Ja, das ist richtig. Wissen Sie etwa . . .?«
Grant lachte und schüttelte den Kopf.
»Nichts Vernünftiges, nein. Ich fürchte, so was bleibt den Jungen vorbehalten – oder solchen, die schon seit Jahren dabei sind. Was ich Ihnen vorschlagen könnte, ist leider recht trocken. Büroarbeit. Akten registrieren. Faszikel rot verschnüren und in die Fächer legen. Etwas in dieser Art.«
Tommy sagte mit enttäuschter Miene: »Ach so.«
»Immerhin besser als gar nichts«, ermunterte Grant. »Kommen Sie doch gelegentlich einmal zu mir ins Büro. Informationsministerium, Zimmer 22. Dann können wir die Sache besprechen.«
Das Telefon läutete, und Tuppence nahm den Hörer ab.
»Hallo . . . ja . . . Wie bitte?« Eine schrille Stimme drang aus dem Apparat. Tuppence sah erschrocken aus.
»Wann denn? Mein Gott . . . Aber selbstverständlich, Kind, natürlich . . . ich komme sofort.«
Sie legte auf und wandte sich zu Tommy.
»Maureen war am Apparat.«
»Das dachte ich mir – ich habe ihre Stimme bis hierher gehört.«
Tuppence erklärte hastig: »Es tut mir wirklich leid, Mr. Grant, aber ich muß zu meiner Freundin gehen. Sie ist hingefallen und hat sich den Knöchel verrenkt, und sie hat nur ihre kleine Tochter bei sich. Ich muß also schnell zu ihr, um nach dem Rechten zu sehen und eine Hilfe aufzutreiben. Bitte entschuldigen Sie mich.«
»Aber natürlich, Mrs. Beresford, das ist doch selbstverständlich.«
Tuppence lächelte ihm zu, nahm ihren Mantel, der auf dem Sofa lag, fuhr in die Ärmel und lief eilig fort. Die Wohnungstür schlug zu.

Tommy schenkte seinem Gast noch ein Glas Sherry ein.
»Danke.« Grant nahm das Glas, tat einen Schluck und schwieg eine Weile. Dann begann er: »In gewisser Weise ist es ganz günstig, daß Ihre Frau fort mußte. So sparen wir Zeit.«
Tommy sah ihn erstaunt an.
»Ich verstehe nicht ganz . . .«
Grant sagte bedächtig: »Beresford, wenn Sie zu mir ins Ministerium gekommen wären, hätte ich Ihnen einen ganz bestimmten Vorschlag gemacht.«
Langsam stieg Farbe in Tommys sommersprossiges Gesicht.
»Nein, wirklich . . .«
Grant nickte.
»Easthampton hat Sie vorgeschlagen. Er meinte, Sie wären der richtige Mann für diese Sache.«
Tommy atmete tief durch. »Bitte erzählen Sie.«
»Das Ganze ist natürlich streng vertraulich. Nicht einmal Ihre Frau darf etwas davon erfahren. Verstanden?«
»Gut, wenn es sein muß. Allerdings haben wir früher immer zusammengearbeitet.«
»Das weiß ich. Aber was ich Ihnen jetzt vorzuschlagen habe, gilt ausschließlich für Sie.«
»Einverstanden.«
»Offiziell wird man Ihnen eine Tätigkeit anbieten von der Art, wie ich sie vorhin beschrieben habe – Büroarbeit in einer Abteilung des Ministeriums in Schottland, im Sperrgebiet, so daß Ihre Frau Sie nicht begleiten kann. In Wirklichkeit werden Sie anderswohin gehen.«
Tommy wartete schweigend.
Grant fuhr fort: »Sie haben wohl in den Zeitungen über die Fünfte Kolonne gelesen? Sie wissen ungefähr, was damit gemeint ist?«
Tommy murmelte: »Der Feind in den eigenen Reihen.«
»Ganz richtig. Beresford, wir haben diesen Krieg mit zu viel Optimismus begonnen. Nicht die wirklich Eingeweihten – wir wußten schon längst, mit wem und mit was wir es zu tun hatten, wir kannten die Stärke des Feindes und seine mörderische Entschlossenheit. Unsere Soldaten haben überall ihre

Pflicht getan, bei der Flotte, bei der R.A.F. und in den Schützengräben. Aber die Führung zu Beginn hat nichts getaugt, und gerüstet waren wir auch nicht. Das sind eben die Kehrseiten unserer Vorzüge: Wir wollen keinen Krieg, also haben wir ihn nie ernstlich in Betracht gezogen; wir haben uns nicht entsprechend vorbereitet. Die schlimmsten Mißstände sind mittlerweile beseitigt. Wir haben unsere Fehler eingesehen, und nach und nach kommen die rechten Männer an ihren Platz. Allmählich führen wir Krieg, wie man ihn eben führen muß, und glauben Sie mir, Beresford, wir werden ihn auch gewinnen – vorausgesetzt, daß wir ihn nicht vorher verlieren. Und hier droht uns die Gefahr nicht etwa von außen, nein, sie kommt von innen. Was uns gefährdet, ist die List, mit der Troja besiegt wurde – das hölzerne Pferd innerhalb der Mauern. Sie können es auch Fünfte Kolonne nennen. Es ist hier, unter uns; Männer und Frauen, einige hochgestellt, andere unbekannt in der Menge verschwindend – aber alle glauben sie an die Ziele und Lehren der Nazis.«
Grant lehnte sich vor und fuhr, immer mit der gleichen nüchtern-freundlichen Stimme, fort: »Und dabei wissen wir nicht, wo sie stecken . . .«
Tommy sagte: »Aber sicherlich . . .«
Ein wenig ungeduldig unterbrach Grant: »Ja, die kleinen Fische können wir leicht fangen. Das ist ein Kinderspiel. Aber die andern – wir wissen genau, daß es sie gibt. Mindestens zwei ganz oben in der Admiralität – einer muß zum Stab von General G. gehören; drei oder noch mehr sind bei der R.A.F.; und wenigstens zwei stecken im Geheimdienst und haben Kenntnis von den Geheimbeschlüssen der Regierung. Wir wissen, daß es so sein muß – nach dem, was geschehen ist, gibt es keine andere Erklärung. Nur durch ein Leck an höchster Stelle können gewisse Informationen bis zum Feind durchgesickert sein. Diese Leute, Männer in hohen Stellungen, kennen die meisten unserer Mitarbeiter. Man kann ihnen die Informationen nicht vorenthalten. Wir brauchen daher einen Unbekannten. Ich war am Ende meiner Weisheit und ging deshalb zu Easthampton. Er ist ja nicht mehr im Dienst – ein kranker Mann, aber ich kenne keinen klügeren

Kopf. Er dachte also an Sie. Es ist mehr als zwanzig Jahre her, daß Sie für die Abteilung gearbeitet haben. Ihr Name ist völlig unbekannt, Ihr Gesicht ebenso. Also, wollen Sie die Sache übernehmen?«
Tommy grinste so begeistert, daß seine Mundwinkel fast die Ohren erreichten.
»Übernehmen? Ob ich sie übernehmen möchte? Das will ich meinen! Ich sehe allerdings noch nicht, was ich dabei tun kann. Ich bin doch nur ein elender Dilettant.«
»Mein lieber Beresford, gerade einen Dilettanten brauchen wir. Profis wären in diesem Fall von vornherein gehandikapt. Wie die Dinge liegen, nehmen Sie den Platz unseres tüchtigsten Mannes ein.«
Tommy blickte fragend auf.
Grant nickte.
»Ja. Er starb letzten Dienstag im St. Bridget's Hospital. Wurde von einem Lastwagen überfahren – lebte nur noch ein paar Stunden. Ein Unfall . . . aber . . . es war kein Unfall.«
Tommy sagte langsam: »Ach so.«
Ruhig fuhr Grant fort: »Und deshalb nehmen wir an, daß Farquhar hinter einer Sache her war – wenigstens die ersten Fäden in der Hand hielt. Gerade weil er durch einen Unfall umkam, der kein Unfall war. Leider wissen wir fast nichts über das, was er herausgefunden hat. Farquhar hatte ganz planmäßig eine Spur nach der andern verfolgt. Die meisten führten ins Leere.«
Grant schwieg. Nach einer Weile erklärte er: »Farquhar hatte das Bewußtsein verloren und kam erst wenige Minuten vor seinem Tod noch einmal zu sich. Da versuchte er etwas zu sagen. Es klang wie: *N. oder M. Song Susie.*«
»Das«, meinte Tommy, »erscheint ja nicht sehr aufschlußreich.«
Grant lächelte.
»Und ist doch aufschlußreicher als Sie denken. N. oder M. ist eine uns bekannte Bezeichnung, die sich auf zwei der wichtigsten und am besten eingeweihten deutschen Agenten bezieht. Wir haben ihre Tätigkeit in anderen Ländern verfolgt und wissen einiges über sie. Ihre Aufgabe besteht darin, in

verschiedenen Ländern eine Fünfte Kolonne aufzubauen und dann als Verbindungsagenten zwischen diesen Ländern und Deutschland zu wirken. N. ist ein Mann und M. eine Frau. Soviel steht fest. Sonst aber ist uns nur bekannt, daß sie zu Hitlers nächsten Vertrauten gehören; zu Beginn des Krieges konnten wir eine drahtlose chiffrierte Botschaft auffangen und dechiffrieren. Sie enthielt den Satz: *Schlage N. oder M. für England vor. Generalvollmacht.*«

»So, so. Und Farquhar . . .«

»Mir scheint, Farquhar hat die Spur von N. oder von M. gefunden. Leider wissen wir nicht, ob es sich um den Mann oder um die Frau handelt. Song Susie klingt zwar sehr geheimnisvoll, aber Farquhars französische Aussprache war nicht eben berühmt. In seiner Tasche fand sich eine Rückfahrkarte nach Leahampton, das gab uns einen Fingerzeig. Leahampton liegt an der Südküste, ein Ort mit Strandhotels und Pensionen. Eine Pension heißt *Sans Souci* . . .«

Tommy wiederholte: »Song Susie . . . Sans Souci. Ja, ich verstehe. – Das heißt also, ich soll dorthin gehen und herumschnüffeln.« Er seufzte. Dann reckte er sich. »Ich will's versuchen. Aber gar so weit her ist es ja nicht mit meiner Schlauheit.«

»Wie ich höre, haben Sie früher einmal recht Ordentliches geleistet.«

»Oh, das war reine Glückssache«, entgegnete Tommy hastig.

»Gut. Glück ist gerade das, was wir brauchen.«

Tommy überlegte ein oder zwei Minuten. Schließlich bemerkte er: »Also dieses Sans Souci . . .«

»Kann ein großer Reinfall sein«, fiel Grant achselzuckend ein. »Ich habe wirklich keine Ahnung. Gott weiß, wie Farquhar auf dieses Sans Souci gekommen ist. Wir sind ganz aufs Raten angewiesen.«

»Und Leahampton selbst?«

»Ist ein Ort wie jeder andere dieser Art. Alte Damen, alte Colonels, tugendhafte alte Jungfern, zweifelhafte Kunden, leidenschaftliche Angler, dazwischen ein paar Ausländer.«

»Und N. oder M. unter ihnen?«

»Das ist nicht gesagt. Vielleicht nur jemand, der mit N. oder

M. in Verbindung steht. Vielleicht aber auch N. oder M. selbst. Das Haus an sich ist ganz unverdächtig, eine Fremdenpension an der Küste.«

»Sie haben keine Ahnung, ob ich nach einem Mann oder einer Frau forschen soll?«

Grant schüttelte den Kopf.

Tommy sagte: »Gut, ich will's versuchen.«

»Viel Glück dabei, Beresford. Und jetzt lassen Sie uns noch die Einzelheiten besprechen.«

Als Tuppence eine halbe Stunde später atemlos und glühend vor Neugierde ins Zimmer stürzte, war Tommy allein; er saß in einem Lehnstuhl und pfiff leise vor sich hin.

»Na?« fragte Tuppence. Eine ganze Skala von Empfindungen steckte in dieser einen Silbe.

»Ja«, sagte Tommy ein bißchen unsicher, »ja, sie haben mir also was zu tun gegeben.«

»Was denn?«

Tommy zog eine Grimasse.

»Na ja, Büroarbeit im dunkelsten Schottland. Großes Heimlichkeitsgetue drum herum, aber es klingt nicht gerade sehr spannend.«

»Wir beide oder nur du?«

»Leider nur ich.«

»Der Teufel soll dich holen. Wie kann Mr. Carter nur so gemein sein!«

»Ich denke, daß man bei diesen Aufträgen die Geschlechter trennt – damit keiner abgelenkt wird.«

»Wirst du chiffrieren oder dechiffrieren? Ist es so was wie Deborahs Arbeit? Paß bloß auf, Tommy, manche Leute werden dabei völlig verdreht, können nicht mehr schlafen und wandern die ganze Nacht stöhnend herum und wiederholen andauernd 978345286 oder so was, und schließlich kriegen sie einen Nervenzusammenbruch und müssen in eine Anstalt.«

»Ich aber nicht.«

Tuppence entgegnete düster: »O doch, früher oder später bestimmt. Kann ich mitkommen – nicht für die Arbeit, son-

dern als deine Frau? Pantoffeln vor den Kamin stellen und etwas Warmes kochen, wenn der Arbeitstag vorbei ist?«
Tommy sah sehr bedrückt aus.
»Tut mir schrecklich leid, Tuppence. Wirklich. Ich mag gar nicht ohne dich gehen . . .«
»Aber du weißt, daß es nicht anders möglich ist.«
»Schließlich«, versuchte Tommy schwach einzuwenden, »kannst du ja stricken.«
»Stricken?« fuhr Tuppence auf. »Stricken!«
Sie nahm die Kappe und schmiß sie auf den Boden. »Ich hasse Khakiwolle und Marinewolle und die blaue R.A.F.-Wolle. Jetzt will ich mal etwas Knallrotes stricken!«
»Das klingt schön militärisch«, sagte Tommy, »fast wie Blitzkrieg.«
Aber er fühlte sich unglücklich. Tuppence dagegen hielt sich tapfer und meinte, daß er natürlich die Arbeit übernehmen müsse; auf sie komme es gar nicht an. Sie habe übrigens gehört, daß auf der Unfallstation jemand zum Bodenschrubben gesucht würde. Vielleicht könne sie dort ankommen.
Drei Tage später reiste Tommy nach Aberdeen. Tuppence brachte ihn zur Bahn. Sie sah ganz vergnügt aus, blinzelte zwar ein paarmal, blieb jedoch heiter bis zuletzt.
Aber als der Zug aus der Halle fuhr und Tommy dic verlorene kleine Gestalt den Bahnsteig entlanggehen sah, schnürte es ihm doch die Kehle zu. Gut, es war Krieg – aber mußte er deshalb seiner Tuppence davonlaufen?
Dann riß er sich zusammen. Befehl war Befehl.
Er fuhr nach Schottland – wie ausgemacht – und nahm am nächsten Tag einen Zug nach Manchester. Am dritten Tag fuhr er nach Leahampton. Dort stieg er im ersten Hotel ab und erkundigte sich am folgenden Tag in mehreren kleinen Gasthöfen und Pensionen nach freien Zimmern und nach dem Preis für einen längeren Aufenthalt.

Die Pension Sans Souci war eine dunkelrote, im viktorianischen Stil erbaute Villa am Hang eines Hügels. Von den Fenstern des oberen Stockwerks aus hatte man einen schönen Blick aufs Meer. In der Halle roch es nach Staub und Küche,

der Teppich war ziemlich abgetreten. Er verhandelte mit der Besitzerin, Mrs. Perenna, in deren Büro, einem kleinen, unordentlichen Raum mit einem großen, von Papieren bedeckten Schreibtisch.
Auch Mrs. Perenna sah ziemlich unordentlich aus. Sie war eine Frau in mittleren Jahren mit wildem schwarzem Gelock und etwas aufs Geratewohl hingeschmiertem Make-up, beim Lachen zeigte sie sehr weiße Zähne.
Tommy murmelte undeutlich etwas von einer älteren Kusine, Miss Meadowes, die vor zwei Jahren hiergewesen sei. Mrs. Perenna entsann sich noch gut an Miss Meadowes – so eine nette alte Dame, das heißt, gar nicht so alt – noch sehr lebhaft und mit so viel Humor.
Vorsichtig stimmte Tommy zu. Er wußte, daß es wirklich eine Miss Meadowes gab; in diesen Dingen war die Abteilung sehr genau.
Auf die Frage, wie es denn der lieben Miss Meadowes gehe, erklärte Tommy betrübt, daß diese nicht mehr am Leben sei. Mrs. Perenna klappte bedauernd die Zähne zusammen, murmelte etwas Angemessenes und setzte eine korrekte Trauermiene auf.
Aber bald redete sie wieder mit großer Zungenfertigkeit. Ja, sie hatte bestimmt genau das Zimmer, das Mr. Meadowes suchte. Wunderschöner Blick aufs Meer. Mr. Meadowes hatte ja so recht, nicht in London zu bleiben. Dort war es heutzutage zu niederdrückend, und überhaupt, nach so einer bösen Grippe ...
Immer weiterredend, führte Mrs. Perenna Tommy die Treppe hinauf und zeigte ihm verschiedene Schlafzimmer. Sie nannte den Wochenpreis. Tommy zeigte sich entsetzt. Mrs. Perenna erklärte, daß die Unterhaltskosten so furchtbar gestiegen seien, und seufzte: »Dieser schreckliche Krieg!«
Tommy stimmte ihr zu und sagte, seiner Meinung nach müsse Hitler gehängt werden. Verrückt sei der Kerl, einfach verrückt. Das war auch Mrs. Perennas Meinung. Und dann die Rationierung, und beim Metzger bekam man nie, was man wollte, und Leber und Bries schienen überhaupt nicht mehr vorhanden zu sein. Schrecklich schwer, unter solchen

Umständen einen Haushalt zu führen; aber weil Mr. Meadowes ein Verwandter von Miss Meadowes war, wollte sie ihm schließlich ein halbes Pfund nachlassen.
Tommy sagte, er werde es sich überlegen, und Mrs. Perenna begleitete ihn zur Gartentür, redete geläufiger denn je und entfaltete eine Schalkhaftigkeit, die Tommy sehr beunruhigend fand. Auf ihre Weise, das mußte er zugeben, war sie eine ganz hübsche Frau. Welcher Nationalität sie wohl sein mochte? Sicher keine reine Engländerin. Der Name klang spanisch oder portugiesisch; aber das war die Nationalität ihres Mannes, nicht ihre eigene. Ihre Lebhaftigkeit mutete recht irisch an, aber sie sprach keinen Dialekt.
Schließlich kamen sie überein, daß Mr. Meadowes am nächsten Tag einziehen sollte.
Tommy erschien um sechs Uhr abends.
Mrs. Perenna kam ihm in der Halle entgegen, rief einem ziemlich dumm aussehenden Mädchen, das Tommy mit offenem Mund anglotzte, allerlei Anweisungen hinsichtlich des Gepäckes zu und führte ihn dann in den sogenannten Salon.
»Ich stelle meine Gäste immer selbst vor«, sagte sie und erwiderte die argwöhnischen Blicke von fünf Leuten mit einem strahlenden Lächeln. »Das ist unser neuer Hausgenosse, Mr. Meadowes – Mrs. O'Rourke.« Ein erschreckendes Gebirge von Frau mit Knopfaugen und einem Schnurrbart lächelte ihm zu. »Major Bletchley.« Major Bletchley betrachtete Tommy abschätzend und machte eine steife Verbeugung.
»Mr. von Deinim.« Ein blonder, blauäugiger junger Mann erhob sich steif, um sich zu verbeugen.
»Miss Minton.« Eine ältliche Dame mit vielen Perlenketten, ein Strickzeug in den Händen, kicherte und lächelte ihn an.
»Und Mrs. Blenkensop.« Noch eine emsige Strickerin – ein dunkler Wuschelkopf hob sich von einer wollenen Soldatenkappe.
Tommy schnappte nach Luft, das Zimmer drehte sich um ihn. Mrs. Blenkensop! Tuppence! Nichts war unmöglicher, unglaublicher – und doch saß da Tuppence ruhig strickend im Salon von Sans Souci.
Sie begegnete seinem Blick – höflich, uninteressiert, fremd.

Seine Bewunderung stieg.
Tuppence!

2

Tommy wußte später selbst nicht mehr, wie dieser Abend vorübergegangen war. Er wagte kaum, seine Blicke in die Richtung von Mrs. Blenkensop schweifen zu lassen. Zum Abendessen erschienen noch drei weitere Pensionsgäste: ein schon betagtes Ehepaar namens Cayley und eine junge Mutter, eine Mrs. Sprot, die mit ihrem Töchterchen aus London gekommen war und sich in Leahampton entsetzlich langweilte. Sie saß neben Tommy, starrte ihn von Zeit zu Zeit mit ihren hellen Fischaugen an und fragte mit leicht nasaler Stimme: »Finden Sie nicht auch, daß es in London gar nicht mehr so gefährlich ist? Alle gehen doch jetzt wieder zurück, nicht?«
Bevor Tommy auf diese naive Frage etwas antworten konnte, sagte seine andere Nachbarin, die beperlte Dame: »Wer Kinder hat, muß vorsichtig sein. Denken Sie nur, Ihrer süßen kleinen Betty stieße etwas zu. Das könnten Sie sich ja nie verzeihen. Und Hitler hat doch gedroht, jetzt komme der Luftkrieg bald auch nach England, und dann sollen die Deutschen auch ein ganz neues Gas haben.«
»Viel Blödsinn wird über Gas geschwätzt«, warf Major Bletchley ärgerlich ein. »Die werden ihre Zeit nicht mit Gas und solchem Firlefanz vertun. Hochexplosiv- und Brandbomben – damit hat man in Spanien gearbeitet.«
Die ganze Tischrunde vertiefte sich mit Behagen in dieses Thema.
Dann platzte Tuppence heraus, mit heller Stimme und ziemlich einfältig: »Mein Sohn Douglas sagt ...«
Sieh mal einer an, Douglas, dachte Tommy, nun möchte ich doch wissen, weshalb eigentlich Douglas.
Das sogenannte Dinner bestand anspruchsvoll aus sieben mageren Gängen ohne Saft und Kraft und ohne genauer be-

stimmbaren Geschmack. Nach dem Essen gingen alle in den Salon. Die Damen strickten, während Tommy eine tödlich langweilige Geschichte von Major Bletchleys Abenteuern an der Nordwestfront über sich ergehen lassen mußte.
Der blonde, blauäugige junge Mann stand auf, machte an der Tür eine knappe Verbeugung und verließ das Zimmer.
Major Bletchley unterbrach seine Erzählung und gab Tommy einen kleinen Rippenstoß.
»Der Junge, der da gerade rausgegangen ist, das ist ein Flüchtling – einen Monat vor Kriegsausbruch aus Deutschland getürmt.«
»Deutscher?«
»Ja. Sein Vater hat das Nazi-Regime kritisiert, und das ist ihm natürlich übel bekommen. Zwei Brüder stecken drüben im Konzentrationslager. Er selbst konnte mit knapper Not entwischen.«
Dann wurde Tommy von Mr. Cayley mit Beschlag belegt, der einen unendlich langen Bericht über seinen Gesundheitszustand zum besten gab.

Am folgenden Morgen stand Tommy zeitig auf und machte einen kleinen Spaziergang. Er schlenderte zur Mole, und auf dem Rückweg sah er auf der Promenade eine vertraute Gestalt auf sich zukommen. Er zog den Hut.
»Guten Morgen«, sagte er vergnügt. »Mrs. Blenkensop, wenn ich nicht irre?«
Es war niemand in Hörweite. Tuppence antwortete: »Sie irren sich keineswegs.«
»Tuppence, wie in aller Welt kommst du hierher?« murmelte Tommy. »Das ist einfach ein Wunder.«
»Gar kein Wunder. Nichts als ein bißchen gesunder Menschenverstand.«
»*Dein* gesunder Menschenverstand vermutlich?«
»Ja, wessen sonst? Du und dein großspuriger Mr. Grant! Na, dem hab ich's gezeigt. Wird sich's hoffentlich eine Lehre sein lassen!«
»Komm, Tuppence, erzähl, wie du das angestellt hast. Ich sterbe vor Neugier.«

»Es war furchtbar einfach. Als Grant von unserem Mr. Carter sprach, spannte ich schon, was los war. Das konnte ja keine alberne Büroarbeit sein. Aber er wollte in meiner Gegenwart nicht sprechen, das hatte ich auch gleich heraus. Also, dachte ich, besser, du gehst. Ich holte den Sherry, und dabei rannte ich schnell zu den Browns hinunter und telefonierte mit Maureen. Ich erzählte ihr ganz rasch, sie müsse mich anrufen und das und das sagen. Sie machte es großartig; fein laut hat sie gequiekt. Durchs ganze Zimmer mußtet ihr hören, was sie sagte. Dann tat ich erschreckt, spielte die besorgte Freundin, bedauerte unendlich und sauste weg. Die Korridortür knallte ich zu, aber natürlich blieb ich drin, schlich ins Schlafzimmer und machte ganz leise die Verbindungstür hinter dem Büfett auf.«
»Und du hast alles gehört?«
»Alles«, sagte Tuppence vergnügt.
»Und hast mir gegenüber nicht einmal eine Andeutung gemacht?«
Tommys Stimme klang vorwurfsvoll.
»Das fehlte gerade noch. Ich wollte es euch ja gerade gründlich zeigen, dir und deinem Mr. Grant.«
»*Mein* Mr. Grant ist er eigentlich nicht. Und reingelegt hast du ihn wirklich. – Aber warum nennst du dich eigentlich Blenkensop?«
»Warum nicht?«
»Komischer Name.«
»Er fiel mir gerade ein, und dann war er auch bequem für die Wäsche.«
»Für die Wäsche?«
»B., du Dummkopf. B. für Beresford, B. für Blenkensop. Auf meinen Schlüpfern ist es schließlich deutlich eingestickt. Aber warum heißt du Meadowes? Das klingt ganz dumm.«
»Erstens«, sagte Tommy, »habe ich kein gesticktes B. auf meinen Hosen. Und dann habe ich mir den Namen nicht selber ausgesucht. Meadowes gehört zu meinem Auftrag. Mr. Meadowes ist ein sehr würdiger Herr – ich habe seine ganze Lebensgeschichte auswendig gelernt.«
»Fein«, sagte Tuppence. »Bist du verheiratet oder ledig?«

»Witwer«, antwortete Tommy mit Würde. »Meine Gattin starb vor zehn Jahren in Singapur.«
»Weshalb gerade in Singapur?«
»Irgendwo muß der Mensch doch sterben. Was hast du gegen Singapur?«
»Nichts. Vielleicht stirbt es sich dort ganz nett. Ich bin Witwe.«
»Und wo ist dein Mann gestorben?«
»Mußt du das wissen? Vermutlich in einem Sanatorium. Ich glaube, er hatte eine Schrumpfleber.«
»Aha. Armer Kerl. Und dein Sohn Douglas?«
»Douglas dient bei der Marine.«
»Ja, das hast du gestern abend erzählt.«
»Ich habe noch zwei andere Söhne. Raymond ist bei der R.A.F. und Cyril, mein Jüngster, bei der Armee.«
»Und wenn nun jemand auf den Gedanken kommt, über die Blenkensops Nachforschungen anzustellen?«
»Meine Kinder heißen ja gar nicht Blenkensop. Blenkensop war mein zweiter Mann. Mein erster hieß Hill. Im Telefonbuch sind drei Seiten lang nichts als Hills. Da soll mal einer mit Nachforschungen anfangen.«
»Ach Tuppence, das alte Kreuz mit dir«, seufzte Tommy. »Immer mußt du des Guten zuviel tun. Zwei Männer und drei Söhne. Das ist zuviel. Paß auf, du wirst dich in Widersprüche verwickeln.«
»Bestimmt nicht. Die Geschichte mit den Söhnen kann unter Umständen ganz nützlich werden. Vergiß nicht, ich habe keinen Auftrag: Ich kann tun und lassen, was mir Spaß macht. Und es *macht* mir Spaß.«
»Das merke ich«, sagte Tommy. Dann wurde er verdrossen. »Ich fürchte nur, es wird bei der ganzen Sache nichts herauskommen.«
»Warum meinst du das?«
»Du bist schon ein paar Tage länger da als ich. Sag ehrlich: Kann einer der Leute von gestern abend ein gefährlicher feindlicher Agent sein?«
»Ein bißchen unwahrscheinlich ist das schon«, gab Tuppence zu. »Aber vielleicht dieser junge Mann . . .«

»Carl von Deinim? Die Polizei hat ein scharfes Auge auf alle Flüchtlinge.«
»Das weiß ich. Aber möglich wäre es trotzdem. Er ist immerhin ein recht anziehender junger Mann, nicht wahr?«
»Ach, du meinst, die Mädchen könnten ihm vielleicht allerlei erzählen? Aber welche Mädchen denn? Ich habe keine Admirals- oder Generalstöchter entdeckt. Vielleicht macht er Ausflüge mit Regimentskommandantinnen vom Frauen-Hilfsdienst?«
»Tommy, wir dürfen keine dummen Witze über die Sache machen.«
»Ich nehme die Sache so ernst wie nur möglich. Gerade deshalb meine ich, daß wir auf dem Holzweg sind.«
»Ich glaube, es ist noch zu früh, das zu entscheiden«, meinte Tuppence nachdenklich. »Sehen wir einmal weiter. Was hältst du von Mrs. Perenna?«
»Hm«, überlegte Tommy, »ja, diese Mrs. Perenna. Du hast vielleicht recht. Da ist nicht alles klar.«
»Und wir beide?« fragte Tuppence ganz sachlich. »Ich meine, in welcher Weise können wir einander in die Hände arbeiten?«
»Vor allem darf man uns nicht allzu häufig zusammen sehen«, erwiderte Tommy.
»Nein, gewiß nicht, sonst könnte jemand auf den Gedanken kommen, daß wir uns besser kennen, als wir zugeben. Aber wir müssen uns doch ein bestimmtes Rollenspiel zurechtlegen. Ich glaube ... ja, ich glaube, Nachstellung. Das wird am besten sein.«
»Nachstellung?«
»Natürlich. Ich stelle dir nach. Du willst mir zwar entkommen, aber als echter Kavalier bringst du es nicht immer fertig. Ich habe zwei Männer gehabt und halte Ausschau nach dem dritten. Du spielst die Rolle des Witwers, dem die Frauen nachstellen. Sooft ich kann, nagle ich dich irgendwo fest, einmal im Café, dann wieder bei einem Spaziergang. Alle werden sich darüber amüsieren und es sehr komisch finden.«
»Klingt ganz vernünftig«, stimmte Tommy zu.

»Alle die alten Witze über die Witwe, die sich einen Mann angeln will«, sagte Tuppence. »Das ist sehr nützlich. Wenn man uns zusammen sieht, wird jeder grinsen und sagen: armer Meadowes.«

Tommy packte plötzlich ihren Arm.

»Sieh mal da vor uns!«

An einem Gartenzaun lehnte ein junger Mann und sprach mit einem Mädchen. Beide waren völlig in die Unterhaltung vertieft.

»Carl von Deinim«, flüsterte Tuppence. »Aber wer mag das Mädchen sein?«

»Weiß nicht. Auf jeden Fall sieht es reizend aus.«

Tuppence nickte. Sie betrachtete das brünette, lebhafte Gesicht und die Gestalt im enganliegenden Pullover, der die gute Figur betonte. Das Mädchen redete eindringlich auf den jungen Mann ein, Carl von Deinim hörte aufmerksam zu.

»Jetzt solltest du besser gehen«, murmelte Tuppence.

Tommy machte kehrt und schlenderte in entgegengesetzter Richtung davon.

Am Ende der Promenade traf er Major Bletchley, der ihn zuerst argwöhnisch musterte und dann »Guten Morgen« knurrte.

»Guten Morgen.«

»Sie sind also auch ein Frühaufsteher wie ich«, bemerkte der Major.

»Alte Gewohnheit von Indien her«, sagte Tommy. »Das liegt natürlich schon lange zurück, aber ich wache immer noch früh auf.«

»Sehr vernünftig«, nickte der Major zustimmend. »Mein Gott, die jungen Bengel von heute, da kann einem ja übel werden. Müssen heiß baden und kommen erst um zehn Uhr zum Frühstück. Kein Wunder, daß da die Deutschen kurzen Prozeß mit uns machen. Kein Mark in den Knochen. Verzärtelte Nesthäkchen. Zu unsern Zeiten, da war die Armee etwas anderes! Jammerlappen heutzutage. Wärmflaschen im Bett. Pfui Teufel!«

Tommy schüttelte betrübt den Kopf, und ermutigt fuhr

Major Bletchley fort: »Disziplin, die fehlt uns. Wie sollen wir den Krieg gewinnen – ohne Disziplin? Haben Sie schon gehört, daß einige von diesen jungen Kerlen in Strandhosen zum Kurkonzert kommen? So hat man mir wenigstens berichtet. Und da sollen wir den Krieg gewinnen?! Strandhosen! Meine Güte!«
Mr. Meadowes äußerte die Meinung, daß sich gegen früher wirklich vieles sehr verändert habe.
»Das ist nur diese Demokratie«, brummte Major Bletchley düster. »Schließlich hat alles seine Grenze. Die übertreiben ja mit ihrer Demokratie. Keine Distanz mehr. Offiziere und Mannschaften essen jetzt alle zusammen in den Restaurants – pfui Teufel! Die Mannschaften mögen das gar nicht. Und die Leute wissen genau, weshalb. Diese Leute haben immer das richtige Gespür für solche Sachen.«
»Natürlich«, sagte Mr. Meadowes. »Ich selbst weiß zwar nicht so genau, wie es heutzutage in der Armee zugeht . . .«
Der Major unterbrach ihn und sah ihn prüfend von der Seite an.
»Im vorigen Krieg gewesen?«
»Natürlich.«
»Dachte ich mir. Stramme Haltung. Anständige Schultern. Welches Regiment?«
»Fünftes Corfeshire-Regiment«, leierte Tommy Meadowes' militärische Vergangenheit herunter.
»Ach so, Saloniki!«
»Jawohl.«
»Ich war in Mesopotamien.«
Bletchley versank in Erinnerungen, und Tommy hörte höflich zu. Plötzlich wurde der Major wütend.
»Aber denken Sie vielleicht, man hätte jetzt Verwendung für mich? Keine Rede davon. Zu alt. Der Teufel soll's holen. Zu alt! Als ob ich nicht so manchem jungen Tolpatsch beibringen könnte, was Krieg ist.«
»Jedenfalls könnten sie von Ihnen lernen, wie man es nicht machen soll, nicht wahr?« sagte Tommy lächelnd.
»Wie? Waaas?!«
Sinn für Humor war offenbar nicht Major Bletchleys starke

Seite. Er sah Tommy mißtrauisch an, so daß dieser schnell das Thema wechselte.
»Wissen Sie etwas über diese Frau, diese Mrs. Blenkensop?«
»Mrs. Blenkensop? Sieht nicht übel aus. Bißchen zu geöltes Mundwerk – redet dauernd. Hübsche Frau, aber albern. Nein, kenne sie nicht. Sie kam erst vor ein paar Tagen an. Warum fragen Sie übrigens?«
Tommy erklärte sein Interesse: »Ich habe sie eben zufällig getroffen. Ob sie wohl immer so früh unterwegs ist?«
»Weiß nicht. Glaube aber nicht. Frauen rennen doch gewöhnlich vor dem Frühstück nicht in der Gegend herum – Gott sei Dank.«
»Galante Konversation vor dem Frühstück ist gar nicht mein Fall. Hoffentlich war ich nicht unhöflich zu der Dame, aber ich wollte laufen und nicht reden.«
Major Bletchley zeigte sofort volles Verständnis.
»Ganz Ihrer Meinung, Meadowes. Frauen sind recht nett, wo sie hingehören, aber nicht vor dem Frühstück.« Er lachte glucksend. »Vorsicht geboten, alter Freund. Sie ist Witwe.«
»Ach, wirklich?«
Der Major stieß Tommy vergnügt in die Rippen.
»Wir wissen ja, was das bedeutet. Witwen – die Sorte kennen wir! Zwei Männer hat sie begraben, und wenn ich mich nicht irre, hält sie jetzt nach dem dritten Ausschau. Augen auf und Vorsicht, Meadowes, Vorsicht, wenn ich Ihnen raten darf.«
In bester Laune schwenkte der Major am Ende der Promenade um und eilte in scharfem Marschtempo Richtung Frühstück.

Inzwischen hatte Tuppence langsam ihren Spaziergang fortgesetzt und war ganz dicht an dem Gartenzaun und dem plaudernden jungen Paar vorbeigegangen. Sie fing ein paar Worte des Gesprächs auf. Das junge Mädchen sagte gerade: »Aber du mußt furchtbar vorsichtig sein, Carl. Schon der leiseste Verdacht . . .« Dann war Tuppence außer Hörweite. Waren diese Worte nicht verdächtig? Ja, aber ebensogut konnten sie ganz harmlos sein. Unauffällig ging sie noch einmal an den beiden vorbei. Wieder hörte sie ein paar Worte.

»Aufgeblasene, ekelhafte Engländer . . .«
Mrs. Blenkensop hob leicht die Augenbrauen. Carl von Deinim war Flüchtling, von den Nazis verfolgt, und England hatte ihn aufgenommen, ihm Schutz und Unterkunft gewährt. Es war weder klug noch dankbar von ihm, solche Worte anzuhören, ohne zu widersprechen.
Tuppence kehrte nochmals um. Aber bevor sie den Zaun wieder erreichte, hatte sich das Paar plötzlich getrennt; das Mädchen ging quer über die Straße, landeinwärts; Carl von Deinim kam Tuppence entgegen.
Er hätte sie vermutlich nicht erkannt, wenn sie nicht leicht zögernd stehengeblieben wäre. Dann verneigte er sich.
Tuppence zwitscherte ihm zu: »Guten Morgen, Mr. von Deinim. Was für ein herrlicher Tag!«
»Ja, das Wetter ist schön.«
Sie redete aufgekratzt weiter.
»Es war wirklich eine Versuchung für mich. Sonst gehe ich nicht oft vor dem Frühstück aus. Aber heute morgen – ich hatte nicht gut geschlafen – ich schlafe meist nicht sehr gut, wenn ich auswärts bin. Ein paar Tage muß ich mich immer erst eingewöhnen.«
»Ja, zweifellos ist das so.«
»Aber der kleine Spaziergang hat mir richtig Appetit fürs Frühstück gemacht.«
»Gehen Sie in die Pension zurück? Wenn Sie erlauben, begleite ich Sie.«
Er ging mit finsterem Gesicht an ihrer Seite.
»Gehen Sie auch spazieren, um sich Appetit zu holen?« fragte Tuppence.
Er schüttelte entschieden den Kopf.
»O nein, ich habe schon gefrühstückt. Ich bin auf dem Weg zur Arbeit.«
»Arbeit?«
»Ich bin Chemiker.«
Oho, dachte Tuppence und blickte ihn rasch und aufmerksam an.
»Ich kam in dieses Land, um der Nazi-Verfolgung zu entgehen«, fuhr Carl von Deinim mit tonloser Stimme fort. »Ich

hatte sehr wenig Geld – keine Freunde. Jetzt versuche ich, etwas Nützliches zu tun – so gut ich kann.«
Er starrte vor sich hin. Tuppence spürte, daß er innerlich sehr erregt war. Sie murmelte undeutlich: »Gewiß, gewiß, ich verstehe.«
»Meine beiden Brüder im Konzentrationslager«, sagte Carl von Deinim. »Mein Vater im Lager umgekommen. Meine Mutter gestorben vor Gram und Kummer . . .«
Wie er das sagt, dachte Tuppence bei sich, als hätte er es auswendig gelernt.
Wieder sah sie ihn rasch und verstohlen an. Er starrte immer noch mit unbeweglichem Gesicht vor sich hin.
Sie gingen schweigend weiter. Zwei Männer kamen vorbei. Einer von ihnen warf einen flüchtigen Blick auf Carl und murmelte dann dem anderen zu: »Du, das ist doch sicher ein Deutscher. Wetten?«
Tuppence sah das Blut in Carl von Deinims Wangen steigen. Plötzlich verließ ihn die Selbstbeherrschung. Seine unterdrückte Erregung brach sich Bahn.
»Haben Sie . . . haben Sie das gehört?« stieß er hervor. »Ich . . . ich . . .«
»Lieber Junge . . .« Mrs. Blenkensop war plötzlich ganz die echte Tuppence. Ihre Stimme klang frisch und überzeugend. »Seien Sie doch nicht albern. Sie können doch nicht alles auf einmal haben.«
»Wie meinen Sie das?«
»Sie sind nun mal ein Flüchtling. Also müssen Sie manches in Kauf nehmen. Sie haben Ihr Leben gerettet, das ist die Hauptsache. Sie leben und sind frei. Alles andere – machen Sie sich das doch klar – ist unvermeidlich. Dieses Land ist im Krieg, und Sie sind Deutscher.« Sie lächelte. »Sie können doch nicht verlangen, daß der einfache Mann zwischen guten und schlechten Deutschen unterscheidet.«
Noch immer starrte er sie an. Seine blauen Augen schimmerten voll unterdrückter Gefühle. Dann lächelte er plötzlich.
»Es gibt eine Redensart«, sagte er. »Nur ein toter Indianer ist ein guter Indianer.« Er lachte. »Wenn ich ein guter Deut-

scher sein will, muß ich pünktlich zur Arbeit kommen. Also erlauben Sie – guten Morgen.«

Wieder die steife Verbeugung. Tuppence sah ihm nach und schalt sich aus: Mrs. Blenkensop, diesmal haben Sie eine Dummheit gemacht. Seien Sie in Zukunft gefälligst etwas vorsichtiger. So, und nun zum Frühstück!

Die Tür zur Halle des Sans Souci war geöffnet. In der Halle redete Mrs. Perenna zungenfertig auf irgend jemanden ein.

»Und dann sag ihm ordentlich meine Meinung über diese letzte Margarine. Den gekochten Schinken holst du bei Quiller, da kostete er das vorige Mal zwei Pence weniger, und den Kohl . . .« sie brach ab, als Tuppence eintrat.

»Oh, guten Morgen, Mrs. Blenkensop, sind Sie aber eine Frühaufsteherin! Sie haben ja noch gar nicht gefrühstückt. Im Eßzimmer steht schon alles bereit.« Auf die junge Dame an ihrer Seite deutend, fügte sie hinzu: »Meine Tochter Sheila. Sie kennen sie noch nicht. Sie war fort und ist erst gestern abend wiedergekommen.«

Tuppence blickte mit Interesse in das hübsche, lebhafte Gesicht. Jetzt trug es nicht mehr den Ausdruck tragischer Energie, sondern schien ärgerlich und verdrossen. »Meine Tochter Sheila.« Das also war Sheila Perenna.

Tuppence murmelte ein paar verbindliche Worte und ging ins Eßzimmer. Drei Personen saßen beim Frühstück: Mrs. Sprot mit ihrem Töchterchen und die riesenhafte Mrs. O'Rourke. Tuppence sagte: »Guten Morgen«, und Mrs. O'Rourke antwortete: »Einen schönen guten Morgen wünsche ich Ihnen!« In ihrem herzlichen Dröhnen versank Mrs. Sprots dünnstimmige Begrüßung ungehört.

Die alte Frau starrte Tuppence mit verzehrendem Interesse an.

»Ein Spaziergang vor dem Frühstück ist etwas Großartiges«, bemerkte sie, »das allerbeste für den Appetit.«

Mrs. Sprot redete ihrem Sprößling gut zu: »Ei, was für ein gutes Brot, was für eine feine Milch, Darling«, und sie bemühte sich, einen Löffel in Miss Betty Sprots Mäulchen zu schieben. Betty vereitelte diese Bemühung durch eine geschickte Kopfwendung und starrte Tuppence an.

Mit ihrem milchbeschmierten Fingerchen deutete sie auf die Neuangekommene, lächelte sie strahlend an und plapperte: »Ta-ta, dute Tata.«
»Sie mag Sie gern«, rief Mrs. Sprot beglückt, als verkünde sie Tuppence eine große Gnade, »manchmal ist sie gegen Fremde so scheu.«
»Tata bums«, sagte Betty Sprot. »Bums bums buh«, fügte sie begeistert hinzu.
»Was meint sie nur damit?« fragte Mrs. O'Rourke interessiert.
»Sie kann noch nicht richtig reden«, bekannte Mrs. Sprot. »Wissen Sie, sie ist ja noch nicht einmal zwei Jahre alt. Meist plappert sie in ihrer eigenen Sprache. Aber Mama kann sie schon sagen, nicht wahr, Darling?«
Betty blickte ihre Mutter nachdenklich an und bemerkte dann energisch und abschließend: »Guckuck dada.«
»Diese kleinen Engelchen machen sich immer ihre eigene Sprache zurecht«, sagte Mrs. O'Rourke strahlend. »Bettychen, nun sag mal Mama.«
Betty sah Mrs. O'Rourke lange an, runzelte dann die Stirn und erklärte mit heftigem Nachdruck: »We-we-buuh.«
»Nein, wie hübsch sie schon spricht! So ein süßes, kleines Geschöpf.«
Mrs. O'Rourke stand auf, lächelte Betty mit beängstigender Zärtlichkeit zu und watschelte schweren Schrittes aus dem Zimmer.
»Ga-ga-ga«, krähte Betty begeistert und schlug mit dem Löffel auf den Tisch.
»Tuppence zwinkerte Mrs. Sprot zu.
»Und was soll ›we-we-buuh‹ wirklich heißen?« fragte sie.
Errötend antwortete Mrs. Sprot.
»Ja, wissen Sie ... also das sagt sie immer, wenn sie irgendwas oder irgendwen nicht leiden kann.«
»Das dachte ich mir«, sagte Tuppence.
Beide Frauen lachten.
»Mrs. O'Rourke meint es ja so gut«, sagte Mrs. Sprot, »aber das Kind fürchtet sich vor ihr. Die tiefe Stimme ... der Schnurrbart ...«

Betty legte den Kopf auf die Schulter und gurrte Tuppence an.
»Sehen Sie nur, wie gern sie Sie hat«, sagte Mrs. Sprot, aber es schien Tuppence, als klänge eine leise, frostige Eifersucht aus ihrer Stimme. Rasch wollte sie den Eindruck verwischen.
»Kinder freuen sich doch immer, wenn sie ein neues Gesicht sehen«, beschwichtigte sie.
Die Tür öffnete sich, und Major Bletchley und Tommy traten ein. Sofort legte Tuppence ein schelmisches Gabaren an den Tag.
»Ach, Mr. Meadowes«, rief sie, »nun habe ich Sie geschlagen. Ich bin vor Ihnen angekommen. Aber ein bißchen habe ich Ihnen zu essen übriggelassen.« Und sie deutete kaum merklich auf den Platz neben sich.
»Oh, sehr freundlich, aber . . . danke«, murmelte Tommy unbehaglich und nahm am anderen Ende des Tisches Platz.
Betty Sprot sagte »Platsch!« und spritzte ein bißchen Milch gegen Major Bletchley, der sie mit ziemlich albernem Entzükken ansah.
»Wie geht es unserm Guggeli denn heute?« fragte er zärtlich. »Guggeli!« Und er nahm seine Zeitung und fing an, ein Schiffchen daraus zu falten.
Betty krähte vor Wonne.
Tuppence war ganz gerührt. Da liegt ganz bestimmt ein Irrtum vor, dachte sie, es ist unmöglich, daß hier etwas Unrechtes vorgeht. Einfach unmöglich.
Sans Souci als Hauptquartier der Fünften Kolonne – nein, nein. Unmöglich! Und wenn Mr. Grant sich auf den Kopf stellte, sie glaubte es nicht.

3

Miss Minton saß strickend auf der überdachten Veranda.
Miss Minton war dürr und eckig. Sie trug einen himmelblauen Jumper und allerlei Ketten und Perlschnüre um den mageren, sehnigen Hals. Ihr wollener Rock hing ziemlich traurig runter. Sie begrüßte Tuppence lebhaft.

»Guten Morgen, Mrs. Blenkensop. Haben Sie gut geschlafen?«

Mrs. Blenkensop erwiderte, daß sie leider die ersten Nächte in einem fremden Bett nie sehr gut schlafe.

»Ist das nicht merkwürdig?« rief Miss Minton. »Genauso geht es mir!«

»Ein merkwürdiger Zufall«, gab Mrs. Blenkensop zu. »Oh, wie hübsch Ihr Strickmuster ist!«

Miss Minton errötete vor Freude und entfaltete ihre Arbeit. Ja, wirklich, es war ein ganz besonderes Muster, und doch ganz einfach zu machen. Sollte sie es Mrs. Blenkensop wohl zeigen? Sehr freundlich, aber Mrs. Blenkensop war ungeschickt, sie konnte nie nach einem Modell stricken. Allenfalls brachte sie Kappen fertig, aber jetzt hatte sie sicher schon etwas falsch gemacht. Nicht wahr, es sah nicht richtig aus?

Miss Minton betrachtete das Khaki-Strickwerk mit geübtem Auge und erkannte sofort, wo der Fehler steckte. Tuppence legte die verunglückte Kappe voll Dankbarkeit und Vertrauen in ihre Hände. Miss Minton war entzückt und schwitzte geradezu Freundlichkeit und Beschützertum aus. Mühe? Aber nein, es machte ihr gar keine Mühe. Sie strickte doch schon so lange.

»Vor diesem schrecklichen Krieg habe ich nie etwas gestrickt«, bekannte Tuppence. »Aber man *muß* doch einfach etwas tun, man fühlt sich sonst zu überflüssig.«

»Ja, natürlich. Sie sagten gestern abend, Sie hätten einen Sohn bei der Marine, nicht wahr?«

»Ja, meinen Ältesten. Wirklich ein Prachtjunge. Das sollte ich als Mutter ja eigentlich nicht sagen. Dann habe ich noch einen Sohn bei der R.A.F., und Cyril, mein Jüngster, steht in Frankreich.«

»Mein Gott, mein Gott, müssen Sie eine Angst ausstehen!«

»Wir müssen uns alle zusammennehmen und tapfer sein«, sagte Tuppence mit ihrer natürlichen Stimme. »Vielleicht ist bald alles vorbei. Hoffen wir's. Neulich hat mir jemand, der wirklich gut Bescheid weiß, gesagt, daß die Deutschen höchstens noch zwei Monate weitermachen können.«

Miss Minton nickte so energisch Zustimmung, daß all ihr Kettenzeug klirrte und rasselte.
»Ja, das wird schon so sein, und dann ...« sie senkte geheimnisvoll die Stimme, »habe ich auch gehört, daß Hitler krank sein soll, wissen Sie, so eine ganz schreckliche Krankheit. Bis zum August, hat man mir gesagt, wird er richtig tobsüchtig sein.«
»Der Luftangriff auf England«, tröstete Tuppence, »ist sicher das Letzte, was die Deutschen aus sich herausholen können. Es soll ja schrecklich knapp bei ihnen zugehen. Die ganze Geschichte wird eines schönen Tages zusammenbrechen.«
»Wie? Was?«
Mr. Cayley, der mit seiner Frau auf die Veranda getreten war, warf mit scharfer Stimme diese Fragen ein. Er setzte sich in seinem Lehnsessel zurecht, und seine Frau breitete ihm eine Decke über die Knie.
»Was haben Sie da gesagt?« wiederholte er.
»Wir haben gesagt«, antwortete Miss Minton, »daß die ganze Sache bis zum Herbst wohl vorbei sein wird.«
»Unsinn«, entgegnete Mr. Cayley, »dieser Krieg wird mindestens sechs Jahre dauern.«
»Um Gottes willen, Mr. Cayley«, wehrte Tuppence ab, »glauben Sie das wirklich?«
Mr. Cayley blickte mißtrauisch um sich.
»Zieht es hier nicht?« murmelte er. »Vielleicht rücke ich meinen Stuhl besser etwas mehr in die Ecke.«
Mr. Cayley wurde neu installiert. Seine schüchterne, ängstliche Frau, deren einziger Lebenszweck die Erfüllung von Mr. Cayleys mannigfachen Wünschen zu sein schien, rückte ihm die Kissen und Decken zurecht und fragte von Zeit zu Zeit: »Ist es auch recht so, Alfred? Meinst du, daß es so geht? Brauchst du vielleicht die Sonnenbrille? Das Licht ist heute morgen ziemlich grell.«
»Nein, nein«, sagte Mr. Cayley nervös, »mach kein solches Getue, Elizabeth. Hast du mein Halstuch? Nein, das seidene. Na, spielt keine Rolle. Laß nur, es geht schon mit diesem. Aber zu warm soll mein Hals ja auch nicht eingewickelt sein, und Wolle ... bei dieser Sonne ... also, vielleicht holst du

mir doch das seidene Tuch.« Er wandte seine Aufmerksamkeit wieder dem früheren Thema zu. »Ja«, meinte er, »sechs Jahre wird es wohl dauern.«
Mit Befriedigung nahm er die Proteste der beiden Damen zur Kenntnis.
»Meine sehr geehrten Damen«, fuhr er fort, »Sie hängen Wunschträumen nach. Ich aber kenne Deutschland, ich kenne es sogar sehr gut. Bevor ich mich zur Ruhe gesetzt habe, hat mein Beruf mich sehr oft nach Deutschland geführt. Ich war häufig in Berlin, Hamburg und München. Ich kenne das Land gründlich. Und ich kann Ihnen versichern, daß Deutschland den Krieg praktisch auf unbegrenzte Zeit weiterführen kann. Rußland steht zu Deutschland, und . . .«
Mr. Cayley kam in Fahrt, er unterbrach sich nur für einen Augenblick, als seine Frau mit dem seidenen Tuch zurückkehrte und es ihm um den Hals wickelte.
Mrs. Sprot brachte Betty heraus und setzte sie mit ihrem Wollhund auf den Boden.
»So, Betty«, sagte sie, »nun zieh Bonzo sein Jäckchen an; inzwischen macht Mummy sich auch fertig, und dann gehen wir alle spazieren.«
Mr. Cayleys Stimme leierte eintönig weiter; er führte niederdrückende Zahlen an. In seinen Monolog tönte Bettys frohes Gezwitscher; eifrig redete sie in ihrer Sprache auf Bonzo ein. »Ticktock, Bonzo«, sagte sie. Dann entdeckte sie dicht neben sich einen kleinen Vogel und streckte mit entzückten Rufen die Händchen nach ihm aus. Der Vogel flog fort, und Betty sah jede einzelne Person an und erklärte: »Piep fott«, wobei sie befriedigt nickte.
»Wie das Kind schon reden kann, wunderbar«, flötete Miss Minton. »Bettychen, sag tata. Ta-ta.«
Betty sah sie kühl an und sagte: »Gluck.«
Dann zwängte sie Bonzos Vorderbeine in die Jacke, trippelte zu einem Stuhl, nahm das Kissen hoch und schob Bonzo darunter. Sie gluckste begeistert und sagte mit größter Anstrengung: »Gugguck. Bonzo fott.«
»Sie spielt so gern Verstecken«, erläuterte Miss Minton mit dem Stolz eines Dolmetschers, »sie versteckt immer alles.«

Dann rief sie mit gespieltem Erstaunen: »Wo ist denn Bonzo? Wo ist Bonzo wohl hingekommen? Wo kann er nur sein?«
Betty rutschte auf dem Boden herum, außer sich vor Freude.
Mr. Cayley stellte zu seinem Mißvergnügen fest, daß die allgemeine Aufmerksamkeit von seinen Ausführungen über deutsche Ersatz-Rohstoffe abgelenkt war. Er blickte gereizt auf und hüstelte verärgert.
Mrs. Sprot kam, zum Fortgehen angezogen, auf die Veranda und nahm Betty mit sich.
Die Aufmerksamkeit wandte sich wieder Mr. Cayley zu.
»Bitte, Mr. Cayley, was sagten Sie eben?« fragte Tuppence.
Aber Mr. Cayley war beleidigt.
»Diese Frau«, sagte er kühl, »hat die merkwürdige Angewohnheit, ihr Kind immer irgendwohin zu setzen und zu erwarten, daß andere Leute sich darum kümmern. Meine Liebe, gib mir bitte den wollenen Schal. Es wird kühl.«
»Bitte, Mr. Cayley«, flehte Miss Minton, »erzählen Sie doch weiter. Es war so interessant.«
Halb besänftigt wiederholte Mr. Cayley die Hauptpunkte seiner langen Rede und zog die Falten des wollenen Tuches fester um seinen dürren Hals.
»Wie ich schon ausführte, hat Deutschland sein System der Herstellung von Ersatz so vervollkommnet . . .«
Tuppence wandte sich Mrs. Cayley zu.
»Und was denken *Sie* über den Krieg?« fragte sie.
Mrs. Cayley schrak zusammen.
»Was ich darüber denke? Wie . . . wie meinen Sie das?«
»Glauben Sie auch, daß er mindestens sechs Jahre dauern wird?«
»Hoffentlich nicht«, erwiderte Mrs. Cayley unsicher, »das wäre ja schrecklich lange, nicht?«
»Ja, schrecklich lange. Halten Sie das für möglich?«
Mrs. Cayley wurde ganz aufgeregt.
»Oh . . . oh, ich weiß doch nicht«, stammelte sie. »Alfred sagt ja, es wird so sein.«
»Ja, aber was ist Ihre Meinung?«
»Ich weiß wirklich nicht. Es ist schwer, da etwas zu sagen, nicht?«

Tuppence hätte vor Verzweiflung heulen mögen. Diese zirpende Miss Minton, der diktatorische Mr. Cayley, Mrs. Cayley mit ihrem Spatzenhirn ... Und war Mrs. Sprot mit ihrem nichtssagenden Gesicht und ihren Fischaugen vielleicht besser? Wie konnte sie, Tuppence, in diesem Kreis jemals etwas herausfinden? Von diesen Leuten kam doch keiner ernstlich in Frage ...

Ihre Gedankenkette riß ab; ein Schatten hatte sich zwischen sie und die Sonne geschoben. Sie wandte den Kopf.

Mrs. Perenna war auf die Veranda getreten und hielt die Augen auf die Gruppe gerichtet. In diesen Augen lag ein Ausdruck – war es Hohn? Verachtung?

Ich muß herausfinden, was mit dieser Mrs. Perenna los ist, dachte Tuppence.

Tommy war bereits ein Herz und eine Seele mit Major Bletchley.

»Meadowes, Sie haben doch sicher Ihre Golfschläger mitgebracht?«

Tommy gab es zu.

»Da haben wir's! Das sehe ich doch auf den ersten Blick. Großartig. Wir müssen zusammen eine Partie spielen. Haben Sie schon einmal auf dem Golfplatz hier gespielt?«

Tommy verneinte.

»Gar kein schlechtes Feld. Bißchen abschüssig vielleicht, aber schöner Blick aufs Meer und so weiter. Und nie viele Leute. Was meinen Sie? Kommen Sie mit, lassen Sie uns ein Spiel machen.«

»Danke vielmals. Ja, ich habe große Lust.«

»Freut mich, freut mich wirklich, daß Sie gekommen sind«, sagte Bletchley, während sie langsam den Hügel hinanstiegen. »Zu viele Weiber hier. Das geht mir auf die Nerven. Bin froh, daß endlich noch ein Mann da ist. Cayley kann man ja nicht rechnen – der Kerl ist ein wandelnder Apothekerladen. Redet nur über seine Gesundheit und seine Kur und über die Pillen, die er schon geschluckt hat, und was die Ärzte von ihm halten. Er sollte den ganzen Kram ins Wasser schmeißen und jeden Tag seine fünf Kilometer laufen, da würde er ein

ganz anderer Bursche! Und der junge Mann – dieser Deinim – also, Meadowes, im Vertrauen, der gefällt mir gar nicht.«
»Nein?«
»Nein. Diese ganze Flüchtlingsgeschichte gefällt mir nicht. Wenn's nach mir ginge, müßten die Leute alle interniert werden.«
»Bißchen drastische Maßnahme.«
»Gar nicht. Krieg ist Krieg. Ich werde einen Verdacht gegen den schönen Carl nicht los. Jude ist er bestimmt nicht. Und er kam einen Monat vor Kriegsausbruch hierher - einen Monat, Meadowes! Wenn das nicht verdächtig ist!«
»Sie denken also . . .«, sagte Tommy aufmunternd.
»Spionieren will er. Jawohl, nichts anderes.«
»Aber hier gibt es doch in der ganzen Gegend nichts von militärischer Bedeutung.«
»Ja, sehen Sie, mein Lieber, das ist ja gerade das Raffinierte! In Plymouth oder Portsmouth wäre er natürlich sofort unter schärfster Kontrolle. Aber in so einem verschlafenen Winkel kümmert sich keiner um ihn. Immerhin – sind wir hier an der Küste oder nicht? Tatsächlich ist unsere Regierung viel zu großzügig gegenüber diesen feindlichen Ausländern. Jeder kann daherkommen, eine Jammermiene aufsetzen und eine Geschichte von Brüdern im Konzentrationslager erzählen. Sehen Sie sich den jungen Menschen mal etwas näher an – das arrogante Auftreten. Ein Nazi, sage ich! Ein Nazi ist er.«
»Was wir dringend brauchten, ist ein Hexenmeister«, erklärte Tommy scherzend.
»Was? Ein Hexenmeister? Wieso?«
»Der alle Spione am Geruch erkennt«, fuhr Tommy gewichtig fort.
»Ach so. Sehr gut, sehr witzig. Am Geruch. Ja, das wäre etwas.«
Die Unterhaltung wurde unterbrochen, denn sie hatten das Clubhaus erreicht.
Tommy wurde als Gast in die Listen eingetragen, er wurde dem Sekretär, einem nichtssagend aussehenden älteren Herrn, vorgestellt und bezahlte die Gebühren. Dann begab er sich mit dem Major auf den Rasen.

Tommy war ein mäßiger Golfspieler. Er stellte mit Befriedigung fest, daß sein Können für seinen neuen Freund gerade das richtige war. Der Major gewann und wurde sehr vergnügt.
»Großartiges Spiel, Meadowes, einfach großartig. Wir müssen öfters zusammen spielen. Kommen Sie, ich stelle Sie ein paar von den Herren vor. Lauter nette Kerle. Ah, da kommt Haydock. Der wird Ihnen gefallen. Marineoffizier a. D. Sein Haus über den Klippen ist ganz in der Nähe unserer Pension.«
Commander Haydock war ein großer, freundlicher Mann mit wettergegerbtem Gesicht und tiefblauen Augen. Seine Bemerkungen brachte er mit Stentorstimme vor. Er begrüßte Tommy herzlich.
»Sie werden also Bletchley im Sans Souci den Rücken stärken? Da wird er aber froh sein. Er war ja schon halb ersoffen in lauter Weiblichkeit, was, Bletchley?«
»Ich bin nicht gern in Damengesellschaft«, bekannte der Major.
»Unsinn«, widersprach Haydock. »Es muß nur die richtige Damengesellschaft sein. Nicht diese alten Pensionskatzen.«
»Sie vergessen Miss Perenna«, wandte Bletchley ein.
»Ach, Sheila. Ja, das ist ein reizendes Mädchen. Eine wahre Schönheit, finde ich.«
»Ich bin ein bißchen in Sorge um sie«, sagte Bletchley.
»Was wollen Sie damit sagen? – Trinken Sie einen Schluck, Meadowes? Und was ist mit Ihnen, Major?«
Die Getränke wurden bestellt, und die Herren machten es sich auf der Veranda vor dem Clubhaus bequem. Haydock wiederholte seine Frage.
»Dieser Deutsche«, sagte Bletchley ziemlich heftig, »sie kümmert sich zuviel um ihn.«
»Verschossen in ihn, meinen Sie? Verflucht! Natürlich, in seiner Art ist er ein hübscher Bengel. Aber das gefällt mir nicht, Bletchley, das gefällt mir gar nicht. Man kann sich doch nicht mit dem Feind einlassen. Schlimm – schlimm. Wo haben diese Mädchen nur ihren Verstand? Als ob es nicht nette, junge Engländer in Hülle und Fülle gäbe.«

»Sheila ist ein merkwürdiges Geschöpf«, meinte der Major. »Sie kann plötzlich fuchsteufelswild werden, wenn man ganz ruhig mit ihr redet.«
»Spanisches Blut«, sagte Haydock. »Ihr Vater war Halbspanier, nicht wahr?«
»Weiß nicht. Der Name ist ja wohl spanisch.«
Der Commander sah auf die Uhr.
»Wollen Sie die Nachrichten hören? Dann gehen wir jetzt besser hinein.«
Das Radio bracht kaum etwas Neues; das meiste hatte schon in den Morgenblättern gestanden. Haydock lobte die letzten Unternehmungen der R.A.F. und kam dann auf seine Lieblingstheorie zu sprechen, daß nämlich die Deutschen früher oder später eine Landung in Leahampton versuchen würden – gerade weil es ein so unbedeutendes Nest war.
»Kein einziges Flakgeschütz in der Nähe. Unerhört!«
Das Thema wurde nicht weiter erörtert, denn Tommy und der Major mußten rechtzeitig zum Essen in der Pension sein. Haydock lud Tommy mit herzlichen Worten ein, ihn auf seinem kleinen Besitztum, »Schmugglernest« genannt, zu besuchen. »Wunderbarer Blick, eigener Strand und im Haus auch alles da, was nötig ist. Auf bald also, Sie zeigen ihm den Weg, Bletchley.«
Sie verabredeten sich noch für den nächsten Abend, dann trennten sie sich.

Nach dem Mittagessen ging es im Sans Souci besonders ruhig und friedlich zu. Mr. Cayley zog sich zu einem kleinen Nickerchen zurück, behütet von seiner besorgten Frau. Mrs. Blenkensop wurde von Miss Minton in einen Raum geschleppt, wo Liebesgaben für die Front gepackt und adressiert wurden.
Mr. Meadowes schlenderte gemächlich am Wasser entlang durch Leahampton. Er kaufte sich Zigaretten, blätterte bei Smith's in der letzten Nummer des *Punch*, blickte dann unschlüssig um sich und stieg endlich in einen Autobus mit der Aufschrift »Alte Mole«.
Die Alte Mole befand sich am äußersten Ende der Strandpro-

menade, gegen Westen zu, in einer ziemlich ärmlichen Gegend. Tommy zahlte seine zwei Pence, stieg aus und bummelte langsam die Mole entlang. Der Weg war recht öde und arg mitgenommen von Wind und Wetter. Ein paar halbverrostete Automaten standen unbenützt herum. Kinder rannten kreischend umher; am Ende des Steges saß einsam ein Mann und angelte.

Mr. Meadowes stellte sich neben ihn und starrte nachdenklich ins Wasser. Nach einer Weile fragte er leise: »Schon etwas gefangen?«

Der Angler schüttelte den Kopf.

»Sie beißen nicht so leicht an.« Mr. Grant zog seine Leine ein wenig ein. Dann fragte er, ohne den Kopf zu wenden: »Und Sie, Meadowes?«

»Nicht viel zu berichten bis jetzt, Sir. Ich halte gerade erst ein bißchen Umschau.«

»Gut. Also?«

Tommy setzte sich auf einen breiten Pflock, von dem aus er die ganze Mole überblicken konnte, und begann: »Stehe schon ziemlich gut mit den Leuten. Die Liste der Gäste haben Sie bekommen?« Grant nickte. »Etwas Besonderes ist vorläufig nicht zu berichten. Mit Major Bletchley habe ich mich angefreundet. Heute früh haben wir zusammen Golf gespielt. Scheint mir der gewöhnliche Typ des verabschiedeten Offiziers. Vielleicht etwas allzu typisch. Cayley ist vermutlich ein echter Hypochonder. Allerdings auch eine sehr leichte Rolle. In den letzten Jahren war er oft in Deutschland, das hat er selbst erzählt.«

»Ein Anhaltspunkt«, bemerkte Grant lakonisch.

»Dann haben wir diesen von Deinim.«

»Ja. Ich muß Ihnen wohl nicht erst sagen, daß er mich am meisten interessiert.«

»Sie halten ihn für N.?«

Grant schüttelte den Kopf.

»Nein. Sehr unwahrscheinlich. N. darf nicht so offenkundig ein Deutscher sein.«

»Auch keiner, der vor den Nazis geflohen ist?«

»Auch das nicht. Wir haben ein Auge auf alle feindlichen

Ausländer, und das wissen sie natürlich. Außerdem – das ist eine vertrauliche Mitteilung, Beresford – werden alle feindlichen Ausländer zwischen sechzehn und sechzig Jahren binnen kurzem interniert. Unsere Gegner müssen auf jeden Fall damit rechnen. Sie können es nicht darauf ankommen lassen, daß das Haupt ihrer Organisation interniert wird. N. muß also ein Neutraler oder ein Engländer sein. Von M. gilt das gleiche. Aber Deinim könnte immerhin ein Glied in der Kette sein, wie ich die Sache sehe. Vielleicht hält sich weder N. noch M. persönlich im Sans Souci auf, und Deinim ist ihr Verbindungsmann; er könnte uns also auf ihre Spur führen. Scheint mir gar nicht unmöglich, zumal wohl keiner der anderen Pensionsgäste in Frage kommt.«

»Sie haben schon Erkundigungen über sie eingezogen, nehme ich an?«

Grant seufzte tief und ärgerlich.

»Gerade das ist mir nicht möglich. Ich könnte den Informationsdienst beauftragen, das wäre natürlich ganz einfach – aber das kann ich nicht wagen, Beresford. Die unzuverlässigen Gesellen sitzen ja eben im Informationsdienst. Die leiseste Andeutung, daß ich ein Auge aufs Sans Souci habe – und die ganze Organisation ist gewarnt. Deshalb brauche ich gerade Sie, Sie als Außenseiter. Sie müssen im verborgenen arbeiten, ohne jede Hilfe von unserer Seite. Das ist die einzige Möglichkeit. Über eine einzige Person konnte ich ohne weiteres Erkundigungen einziehen.«

»Und zwar?«

»Über Carl von Deinim. Das war ganz einfach, hatte mit dem Sans Souci gar nichts zu tun. Er wird sowieso von der zuständigen Stelle als feindlicher Ausländer überwacht.«

»Und was haben Sie erfahren?« fragte Tommy neugierig.

Grant lächelte.

»Natürlich ist er genau das, was er angibt. Sein Vater starb im Konzentrationslager. Die älteren Brüder sind in Lagern. Seine Mutter starb letztes Jahr vor Kummer. Er ist einen Monat vor Kriegsausbruch nach England geflohen. Deinim hat gebeten, etwas Nützliches für das Land tun zu dürfen.

Er ist jetzt in einem chemischen Forschungslaboratorium tätig. Sehr tüchtiger Arbeiter, hat sich auf dem Gebiet des Gasschutzes und der Seuchenbekämpfung ausgezeichnet.«
»Dann wäre also nichts gegen ihn einzuwenden?« fragte Tommy.
»Das ist noch nicht sicher. Wir wissen ja, wie gründlich die Deutschen sind. Sollte von Deinim wirklich ein Agent sein, so darf er keine Verdachtsgründe liefern. Seine Personalien müssen peinlich genau stimmen, darauf achten die Deutschen. Ich sehe zwei Möglichkeiten: Die ganze Familie von Deinim spielt ihre Rollen in diesem Spiel – unter dem Zwang des Nazi-Terrors ist nicht einmal das unwahrscheinlich –, oder er ist gar nicht Carl von Deinim, sondern spielt ihn nur.«
»Soso«, sagte Tommy langsam und fügte unlogischerweise hinzu: »Scheint aber ein ganz besonders netter Junge zu sein.«
Grant seufzte.
»Die meisten sind nette Jungen. Unser Dienst ist merkwürdig genug. Wir respektieren unsere Gegenspieler, und sie respektieren uns. Sehr oft mögen wir sie sogar recht gern – auch wenn wir alles daransetzen, sie zur Strecke zu bringen.«
Beide schwiegen. Tommy dachte bei sich, was für ein Irrsinn der Krieg doch sei. Grants Stimme unterbrach seine Grübelei.
»Aber die andern ... für die haben wir weder Respekt noch Zuneigung: nämlich für die Verräter in unseren eigenen Reihen, für die Männer, die das eigene Land preisgeben und sich in den Dienst des fremden Eroberers stellen.«
»Gibt es denn wirklich solche Schufte?« fragte Tommy ungläubig.
»Und ob es sie gibt! Überall stecken sie. Im Geheimdienst. An der Front. Auf den Parlamentsbänken. Sogar in den Ministerien an oberster Stelle. Die müssen wir erwischen, und wir werden sie auch erwischen. Aber rasch müssen wir zupacken. Denn wenn wir nicht schnell genug sind, werden sie Entsetzliches anrichten.«
»Aber wir werden schnell genug sein«, meinte Tommy zuversichtlich.
»Warum glauben Sie das?« fragte Grant.

»Sie sagen ja selbst, wir *müssen* sie kriegen«, antwortete Tommy.
Der Angler drehte sich zum ersten Mal um und sah seinem Untergebenen lange voll ins Gesicht. Der Mann gefiel ihm besser denn je; seine feste, willensstarke Kinnlinie ließ Gutes ahnen.
»Sie sind der Richtige«, sagte er ruhig. »Wie steht's mit den Frauen im Sans Souci?« fuhr er fort. »Irgend etwas Verdächtiges?«
»Die Besitzerin scheint mir ein bißchen merkwürdig.«
»Mrs. Perenna?«
»Ja. Sie wissen nichts über sie?«
»Ich könnte allenfalls Informationen über sie einholen«, erwiderte Grant langsam, »aber wie gesagt, es wäre ein Wagnis.«
»Dann unterläßt man es wohl besser. Sie ist die einzige, die mir verdächtig vorkommen könnte. Dann gibt es dort noch eine junge Mutter, eine zapplige alte Jungfer, die hirnlose Frau des Hypochonders und eine alte Irin, ein wahrer Kinderschreck. Machen alle einen sehr harmlosen Eindruck. Wenigstens auf den ersten Blick.«
»Sind das alle?«
»Nein. Außerdem ist noch Mrs. Blenkensop da – vor drei Tagen angekommen.«
»Und?«
»Mrs. Blenkensop ist meine Frau«, sagte Tommy.
»Was?« Vor Überraschung vergaß Grant, seine Stimme zu dämpfen. Er fuhr herum, enttäuscht und ärgerlich. »Beresford, ich hatte Ihnen gesagt, Ihre Frau dürfe von der ganzen Geschichte kein Wort wissen!«
»Ganz richtig, Sir; und von mir hat sie auch nichts erfahren. Aber wenn Sie einen Augenblick zuhören wollen . . .«
Tommy berichtete mit kurzen Worten den Sachverhalt. Er vermied Grants Blick und gab sich verzweifelt Mühe, sich seinen geheimen Stolz nicht anmerken zu lassen.
Als er zu Ende erzählt hatte, wartete er schweigend. Dann kam ein merkwürdiges, unterdrücktes Geräusch von Grant. Grant lachte, lachte – er konnte gar nicht mehr aufhören.

»Hut ab vor dieser Frau!« sagte er schließlich. »Von der Sorte findet man eine unter Tausenden.«
»Ganz meine Meinung«, stimmte Tommy zu.
»Easthampton wird sich ja amüsieren. Er hat mich gleich gewarnt, etwas ohne sie zu unternehmen. Er meinte, sie würde mich überlisten, und ich habe es nicht glauben wollen. Aber da sieht man wieder, wie verdammt vorsichtig wir sein müssen. Ich war doch wirklich auf der Hut. Hatte mich vorher genau vergewissert, daß niemand außer Ihnen und Ihrer Frau in der Wohnung war. Ich habe natürlich auch die Stimme im Telefon gehört und dann ... ja, dann bin ich auf den uralten Trick mit der zugeworfenen Tür hereingefallen. Dumm ist sie wirklich nicht, Ihre Frau.«
Nach einer kurzen Pause fügte er hinzu: »Bestellen Sie ihr von mir, daß ich zerknirscht bin.«
»Gut«, sagte Tommy. »Und jetzt arbeitet sie also mit uns?«
Mr. Grant schnitt eine ausdrucksvolle Grimasse.
»Die arbeitet mit, ob wir damit einverstanden sind oder nicht. Sie können ihr ausrichten, die Abteilung würde es sich zur Ehre anrechnen, wenn sie bereit wäre, in dieser Sache für uns zu arbeiten.«
»Das werde ich ihr wörtlich bestellen«, sagte Tommy mit einem breiten Grinsen.
Grant wurde wieder ernst.
»Sie können sie vermutlich nicht überreden, abzureisen und zu Hause zu bleiben?«
»Sie kennen Tuppence noch nicht!«
»Mir scheint, ich fange an, sie kennenzulernen. Ich fragte Sie, weil ... kurz und gut, die ganze Geschichte ist sehr gefährlich. Wenn man Ihnen oder Ihrer Frau hinter die Schliche kommt ...« Grant beendete den Satz nicht.
»Darüber bin ich mir im klaren, Sir«, sagte Tommy ernst.
»Und nichts könnte sie bewegen, der Gefahr aus dem Weg zu gehen?«
»Ich weiß nicht einmal, ob ich das wünsche«, murmelte Tommy langsam. »Was wir unternehmen, das machen wir gemeinsam – so war es stets.«

4

Kurz vor dem Abendessen betrat Tuppence den Salon im Sans Souci. Nur Mrs. O'Rourke war da; ihre monumentale Gestalt thronte wie ein ungeheurer Buddha am Fenster.
Sie begrüßte Tuppence mit überschwenglicher Herzlichkeit.
»Oh, ist das nicht die liebe Mrs. Blenkensop! Sie machen es geradeso wie ich, Sie sitzen auch gern vor dem Essen ein paar Minuten in Ruhe und Frieden hier. Hübsch ist der Salon, aber nur bei gutem Wetter, wenn die Fenster offen sind, sonst riecht es hier immer nach Küche. Setzen Sie sich doch zu mir, Mrs. Blenkensop. Was haben Sie bei dem schönen Wetter unternommen? Wie gefällt Ihnen Leahampton?«
In Mrs. O'Rourkes Nähe empfand Tuppence immer eine angstvolle Faszination. So hatte sie sich als Kind den Menschenfresser im Märchen vorgestellt. Die tiefe, rauhe Stimme, der Schnurrbart und sogar etwas Backenbart, die tiefliegenden, zwinkernden Augen, die Überlebensgröße – das alles war der leibhaftige Kinderschreck.
Tuppence antwortete höflich, Leahampton gefalle ihr sehr gut, sie fühle sich hier sehr wohl. »Das heißt«, fügte sie melancholisch hinzu, »so wohl, wie man sich eben fühlen kann bei der ewig lastenden Angst und Unruhe.«
»Nun, härmen Sie sich nicht gar zu sehr«, riet Mrs. O'Rourke tröstend. »Ihre prächtigen Jungen werden schon gesund und vergnügt zurückkommen. Das ist einmal ganz sicher. Einer von ihnen ist doch bei der R.A.F., nicht wahr?«
»Ja, Raymond.«
»Und wo steckt er denn jetzt, in Frankreich oder in England?«
»Nach dem, was er im letzten Brief geschrieben hat, ist er in Ägypten. Das heißt, richtig geschrieben hat er es natürlich nicht. Aber wir haben unsere Geheimsprache – bestimmte Sätze haben eine bestimmte Bedeutung. Dabei ist ja schließlich nichts Schlimmes, nicht?«
»Gar nichts Schlimmes«, erwiderte Mrs. O'Rourke schnell, »das ist ganz natürlich zwischen Mutter und Sohn.«
»Sehen Sie, ich muß einfach wissen, wo er ist«, sagte Tuppence.

Der riesige Buddha nickte.
»Wie gut kann ich das begreifen. Wenn ich einen Sohn dabei hätte, würde ich die Zensur auf jede Weise überlisten. Und Ihr anderer Sohn, der bei der Marine?«
Tuppence ließ willig die Platte über Sohn Douglas ablaufen.
»Ich bin ja so schrecklich verlassen ohne meine Buben!« schloß sie. »Noch nie waren alle drei zur gleichen Zeit fort. Und Sie können sich nicht denken, wie lieb sie mit mir sind. Als ob ich eine Freundin wäre, nicht ihre alte Mutter. Manchmal« – sie lachte selbstbewußt – »muß ich richtig mit ihnen schimpfen, sonst würden sie überhaupt nie ohne mich ausgehen.«
Da mime ich ja eine höchst widerliche Person, dachte Tuppence im stillen.
»Und nun wußte ich wirklich nicht mehr, was ich so allein anfangen sollte«, fuhr sie laut fort. »Das Haus war so öde ohne die Jungen und mein Mietkontrakt in London war abgelaufen; wozu sollte ich ihn eigentlich erneuern? Und da dachte ich, ein ruhiger Ort mit guter Zugverbindung . . .« Sie brach ab.
Wieder nickte der Buddha.
»Ich bin ganz Ihrer Meinung. London ist heute gar zu trübselig. Ich habe selbst viele Jahre dort gelebt. Ich bin nämlich Antiquitätenhändlerin, müssen Sie wissen. Kennen Sie vielleicht mein Geschäft an der Cornaby Street in Chelsea? Über der Tür steht ›Kate Kelly‹, der alte Firmenname. Ich hatte wunderbare Sachen, hauptsächlich schönes Glas, Lampen und Punschbowlen und sonst noch allerhand. Auch Kleinmöbel, aber nur ein paar ausgewählte Stücke – hauptsächlich Nußbaum und Eiche. Und so eine gute Kundschaft! Aber seit dem Krieg kann man ja keine Geschäfte mehr machen. Da war ich froh, als ich den ganzen Krempel mit geringem Verlust losschlagen konnte. – Ich mag nicht immer klagen«, fuhr Mrs. O'Rourke fort. »von der Sorte haben wir ja schon genug hier. Mr. Cayley zum Beispiel mit seinen Halstüchern und seinem Gejammer über die schlechte Geschäftslage. Natürlich ist sie schlecht

– wir sind ja schließlich im Krieg. Und die Frau, die zu dumm ist, den Mund aufzutun. Und die kleine Mrs. Sprot jammert dauernd um ihren Mann.«
»Ist er an der Front?«
»Aber nein! Ein kleines Schreiberlein in irgendeinem Versicherungsbüro. Hat schauderhafte Angst vor Luftangriffen; deshalb hat er seine Frau mit der Kleinen sofort bei Kriegsausbruch hierhergeschickt. Für das Kind ist das natürlich ganz richtig – so ein süßes kleines Geschöpf –, aber Mrs. Sprot macht ein schreckliches Getue, und dabei kommt doch der Mann zu ihr, sooft er nur kann. Der gute Arthur muß ohne sie furchtbar einsam sein, meint sie – glaub ich nicht einmal. Vermutlich hält er sich anderweitig schadlos.«
»Alle Mütter tun mir leid«, murmelte Tuppence. »Die Kinder allein wegschicken – das ist auch nicht das richtige, da lebt man fortwährend in Angst. Und wenn man mit ihnen geht, kommt wieder der Mann zu kurz.«
»Ja gewiß, und dann kostet der doppelte Haushalt auch viel Geld.«
»Aber hier sind die Preise eigentlich ganz vernünftig.«
»Ja, das muß ich zugeben. Mrs. Perenna versteht sich aufs Wirtschaften. Aber sie ist eine merkwürdige Person.«
»Inwiefern?« fragte Tuppence.
Mrs. O'Rourke kniff mit bedeutsamem Lächeln ein Auge zu. »Sie werden mich für eine richtige Klatschbase halten. Aber mich interessieren meine Mitmenschen – wahrhaftig, ich nehme Anteil an jedem –, darum sitze ich auch so oft in diesem Stuhl und beobachte von hier aus, wer ein und aus geht, wer auf der Veranda ist, wer im Garten sitzt. Wovon sprachen wir doch gerade? Ja richtig, von Mrs. Perenna. Ich finde sie sonderbar. Ich glaube bestimmt, daß es ein großes Drama im Leben dieser Frau gibt. Oder ich müßte mich sehr irren.«
»Oh, glauben Sie das wirklich?«
»Es wird mir immer klarer. Achten Sie nur einmal auf ihre Geheimnistuerei! Ich fragte sie kürzlich, wo in Irland sie geboren sei. Was glauben Sie, sie hatte doch die Unverfrorenheit, zu bestreiten, daß sie Irin ist!«
»Sie halten sie für eine Irin?«

»Und ob! Ich werde doch meine eigenen Landsleute kennen. Aber nein, sie sagte seelenruhig: ›Ich bin Engländerin, und mein Mann war Spanier.‹«

Mrs. O'Rourke brach plötzlich ab. Mrs. Sprot war eingetreten, und hinter ihr kam Tommy.

Sofort entfaltete Tuppence eine neckische Munterkeit.

»Oh, Mr. Meadowes, guten Abend. Wie frisch und vergnügt Sie aussehen!«

»Ich habe mir tüchtig Bewegung gemacht, das ist das ganze Geheimnis«, antwortete Tommy. »Heute früh eine Golfpartie und nachmittags ein langer Spaziergang am Strand entlang.«

»Auch ich war mit Betty unten am Strand«, sagte Millicent Sprot, »sie wollte gern im Wasser planschen, aber ich hatte Angst, daß es zu kalt ist. Wir haben ein großes Sandschloß gebaut, und später rannte mir ein Hund in mein Strickzeug; die Wolle ist ganz verwirrt, und die Nadeln sind herausgefallen. Zu dumm! Ich bin eine schlechte Strickerin – all die Maschen aufnehmen, das ist eine Menge Arbeit für mich.«

»Sie sind mit Ihrer Kappe ein gutes Stück weitergekommen, Mrs. Blenkensop«, bemerkte Mrs. O'Rourke und sah Tuppence aufmerksam an. »Wie flink Sie sind! Und Miss Minton hält Sie für eine ungeübte Strickerin!«

Tuppence errötete ein wenig; die Alte hatte scharfe Augen.

»Ja, ich habe ganz tüchtig gearbeitet«, sagte sie ein bißchen ärgerlich. »Ich habe Miss Minton nur nach dem Mund geredet und mich ungeschickter angestellt, als ich bin; sie belehrt andere so gern.«

Alle lachten verständnisvoll. Ein paar Minuten später kamen die letzten Gäste, und der Gong ertönte.

Während des Essens drehte sich die Unterhaltung hauptsächlich um Spionagegeschichten; die ältesten, abgestandensten Schauermärchen wurden vorgebracht – die Nonne mit den kräftigen, muskulösen Armen, der Geistliche, der mit dem Fallschirm landet und beim harten Aufprall sehr ungeistlich flucht, die österreichische Köchin mit dem geheimen Sender im Kamin ihres Schlafzimmers und ähnliche Geschichten, die Onkel und Tanten und Vettern erlebt oder doch fast erlebt hatten. Eine höchst normale Unterhaltung, die man in diesen Zeiten immer und überall hören konnte, aber Tuppence spitzte doch die Ohren und beobachtete die Gesichter und Gebärden der Gäste in der Hoffnung, irgend etwas Aufschlußreiches zu erhaschen. Natürlich vergebens. Sheila Perenna nahm als einzige an der Unterhaltung nicht teil, aber da sie sich fast immer schweigsam verhielt, bot auch ihr Schweigen keinen Anhaltspunkt. Sie saß still da und trug eine grüblerische und abweisende Miene zur Schau.

Carl von Deinim war nicht zum Essen erschienen, so konnte man ungehemmt diskutieren.

Erst gegen Ende der Mahlzeit sprach Sheila. Mrs. Sprot hatte gerade mit ihrer piepsigen Stimme gesagt: »Den größten Fehler haben doch die Deutschen im letzten Krieg gemacht, als sie Edith Cavell erschossen. Damit haben sie sich alle Sympathien verscherzt.«

Sheila warf den Kopf zurück. »Warum sollten sie sie denn nicht erschießen?« fragte sie, und ihre junge, frische Stimme klang herausfordernd. »War sie eine Spionin oder war sie es nicht?«

»Gott behüte, sie war doch keine Spionin!«

»Sie verhalf Engländern zur Flucht – im feindlichen Land. Damit hat sie sich am Krieg beteiligt. Natürlich mußte sie erschossen werden.«

»Aber sie war doch eine Frau. Eine Krankenschwester!«

Sheila fuhr hoch. »Die Deutschen waren vollkommen im Recht«, sagte sie. Dann stand sie auf und ging durch die Balkontür in den Garten.

Das Dessert bestand aus einigen unreifen Bananen und saftlosen Orangen und fand wenig Interessenten. So erhoben sich bald alle und begaben sich in den Salon, um dort den Kaffee zu nehmen.

Nur Tommy schlenderte unauffällig in den Garten. Er fand Sheila, an die Balustrade der Terrasse gelehnt, aufs Meer starrend. Langsam ging er auf sie zu und stellte sich neben sie. Er hörte, daß sie schnell und tief atmete, wie in heftiger Erregung. Er bot ihr eine Zigarette an und sagte beiläufig: »Ein schöner Abend.«

»Er könnte schön sein . . .«, antwortete das Mädchen leise. Tommy blickte sie prüfend an. Sie war wirklich ungewöhnlich anziehend in ihrer Vitalität, überzeugend und bezwingend. Dieses junge Wesen strömte Kraft und Jugend aus. Um eines solchen Mädchens willen konnte ein Mann leicht den Kopf verlieren.
»Sie meinen, ein schöner Abend, wenn nicht Krieg wäre?« fragte er.
»Ich hasse den Krieg.«
»Jeder Mensch haßt ihn.«
»So habe ich es nicht gemeint. Ich hasse das dumme, heuchlerische Geschwätz über den Krieg, die Überheblichkeit, die Selbstgerechtigkeit, den unausstehlichen, widerlichen Patriotismus.«
»Widerlichen Patriotismus?« Tommy war sprachlos.
»Ja, ja, ich hasse den Patriotismus – muß ich es noch einmal sagen? Immer und überall heißt es: *unser* Land, *unser* Land. Verrat an *unserem* Land, sterben für *unser* Land, er dient *unserem* Land. – Ist denn das Vaterland immer das wichtigste?«
»Ich weiß nicht«, erwiderte Tommy schlicht, »aber es wird wohl so sein.«
»Für mich nicht!« fuhr Sheila auf. »O ja, für euch vielleicht. Ihr fahrt im Britischen Empire umher und kauft ein und verkauft, ihr kommt braungebrannt zurück und redet über Eingeborene und indische Götzen und . . . und . . .«
»Ganz so schlimm bin ich hoffentlich nicht, liebes Kind«, sagte Tommy freundlich.
»Vielleicht habe ich ein bißchen übetrieben, aber Sie wissen schon, was ich meine. Sie glauben an das Britische Empire und an die Dummheit, daß man fürs Vaterland sterben soll.«
»Mein Vaterland«, sagte Tommy trocken, »ist leider gar nicht so versessen auf meinen Heldentod.«
»Ja, aber Sie selbst sind versessen darauf. Wie verbohrt das ist! Nichts auf der Welt ist es wert, daß man dafür stirbt. Das ist alles nur Gerede, Phrasen, hohles Idiotengeschwätz. Mein Vaterland bedeutet mir nichts, keinen Pfifferling!«
»Und eines Tages werden Sie zu Ihrer Überraschung merken, daß es Ihnen doch etwas bedeutet.«

»Nein, niemals. Ich habe zu viel gelitten, zu viel gesehen ...«
Sie brach ab. Dann wandte sie ihm mit einer raschen Bewegung den Kopf zu. »Wissen Sie, wer mein Vater war?«
»Nein.« Tommys Interesse wuchs.
»Er hieß Patrick Maguire. Er ... er war im vorigen Krieg ein Anhänger von Sir Roger Casement. Wurde als Verräter erschossen! Und das alles für nichts ... für ein Phantom ... er hatte sich mit andern Iren in diesen sogenannten Heroismus hineingeredet. Warum konnte er nicht ruhig und vernünftig daheimbleiben? Warum mußte er sich um Dinge kümmern, die ihn nichts angingen? Jetzt nennen ihn die einen einen Märtyrer und die andern einen Verräter. Dabei war er nur – dumm!«
Der so lange gewaltsam unterdrückte Aufruhr kam plötzlich und mit unerwarteter Heftigkeit zum Ausbruch.
»Unter diesem Alpdruck sind Sie also aufgewachsen?« fragte Tommy.
»Alpdruck – ja, das war es. Mutter hat dann ihren Namen geändert. Ein paar Jahre lebten wir in Spanien. Mutter erzählt überall, ihr Mann sei Halbspanier gewesen. Immer Lügen, nichts als Lügen. Von einem Land ins andere sind wir gezogen. Überall haben wir Lügen erzählt, auf dem ganzen Kontinent. Schließlich kamen wir hierher, und nun führen wir diese Pension. Das ist vielleicht das widerlichste von allem.«
»Und wie denkt Ihre Mutter über diese Dinge?«
»Sie meinen – über den Tod meines Vaters?« Sheila runzelte die Stirn und schwieg verwirrt. »Ich habe mir darüber nie recht klarwerden können«, sagte sie dann langsam. »Sie spricht nicht davon. Bei Mutter weiß man nie, was sie denkt und fühlt.«
Tommy nickte nachdenklich.
»Warum schwätze ich eigentlich soviel und erzähle Ihnen das alles?« sagte Sheila schroff. »Wie bin ich dazu gekommen? Was hat mich so aufgeregt? Worüber sprachen wir denn?«
»Über Edith Cavell.«
»Ach ja, der Patriotismus. Ich kann ihn nicht ausstehen.«
»Wissen Sie, wie Edith Cavells letzte Worte lauteten?«

»Nein.«
»›Patriotismus ist nicht genug ... Ich muß mein Herz von Haß frei halten‹«, sagte Tommy langsam.
»Oh!« Sie stand betroffen da und sah ihn an.
Dann drehte sie sich rasch um und entfloh ins Dunkel des Gartens.

»Du siehst also, Tuppence, es paßt alles ausgezeichnet zueinander.«
Sie wiegte nachdenklich den Kopf. Die kleine Bucht war menschenleer. Tuppence lehnte sich gegen einen Wellenbrecher, Tommy saß erhöht auf einem andern, so daß er das ganze Kommen und Gehen auf der Strandpromenade verfolgen konnte. Allerdings hatte er sich vorher vergewissert, was die einzelnen Pensionsgäste an diesem Morgen unternehmen wollten. Außerdem trug das Beisammensein mit Tuppence völlig den Stempel einer zufälligen Begegnung – erwünscht für die Dame und etwas unbehaglich für ihn.
»Mrs. Perenna?« fragte Tuppence.
»Ja. M., nicht N. Es paßt alles gut auf sie.«
Wieder nickte Tuppence nachdenklich.
»Sie ist Irin – das hat Mrs. O'Rourke schon herausgeschnüffelt. Sie leugnet es aber ab. Ist viel auf dem Kontinent herumgereist. Hat ihren Namen geändert, ist dann hierhergekommen und hat die Pension eröffnet. Eine ausgezeichnete Tarnung, sieht alles ganz unschuldig aus. Ihr Mann wurde von England als Verräter erschossen – sie hätte also einen Grund, sich zur Fünften Kolonne zu schlagen. Ja, das klingt alles sehr wahrscheinlich. Ob das Mädchen auch dabei ist? Was meinst du?«
»Ganz bestimmt nicht«, gab Tommy nachdrücklich zurück.
»Sonst hätte sie mir doch nicht alles erzählt. Ich kam mir recht gemein vor.«
Tuppence verstand seine Skrupel nur zu gut.
»Mir geht's genauso. In gewisser Weise ist es eine faule Sache.«
»Aber verflucht notwendig.«
»Ich finde es gar nicht so schlimm, daß ich manchmal lügen

muß. Ehrlich gesagt, hin und wieder macht es mir sogar Spaß. Viel schlimmer ist es, wenn man das Lügen und ›den Dienst‹ vergißt – wenn man frei und aufrichtig spricht und dadurch ohne Absicht plötzlich die andern zum Reden und zur Offenheit bringt.« Sie schwieg. Dann fuhr sie fort: »Das ist dir gestern abend mit dem Mädchen passiert. Sie hat deinem wahren Ich geantwortet – und natürlich fühlst du dich jetzt gemein. Mir erging es ebenso – mit dem jungen Deutschen.«
»Was denkst du von ihm?« fragte Tommy.
»Meiner Meinung nach«, erwiderte Tuppence schnell, »hat er nicht das geringste mit der Sache zu tun.«
»Mr. Grant ist anderer Ansicht.«
»Immer dein Mr. Grant!«
»Zur Sache«, mahnte Tommy. »Über Mrs. Perenna sind wir uns also einig?«
»Zum mindesten sind die Verdachtsgründe nicht von der Hand zu weisen. Hast du sonst niemanden in Betracht gezogen?«
Tuppence überlegte.
»Nein, eigentlich nicht. Natürlich habe ich alle beobachtet und sämtliche Möglichkeiten durchdacht. Aber ein paar von den Leuten sind von vornherein auszuschalten.«
»Zum Beispiel?«
»Nun, Miss Minton, diese brave alte Jungfer, und Mrs. Sprot mit ihrer Kleinen und die stockdumme Cayley.«
»Dummheit kann man auch mimen.«
»Ja, das andere ebenfalls. Aber ›brave alte Jungfer‹ und ›besorgte junge Mutter‹ sind Rollen, bei denen man leicht zu dick aufträgt. Und die beiden hier sind ganz natürlich. Außerdem – ist da noch das Kind.«
»Selbst eine Spionin könnte Kinder kriegen, meinst du nicht?«
»Aber sie hätte es nicht bei sich, wenn sie mitten in der Arbeit steckte. Das ist ganz sicher, Tommy. Ein Kind mitbringen, wenn es gefährlich ist – nein, ausgeschlossen.«
»Einverstanden«, gab Tommy zu. »Du magst recht haben mit Mrs. Sprot und Miss Minton, aber in bezug auf Mrs. Cayley bin ich noch nicht überzeugt.«

»Also lassen wir diese Möglichkeit weiter offen. Sie übertreibt ja tatsächlich ein bißchen. So idiotisch, wie sie tut, kann man doch kaum sein.«
»Allzu große Gattentreue untergräbt die Vernunft«, murmelte Tommy.
»Wo hast du denn diese Erfahrung gemacht?« verlangte Tuppence zu wissen.
»Nicht bei dir, Tuppence. So übermäßig besorgt und hingebend warst du nun wieder nicht.«
»Hatte ich zum Glück auch nicht nötig«, meinte Tuppence freundlich. »Für einen Mann machst du erstaunlich wenig Umstände, wenn du krank bist.«
Tommy kehrte zum ursprünglichen Thema zurück.
»Cayley?« meinte er nachdenklich. »Ob mit Cayley etwas faul ist?«
»Völlig ausgeschlossen ist es nicht. Und Mrs. O'Rourke?«
»Ich bin mir über sie noch nicht ganz im klaren. Alltäglich ist sie jedenfalls nicht. Ziemlich ausgefallene Person. Aber es ist wohl ihre natürliche Art.«
Tuppence sagte langsam: »Übrigens hat sie ein scharfes und wachsames Auge.« Sie dachte an die Bemerkung über ihre Strickkünste.
»Und Bletchley?« fragte Tommy.
»Mit dem habe ich ja kaum gesprochen. Der gehört in dein Ressort.«
»Ja, mir scheint, er ist der typische, brave alte Soldat. Wie gesagt, so *scheint* es.«
»Eine dumme Geschichte.« Tuppence war der Zweifel in Tommys Stimme nicht entgangen. Sie war sehr nachdenklich. »Da haben wir es mit lauter gewöhnlichen, ganz alltäglichen Leuten zu tun und wollen sie durchaus mit einem Verdacht in Zusammenhang bringen.«
»Ich habe Bletchley schon ein bißchen auf den Zahn gefühlt.«
»In welcher Weise? Ich wollte es dir gerade vorschlagen.«
»Ja, die üblichen netten kleinen Fallen: Daten und Namen – und Ähnliches.«
»Möchtest du nicht freundlichst vom Allgemeinen zum Besonderen kommen, wenn du mit mir redest?«

»Aber Tuppence! Also, wir haben zum Beispiel über Entenjagd gesprochen. Er erwähnte Fayum – da wäre in dem und dem Jahr, in dem und dem Monat eine großartige Jagd gewesen. Ein anderes Mal sprach ich in ganz anderem Zusammenhang über Ägypten: Mumien, Tutanch-Amon – ob er das Zeugs gesehen hätte. Wann war er dort? Er antwortete; und ich habe seine Antworten später überprüft. Dann sprach ich über Schiffahrtslinien, über ein paar bestimmte Schiffe. Er kannte sie, hatte die eine oder andere Reise mitgemacht. Lauter Belanglosigkeiten, weißt du, nichts, wobei man auf der Hut sein müßte.«
»Und du bist keiner Ungenauigkeit auf die Spur gekommen, keinem Widerspruch?«
»Keinem einzigen. Alles, was er gesagt hat, stimmt. Und dieses Verfahren ist sehr wirksam und aufschlußreich.«
»Ja, aber wenn er wirklich N. wäre, müßte er natürlich alles, was er sagt, am Schnürchen parat haben.«
»In den großen Linien, gewiß. Aber es ist gar nicht so leicht, die kleinen Einzelheiten immer auseinanderzuhalten. Und dann könnte auch hie und da das Gedächtnis allzu gut sein. Ein unbefangener Mensch ist nicht imstande, einfach aus dem Handgelenk anzugeben, ob er im Jahre 1926 oder 27 zu einer Jagdpartie eingeladen war; er muß erst ein bißchen nachdenken, sein Gedächtnis auffrischen.«
»In diesem Punkt liegt bei Bletchley also nichts Verdächtiges vor?«
»Er antwortete jedesmal wie ein unbefangener Mensch.«
»Resultat: negativ.«
»Stimmt.«
»Nun will ich dir sagen«, erklärte Tuppence, »wie ich mir die Geschichte weiter vorstelle.«

Auf dem Heimweg ging Mrs. Blenkensop auf die Post, kaufte Marken und rief von einer Telefonzelle aus eine bestimmte Nummer an. Sie verlangte »Mr. Faraday«; das war der mit Mr. Grant vereinbarte Deckname. Lächelnd verließ sie die Zelle, begab sich langsam nach Hause und kaufte unterwegs noch etwas Wolle.

Es war ein schöner Nachmittag; ein leichter Wind machte das Gehen angenehm. Tuppence zügelte ihre flinken, energischen Schritte zu einem für Mrs. Blenkensop besser geeigneten ruhigen Schlendern. Mrs. Blenkensop hatte ja nichts anderes auf der Welt zu tun, als zu stricken (was sie nicht allzu gut machte) und an ihre Söhne zu schreiben. Sie schrieb fortwährend Briefe, und zuweilen ließ sie sie halbfertig herumliegen.

Langsam stieg Tuppence den Hügel zur Pension hinan. Die Straße, gewissermaßen eine breite Sackgasse, führte nur bis zu Commander Haydocks Haus, zum »Schmugglernest«; daher herrschte hier nie viel Verkehr – allenfalls fuhren morgens ein paar Lieferwagen vorbei.

Als Tuppence sich der Pension näherte, erblickte sie eine Frau am Gartengitter, die zum Haus hinüberstarrte. Etwas seltsam Gespanntes, Lauerndes war in ihrer Haltung.

Die Frau bemerkte Tuppence erst, als diese dicht hinter ihr stand. Da drehte sie sich zutiefst erschrocken um.

Es war eine große Frau, ärmlich, fast schäbig gekleidet; aber das Gesicht war ungewöhnlich. Zwischen ihrem Gesicht und ihrer Kleidung bestand ein auffallender Gegensatz. Sie war blond und hatte breite Backenknochen; sie mußte einmal schön gewesen sein – eigentlich war sie es noch. Es schien Tuppence einen Augenblick, als kenne sie das Gesicht – dann aber meinte sie sich doch zu irren. Dieses Gesicht, so sagte sie sich, vergißt man nicht so leicht, wenn man es einmal gesehen hat.

Die Frau war ganz augenscheinlich verwirrt. Es entging Tuppence nicht, daß sie errötete.

»Verzeihung«, sagte Tuppence, »suchen Sie jemanden?«

Die Frau sprach langsam, mit fremdländischem Akzent, sorgsam, wie auswendig gelernt: »Ist dieses Haus Sans Souci?«

»Ja. Ich wohne hier. Wollen Sie jemanden im Sans Souci sprechen?«

Nach kurzem Zögern sagte die Frau: »Ja, bitte. Wohnt hier Mr. Rothenstein?«

»Mr. Rothenstein?« Tuppence schüttelte den Kopf. »Nein,

bedaure. Vielleicht hat er hier gewohnt und ist inzwischen abgereist. Soll ich fragen?«
Aber die Fremde machte eine abwehrende Bewegung.
»Nein, nein, ein Irrtum. Danke, Verzeihung.«
Sie drehte sich brüsk um und lief mehr, als daß sie ging, den Hügel hinab.
Mit aufsteigendem Verdacht blickte Tuppence ihr nach. Da stimmte etwas nicht – das auffallende Benehmen zuerst und dann die nichtssagenden Worte. Rothenstein – sicher nur ein vorgeschobener Name, der erstbeste, der ihr gerade eingefallen war.
Tuppence zögerte einen Augenblick, dann ging sie wieder den Hügel hinunter, hinter der Fremden her. Irgend etwas befahl ihr, diese Frau im Auge zu behalten.
Dann aber blieb sie plötzlich stehen. Nein, das war falsch. Damit zog sie die Aufmerksamkeit auf sich. Sie war im Begriff gewesen, in die Pension hineinzugehen, als sie mit der Frau gesprochen hatte; folgte sie ihr jetzt, so würde die Fremde – falls sie wirklich zu »denen« gehörte – merken, daß sie keine harmlose Mrs. Blenkensop war. Und diese Rolle mußte unter allen Umständen einwandfrei weitergespielt werden.
Also kehrte sie wieder um, betrat das Sans Souci und blieb unten in der Halle stehen. Das Haus schien, wie fast immer am frühen Nachmittag, ganz verlassen. Betty schlief, die älteren Gäste ruhten sich aus oder machten einen Spaziergang.
In der halbdunklen Halle stehend, überdachte Tuppence die sonderbare Begegnung, als ein kurzer, schwacher Laut ihr Ohr traf. Diesen Ton, dieses ganz leise, kurze Klingeln, kannte sie gut.
Im Sans Souci befand sich das Telefon in der Halle. So, wie Tuppence es gerade eben gehört hatte, klingelte es, wenn am Nebenanschluß der Hörer abgehoben oder aufgelegt wurde. Es gab im Haus nur einen einzigen Nebenanschluß – in Mrs. Perennas Schlafzimmer.
Tommy hätte jetzt vielleicht gezögert. Aber für Tuppence gab es überhaupt keine Bedenken. Vorsichtig nahm sie den Hörer ab und hob ihn ans Ohr.

Kein Zweifel, jemand sprach am Nebenanschluß. Eine Männerstimme. Tuppence hörte: »Alles in Ordnung. Am Vierten also, wie verabredet.«
Dann eine Frauenstimme: »Gut. Macht nur weiter.«
Mit einem leisen Klicken wurde der Hörer aufgelegt.
Tuppence stand unschlüssig da und runzelte die Stirn. War das Mrs. Perennas Stimme gewesen? Schwer zu sagen, sie hatte ja nur die vier Worte aufgefangen. Schade, daß sie nicht mehr gehört hatte. Vielleicht war es nur eine ganz harmlose, alltägliche Unterhaltung gewesen – nichts deutete auf etwas Besonders, Verdächtiges hin.
Ein Schatten verdunkelte das durch die Tür fallende Licht. Tuppence schrak zusammen und legte den Hörer auf, als Mrs. Perenna sie anredete.
»Wunderbarer Nachmittag. Wollen Sie ausgehen, Mrs. Blenkensop, oder kommen Sie gerade nach Hause?«
Es war also nicht Mrs. Perenna gewesen, die vom Nebenanschluß aus gesprochen hatte. Tuppence murmelte etwas von einem schönen Spaziergang und wandte sich zur Treppe.
Mrs. Perenna folgte ihr. Sie schien größer als gewöhnlich. Eigentlich eine athletische Person, dachte Tuppence mit Unbehagen.
»Ich möchte meinen Mantel ablegen«, sagte sie und lief eilig die Treppe hinauf. Als sie um den Treppenabsatz bog, stieß sie mit Mrs. O'Rourke zusammen; die Riesengestalt versperrte ihr den Weg.
»Lieber Himmel, Mrs. Blenkensop, haben Sie es aber eilig!«
Sie trat nicht beiseite, sondern blickte lächelnd auf Tuppence hinunter. Ihr Lächeln hatte, wie immer, etwas Unheimliches.
Und plötzlich spürte Tuppence Angst.
Oben stand diese große lächelnde Irin mit der tiefen Stimme und ließ sie nicht vorbei, und unten an der Treppe versperrte Mrs. Perenna ihr den Weg.
Tuppence warf einen verstohlenen Blick über die Schulter. War es nur Einbildung, oder sah das nach oben gewandte Gesicht der Pensionswirtin wirklich drohend aus? Unsinn,

ermahnte sie sich, vollkommener Unsinn! Es war ein heller Tag, sie befand sich in einer nüchternen Pension – ja, aber das Haus war so still, kein Laut. Und sie hier auf der Treppe zwischen den beiden Frauen. Nein, kein Zweifel, es war tatsächlich etwas Seltsames in Mrs. O'Rourkes Lächeln, etwas Wildes und Bedrohliches. Sie spielt mit mir wie die Katze mit der Maus, dachte Tuppence mit Herzklopfen.

Dann löste sich die Spannung plötzlich. Oben vom Treppenabsatz her schoß eine winzige Gestalt mit lautem Freudengequiek auf sie zu: Betty Sprot im Nachthöschen. Sie rannte an Mrs. O'Rourke vorbei, rief beglückt: »Gugguu!« und stürzte sich in Tuppence' Arme.

Die ganze Atmosphäre schien mit einem Schlag verändert. Mrs. O'Rourke rief voller Freundlichkeit: »Ach, das süße Ding. Nein, wie groß sie schon ist!«

Mrs. Perenna war hinter der Küchentür verschwunden. Tuppence, Bettys Fingerchen fest in ihrer Hand, schob sich an Mrs. O'Rourke vorbei und wandte sich Mrs. Sprots Zimmer zu. Die junge Mutter stand an der Tür und schalt ihren kleinen Ausreißer.

Tuppence trat mit dem Kind ins Zimmer.

Merkwürdig erleichtert fühlte sie sich in dieser gemütlichen Atmosphäre. Da waren die Kinderkleidchen, der Stoffhund, Spielzeug, das weißgestrichene Bettchen, das etwas schafsmäßige und wenig anziehende Gesicht von Mrs. Sprot im Spiegel des Toilettentisches, ihr Redeschwall über die Wäscherechnung ... und: es sei doch wirklich nicht entgegenkommend von Mrs. Perenna, Stammgästen müßte sie doch eigentlich die Benutzung eines elektrischen Bügeleisens erlauben ...

Alles so normal, so beruhigend, so alltäglich.

Und doch – eben jetzt – auf der Treppe ...

Nerven, schalt Tuppence sich, Albernheit!

Waren es wirklich nur die Nerven? Jemand hatte in Mrs. Perennas Schlafzimmer das Telefon benutzt. Das stand fest. Wer? Mrs. O'Rourke? Seltsam, höchst seltsam. Wenn jemand den Apparat in der Halle umgehen und unerwünschte Zuhörer vermeiden wollte ...

Sehr kurzes Gespräch, dachte Tuppence, kaum ein paar Worte.

»Alles in Ordnung. Am Vierten also, wie verabredet.«

Das konnte gar nichts heißen – oder sehr viel.

Am Vierten. Welches Datum war heute? Am Vierten, aber von welchem Monat?

Es konnte jedoch ebensogut heißen: am vierten Pfahl oder am vierten Wellenbrecher – unmöglich zu wissen.

Vielleicht handelte es sich nur um eine ganz harmlose Verabredung am vierten Landungssteg. Vielleicht hatte die Pensionsinhaberin Mrs. O'Rourke erlaubt, von ihrem Zimmer aus zu telefonieren, wenn sie wollte.

Aber das unheimliche Gefühl von etwas Bedrohlichem ... als hinge ein Unheil in der Luft. Halten Sie sich gefälligst an Tatsachen, Mrs. Blenkensop, rief Tuppence sich streng zur Ordnung. Tun Sie Ihre Arbeit und damit Schluß!

5

Commander Haydock entpuppte sich als ein außerordentlich liebenswürdiger Gastgeber. Er begrüßte Mr. Meadowes und Major Bletchley hocherfreut und bestand darauf, dem neuen Besucher »die ganze Bude« eingehend zu zeigen.

»Schmugglernest« war ursprünglich der Name für ein paar Küstenwächter-Hütten gewesen, die, auf den Klippen erbaut, einen weiten Blick übers Meer gewährten. Unter den Klippen befand sich eine kleine Höhle; aber der Zugang war gefährlich, und nur ein paar tollkühne Burschen wagten zuweilen das Abenteuer.

Später hatte ein Londoner Geschäftsmann die Hütten abreißen lassen und das Haus errichtet. Er hatte hier immer nur während der Sommermonate gewohnt.

Mehrere Jahre hatte das Haus dann leergestanden; schließlich wurde es möbliert an Sommergäste vermietet.

»Aber vor ein paar Jahren«, erklärte Haydock, »hat ein

Mann namens Hahn das Ganze gekauft. Er war Deutscher und meiner Meinung nach ein Spion, wie er im Buche steht.«
Tommy spitzte die Ohren. »Interessant«, sagte er und stellte sein Sherryglas hin.
»Ein verflucht raffinierter Kerl«, sagte Haydock. »Hatte schon damals einen Überfall und eine Invasion im Kopf. Sehen Sie sich einmal die Lage gut an. Wie geschaffen zum Signalisieren übers Meer. Unten die Bucht, da kann man mit einem Motorboot landen. Ganz abseits gelegen, hat natürlichen Schutz durch die Klippe. Wenn dieser Hahn kein deutscher Agent war, laß ich mich braten!«
»Selbstverständlich war er einer«, erklärte Bletchley.
»Und was wurde aus ihm?« fragte Tommy.
»Oh, das ist eine interessante Geschichte«, erwiderte Haydock. »Hahn hat eine Menge Geld in den Besitz hier gesteckt. Zur Bucht hinunter hat er einen Weg anlegen lassen – Beton-Treppenweg, teure Sache. Auch das Haus hat er neu eingerichtet, mit Badezimmer und allem Drum und Dran. Aber wer hat die ganzen Arbeiten ausgeführt? Niemand hier vom Ort. Nein, eine Londoner Firma! So hieß es wenigstens. Außerdem waren unter den Arbeitern viele Ausländer. Ein paar von ihnen sprachen kein Wort Englisch. Na, meinen Sie nicht auch, daß da etwas faul war?«
»Allerdings ein bißchen merkwürdig«, bestätigte Tommy.
»Ich lebte damals in der Nähe in einem Bungalow und fing an, ein Auge auf die Geschichte zu haben. Ich kam öfters vorbei und sah mir die Arbeiter an. Was soll ich Ihnen sagen – die mochten das nicht, ganz und gar nicht. Ein paarmal haben sie mich beinahe bedroht. Hätten sie das getan, wenn alles seine Ordnung gehabt hätte?«
Bletchley nickte beistimmend. »Sie hätten die Behörden benachrichtigen sollen«, meinte er.
»Hab ich natürlich getan, mein lieber Freund. Aber was kam dabei heraus? Was habe ich erreicht? Nichts. Redeten höflich und rührten keinen Finger. Wir sind ja blind und taub in diesem Land. Ein neuer Krieg mit Deutschland? Kommt gar nicht in Frage! Frieden in Europa – ausgezeichnete freundschaftliche Beziehungen zu Deutschland – natürliche Sym-

pathien zwischen den beiden Völkern. Mich haben sie als ein altes Fossil betrachtet, als Kriegshetzer, Querulanten, als querköpfigen alten Seebären. Wie oft hab ich den Leuten gesagt: Deutschland baut die großartigste Luftwaffe in ganz Europa auf, und sicher nicht nur, um damit Besichtigungsflüge zu unternehmen. Aber hat ein Mensch je auf mich gehört?«

»Niemand hat an etwas Böses gedacht«, ereiferte sich jetzt auch Bletchley. »Blöde Bande! Nie wieder Krieg! Friedenspolitik. Alles Quatsch.«

Haydocks Gesicht wurde vor unterdrücktem Ärger noch röter, als es ohnehin war.

»Von mir hieß es: So ein Schwarzseher, so ein Kriegshetzer ist ein Hindernis auf dem Weg zum Dauerfrieden. Jawohl, Frieden! Man soll mir doch keine Märchen erzählen! Beachten Sie, von wie langer Hand die ganze Sache vorbereitet war. Na, die Geschichte mit dem Hahn hat mir nicht gefallen – weder er selbst noch seine ausländischen Arbeiter. Auch nicht seine Art, Geld in dieses Grundstück hier zu stecken. Also bin ich immer wieder zur Polizei gelaufen.«

»Tüchtig von Ihnen«, lobte Bletchley.

»Schließlich machte es ihnen doch Eindruck. Damals kam ein neuer Polizeichef her – ein alter Soldat. Der war vernünftig und hörte auf mich. Ließ dann seine Leute ein bißchen herumschnüffeln. Hahn kriegte Wind von der Sache und – hast du nicht gesehen, weg war er über Nacht. Nun kam die Polizei mit einem Durchsuchungsbefehl. Da fand man doch tatsächlich in einem Safe im Eßzimmer einen Geheimsender und ein paar reichlich belastende Dokumente. Und unter der Garage große Benzintanks. Na, da war ich aber obenauf! Im Club hatte man mich schon aufgezogen mit meinem Spionagekomplex. Das ließ man nun schön sein. Eine Schande, wie gutgläubig wir hierzulande sind. Geradezu mit Blindheit geschlagen.«

»Nicht nur eine Schande, ein Verbrechen. Verrückt sind wir! Warum werden nicht alle Flüchtlinge interniert?« Major Bletchley war bei seinem Lieblingsthema.

»Der Besitz war nun wieder zu verkaufen, und da habe ich

ihn erworben; das ist das Ende der Geschichte«, schloß Haydock. »Haben Sie Lust, sich das Grundstück anzusehen, Meadowes?«
»Danke. Sehr gern.«
Commander Haydock war mit geradezu knabenhaftem Eifer bei der Sache, als er die Gäste herumführte. Er öffnete den großen Safe im Eßzimmer, wo man den Sender gefunden hatte. Tommy mußte ihm in die Garage folgen und sich ansehen, wo die Benzintanks versteckt eingebaut waren, dann mußte er die zwei Badezimmer, die Lichtanlage, die vollständig elektrifizierte Küche bewundern, und schließlich führte ihn der Commander noch den Treppenweg zur Bucht hinunter und erläuterte, wie raffiniert zweckmäßig die ganze Anlage im Kriegsfall für den Feind wäre. Tommy mußte sogar in die Höhle kriechen, die dem Ort seinen Namen verliehen hatte, und Haydock redete sich in immer größere Begeisterung hinein.
Bletchley blieb inzwischen friedlich bei seinem Sherry auf der Terrasse sitzen. Tommy hatte schon bemerkt, daß die erfolgreiche Spionenjagd Haydocks Steckenpferd war und daß Freunde diese Geschichte des öfteren anhören mußten.
Bletchley bestätigte es, als sie später miteinander in die Pension zurückkehrten.
»Netter Bursche, dieser Haydock«, sagte er, »aber seine Geschichte muß er immer wieder an den Mann bringen. Wir können sie schon nicht mehr hören.«
Dann ging die Unterhaltung auf ein Erlebnis des Majors über. Bletchley erzählte ausführlich, wie er im Jahre 1923 in Indien einmal einen betrügerischen Träger entlarvt hatte. Tommy konnte ungestört seinen eigenen Gedanken nachhängen und begnügte sich mit einem gelegentlichen »Nein, wirklich?« und »Ach, wie interessant« und »Das haben Sie aber großartig angefangen«, wodurch Bletchley sich noch mehr angespornt fühlte.
Mehr als je schien es Tommy, daß Farquhar auf der richtigen Fährte gewesen war, als er vor seinem Tod Sans Souci nannte. An diesem weltentlegenen Fleck Erde waren schon von langer Hand Vorbereitungen getroffen worden. Der

Deutsche Hahn und seine kostspielige Anlage – das bewies ja klar, daß diese Küste hier zum Brennpunkt der feindlichen Tätigkeit ausersehen war.
Durch Haydocks unerwünschte Aufmerksamkeit war dann das Spiel frühzeitig beendet worden. England hatte die erste Runde gewonnen. Aber vielleicht stellte das »Schmugglernest« nur den Außenposten für ein kompliziertes Angriffssystem dar? Für eine Landung war es geeignet, außerordentlich geeignet sogar. Diese Bucht, nur von oben her durch den Treppenpfad erreichbar, bildete einen geradezu idealen Anlegeplatz.
Tommys Lebensgeister erwachten wieder. Die durch die albern-harmlose Atmosphäre in der Pension erzeugte Niedergeschlagenheit wich. Alles schien dort so unschuldig, so nüchtern; aber das war nur die Oberfläche. Hinter der harmlosen Fassade wurde ein böses Spiel gespielt.
Und nach Tommys Vermutung hielt Mrs. Perenna die Fäden in der Hand. Die Hauptsache war nun also, mehr über Mrs. Perenna zu erfahren. Er mußte herausbekommen, was hinter der Maske der einfachen Pensionsbesitzerin steckte. Er mußte ihren Briefwechsel überwachen, ihre gesellschaftlichen Beziehungen auskundschaften, mußte herausfinden, als was sie früher gearbeitet hat – irgendwie mußte er ihr auf die Spur kommen. Ob Mrs. Perenna die berüchtigte Agentin M. war? Ob sie wirklich die ganze Fünfte Kolonne im Land leitete? Ihre Identität würde wohl nur wenigen Eingeweihten bekannt sein. Aber sicherlich hatte sie Verbindungen zu Unteragenten – das war's, was er und Tuppence jetzt herauskriegen mußten.
Englands Flotte war allmächtig; also mußte der Schlag aus der Luft erfolgen und – durch Verrat im Innern.
Und wenn Mrs. Perenna alle Fäden dazu in der Hand hielt, dann war keine Zeit zu verlieren.
In seine Gedanken hinein leierten Bletchleys Worte:
». . . und da sah ich, daß keine Zeit zu verlieren war. Ich nahm mir Abdul vor . . .« und endlos weiter ging die Erzählung.
Aber warum gerade Leahampton? fragte sich Tommy. Es

liegt ganz abseits – sozusagen totes Gleis. Ein verschlafenes Städtchen – altmodisch, konservativ. Das ist gerade das richtige. Sonst noch etwas?
Hinter Leahampton begann flaches Weideland, das sich weit landeinwärts erstreckte. Viele Wiesen und Äcker. Also gut geeignet für Truppenlandungen mittels Flugzeugen oder Fallschirmen. Aber das traf wohl auch auf andere Orte zu. Außerdem gab es hier eine sehr große chemische Fabrik. Dort war Carl von Deinim beschäftigt, nicht zu vergessen.
Carl von Deinim. Hatte er etwas damit zu tun? Es schien nur allzu wahrscheinlich. Grant hatte allerdings die Vermutung geäußert, er könne nicht an der Spitze stehen, weil er in jedem Augenblick der Überwachung, sogar der Internierung ausgesetzt war. Also nur ein Rädchen in der großen Maschine. Trotzdem konnte er inzwischen die ihm gestellten Aufgaben gut ausgeführt haben. Tuppence gegenüber hatte er von Arbeiten über Seuchenbekämpfung und Unschädlichmachen gewisser Gase gesprochen. Da gab es viele Möglichkeiten – keine erfreulichen!
Also, schloß Tommy ein wenig widerstrebend, Carl hing mit in der Sache drin. Schade, er konnte den Jungen gut leiden. Immerhin, er arbeitete für sein Vaterland – setzte sein Leben aufs Spiel. Für einen solchen Gegner konnte Tommy Achtung empfinden, auch wenn er ihn mit allen Mitteln bekämpfte. Zum Schluß hieß es dann: er oder ich – aber das hatte er ja gewußt, als er den Auftrag annahm.
Nur die Verräter im eigenen Lande erregten Tommys Zorn. Bei Gott, die wollte er zur Strecke bringen!
»... Und so habe ich sie dann zur Strecke gebracht!« schloß der Major triumphierend seine Erzählung. »War ein ganz ordentliches Stück Arbeit von mir, was?«
Tommy erwiderte ohne zu erröten: »Großartig! Das Verwegenste, was ich je gehört habe, Herr Major.«

Mrs. Blenkensop las einen Brief, der auf Überseepapier geschrieben und dessen Umschlag mit den Stempeln des Zensors versehen war.

Diese Briefe waren das sichtbare Ergebnis ihrer Unterhaltung mit »Mr. Faraday« –
»Ach, mein lieber Raymond«, murmelte sie, »ich war so froh, ihn draußen in Ägypten zu wissen, und nun scheint alles wieder umdisponiert zu werden. Selbstverständlich alles ganz geheim, er darf um Gottes willen nichts darüber sagen. Natürlich. Der ganze Plan ist wunderbar, sagt er, bald werde ich mächtig überrascht sein. Gottlob weiß ich wenigstens, wohin er kommt, aber ich möchte nur wissen, weshalb gerade dorthin . . .«
»Er darf Ihnen doch wohl nicht erzählen, wohin er geschickt wird?« knurrte Bletchley.
Tuppence lachte ein bißchen schuldbewußt, faltete den kostbaren Brief zusammen und blickte die Gäste am Frühstückstisch mit bittender Miene an.
»Wir haben da unsere eigenen Methoden«, sagte sie halb verschämt. »Der liebe Raymond. Er weiß ganz genau, daß ich ruhiger bin, wenn ich nur eine Ahnung habe, wo er ist oder wohin er geht. Unser Geheimcode ist ganz einfach. Ein bestimmtes Wort, und dann geben die Anfangsbuchstaben der nächsten Wörter den Ort an. Manchmal kommen da natürlich sehr komische Sätze zustande – aber Raymond ist so erfinderisch. Bestimmt kann niemand etwas merken.«
Unwilliges Gemurmel erhob sich. Tuppence hatte den Augenblick gut gewählt; fast alle Gäste waren beim Frühstück versammelt. »Entschuldigen Sie, Mrs. Blenkensop«, rief Bletchley, der ganz rot geworden war. »Aber was Sie da machen, ist recht töricht und unverantwortlich. Truppenverschiebungen und Unternehmungen der R.A.F. – darauf sind die Deutschen scharf wie der Teufel auf die arme Seele!«
»Aber von mir wird doch nie jemand ein Sterbenswörtchen erfahren«, rief Tuppence. »Ich bin furchtbar vorsichtig!«
»Trotzdem machen Sie da etwas Unrechtes – und Ihr Sohn wird eines Tages bös hereinfallen.«
»O Gott, hoffentlich nicht! Ich bin doch seine Mutter. Wenn eine Mutter nicht einmal das Recht hat . . .«
»Ich bin ganz Ihrer Meinung«, platzte Mrs. O'Rourke strah-

lend heraus. »Nicht mit Zangen könnte man Ihnen das Geheimnis entreißen – das wissen wir alle.«
»Aber Briefe können gelesen werden«, sagte Bletchley.
»Niemals lasse ich meine Briefe herumliegen«, entgegnete Tuppence mit dem Ausdruck gekränkter Würde. »Ich schließe sie immer gut fort.«
Bletchley schüttelte zweifelnd den Kopf.

Der Morgen war unfreundlich und grau. Ein kalter Wind blies vom Meer her. Tuppence befand sich allein am äußersten Ende des Strandes.
Aus ihrer Handtasche nahm sie zwei Briefe, die sie soeben bei einem kleinen Zeitungsstand in der Stadt abgeholt hatte. Die Briefe waren ziemlich lange unterwegs gewesen. Die zweite Umadressierung ging an eine Mrs. Spender. Tuppence hatte ihre Spuren sorgfältig verwischt; die Kinder glaubten sie bei einer alten Tante in Cornwall.
Sie öffnete den ersten Brief.

Liebste Mutter,
ich könnte Dir eine ganze Menge Ulkiges erzählen; schade, daß es nicht geht. Wir arbeiten hier recht tüchtig. Heute vor dem Frühstück schon fünf deutsche Flugzeuge – auf leeren Magen! Bißchen drunter und drüber geht es ja im Augenblick, aber zuletzt sind wir doch mächtig obenauf, sollst sehen!
Gus und Trundles, die auch hier sind, lassen Dich grüßen. Keine Sorge um mich, mir geht's prima. Bin so glücklich, dabeizusein. Viele liebe Grüße an den alten Rotkopf – haben sie ihn endlich irgendwo untergebracht?
Tausend Grüße Dein Derek

Tuppence las das Schreiben wieder und wieder. Ihre Augen strahlten. Dann öffnete sie den anderen Brief.

Liebe Mum,
wie geht's Dir bei der alten Mumie von Tante? Kannst Du's schaffen? Ich bewundere Dich – *ich* kriegte das nie fertig!

Neues wüßte ich nicht. Meine Arbeit ist sehr interessant, aber natürlich mordsgeheim, ich darf Dir auch nicht einen Pieps davon erzählen. Aber es ist fein, so etwas zu tun, wirklich der Mühe wert. Ärgere Dich ja nicht, daß man Dir keine Arbeit für den Krieg gibt. Dazu kann man doch nur Junge und Leistungsfähige gebrauchen. Wie geht's denn dem Rotkopf da oben in Schottland mit seiner Arbeit? Muß wohl dauernd Formulare ausfüllen, ja? Aber er ist sicher ganz glücklich, so hat er wenigstens das Gefühl, daß er sich nützlich macht.

Grüße und Küsse
Deborah

Tuppence lächelte. Sie faltete die Briefe sorgfältig zusammen, dann zündete sie sie unter dem Schutz eines Wellenbrechers mit einem Streichholz an und wartete, bis sie ganz zu Asche zerfallen waren.
Sie zog ihre Füllfeder und einen kleinen Schreibblock aus der Tasche und schrieb rasch:

Langherne, Cornwall

Liebste Deb,
ich bin hier in einen so fernen, so verschlafenen Winkel verschlagen, daß ich mir kaum vorstellen kann, irgendwo sei Krieg. Ich war so froh über Deinen Brief. Fein, daß Du eine interessante Arbeit hast.
Tante Gracy ist viel schwächer geworden und auch nicht mehr recht klar. Sie ist wohl froh, mich hier zu haben. Sie redet immer über die alten Zeiten, manchmal hält sie mich auch für meine Mutter. Das Gemüse wächst enorm. Wir haben viel mehr als in den letzten Jahren. In ein paar Rosenbeeten sind Kartoffeln angepflanzt. Ich helfe dem alten Sikes ein bißchen, so kann ich mir einbilden, ich tue etwas für den Krieg. Vater langweilt sich wohl bei seinen Akten, aber Du hast ganz recht: Er hat wenigstens Arbeit, und das freut ihn.

Tausend liebe Grüße
Deine Tuppence-Mutter

Sie nahm einen anderen Bogen.

Mein geliebter Derek,
was für eine Freude, Deinen Brief zu bekommen! Übrigens bin ich auch mit Feldpostkarten zufrieden.
Ich bin für ein Weilchen zu Tante Gracy gefahren. Sie ist recht schwach. Sie spricht immer von Dir, als ob Du noch sieben Jahre alt wärst. Gestern gab sie mir zehn Shilling, die sollte ich Dir schicken, damit Du Dir ein Schokolädchen dafür kaufen kannst.
Ich sitze immer noch auf dem trocknen. Niemand interessiert sich für meine Arbeitslust. Eigentlich finde ich das unglaublich!
Von Vater schrieb ich Dir ja. Er hat einen Posten im Versorgungsministerium bekommen, irgendwo oben in Schottland. Nicht gerade, was er sich gewünscht hat, aber immer besser als gar nichts. Der arme, alte Rotkopf. Ja, was sollen wir machen? Hübsch bescheiden im Hintergrund bleiben und den Krieg Euch jungen Dummköpfen überlassen, wie?
Ich sage nicht, ›sei vorsichtig‹, denn Du tust bestimmt genau das Gegenteil, davon bin ich felsenfest überzeugt. Aber, mein lieber Junge, mach bitte keine überflüssigen Dummheiten.

Grüße und Küsse
Tuppence

Sie schob die Briefe in Umschläge, adressierte und frankierte sie und warf sie auf dem Rückweg in den Kasten.
Am Fuß der Klippe angekommen, sah sie in kurzer Entfernung zwei Gestalten im Gespräch stehen. Ihr Atem stockte. Es war die Frau, die sie gestern gesehen hatte, und – Carl von Deinim.
Tuppence schaute um sich. Schade, nirgends eine Möglichkeit, sich zu verbergen. Wie gern wäre sie ungesehen näher gekommen, um zu hören, was die beiden sich zu sagen hatten.
In diesem Augenblick drehte der junge Deutsche sich um

und bemerkte sie. Sofort brachen die beiden ihr Gespräch ab.
Die Frau ging rasch den Hügel hinab, überquerte die Straße und lief an Tuppence vorbei.
Carl von Deinim wartete, bis Tuppence ihn erreicht hatte, dann grüßte er ernst und höflich.
»Guten Morgen.«
»Das war aber eine merkwürdige Frau, mit der Sie da eben sprachen, Mr. Deinim«, sagte Tuppence unvermittelt.
»Ja. Sie ist Polin.«
»So? Eine gute Bekannte von Ihnen?«
Tuppence gelang es ausgezeichnet, so indiskret und zudringlich zu fragen, wie Tante Gracy es in früheren Tagen immer getan hatte.
»Nein, durchaus nicht«, antwortete Carl steif. »Ich habe sie heute zum ersten Mal gesehen.«
»Ach so?! Ich dachte . . .« Tuppence machte eine Kunstpause.
»Sie fragte mich nach dem Weg. Ich habe deutsch mit ihr gesprochen, sie versteht kaum Englisch.«
»So?« sagte Tuppence wieder nachdenklich. »Sie fragte also nach dem Weg?«
»Ja. Sie wollte wissen, ob ich hier in der Nähe eine Mrs. Gottlieb kenne. Ich konnte ihr keine Auskunft geben; da meinte sie, vielleicht hätte sie den Straßennamen falsch verstanden.«
»Soso«, murmelte Tuppence.
Mr. Rothenstein Mrs. Gottlieb.
Verstohlen blickte sie zu Carl von Deinim auf. Er schritt mit unbeweglichem, verschlossenem Gesicht neben ihr her.
Die Frau erweckte einen immer stärkeren Verdacht in Tuppence. Sie meinte ziemlich bestimmt, daß die beiden ein längeres Gespräch geführt hatten, bevor sie sich trennten.
Carl von Deinim? Und was hatte Sheila damals zu ihm gesagt? »Du mußt furchtbar vorsichtig sein . . .«
Hoffentlich, dachte Tuppence, hoffentlich haben diese beiden jungen Menschen nichts mit der Sache zu tun.
Schlapp, schalt sie sich gleich darauf. Eine ältliche, schlappe Person, das war sie! Die Nazis waren jung; und jung waren

vermutlich all ihre Agenten und Spione. Carl und Sheila. Tommy hatte ja auch gemeint, Sheila könnte nichts damit zu tun haben. Aber Tommy war ein Mann, und Sheila war zu schön, von einer seltsamen und verwirrenden Schönheit.
Carl und Sheila, und im Hintergrund diese rätselhafte Mrs. Perenna. Mrs. Perenna, meist nur die gewöhnliche, wortgewandte Pensionswirtin, aber zuweilen, in ganz flüchtigen Augenblicken, eine tragische Gestalt voll wilder Leidenschaften.
Langsam ging Tuppence die Treppe hinauf in ihr Schlafzimmer.
Ehe sie sich spätabends zu Bett legte, zog sie sehr vorsichtig die Schublade ihres Schreibtisches heraus. Auf der einen Seite stand ein japanisches Lackkästchen mit einem schwachen, billigen Schloß. Tuppence zog Handschuhe an, schloß das Kästchen auf und öffnete es. Ein Stoß Briefe war darin. Obenauf lag das Schreiben, das sie heute früh von »Raymond« bekommen hatte. Sehr vorsichtig faltete Tuppence es auseinander. Dann preßte sie die Lippen zusammen. Also doch! Heute früh hatte sie in den gefalteten Brief eine Wimper gelegt. Die Wimper war fort.
Sie ging zum Waschtisch und holte eine kleine Schachtel mit der unschuldigen Aufschrift »Talkumpuder«.
Geschickt blies Tuppence etwas Puder auf den Brief und auf die glänzenden Lackornamente des Kästchens.
Keine Fingerabdrücke, weder auf dem Brief noch auf dem Kästchen.
Wieder nickte Tuppence mit grimmiger Befriedigung. Denn es hätten Fingerabdrücke da sein müssen – ihre eigenen.
Ein Dienstmädchen konnte natürlich aus Neugier Briefe lesen, so wenig wahrscheinlich es auch war, zumal sie erst einen verschlossenen Kasten öffnen mußte.
Aber kein Dienstmädchen würde die Fingerabdrücke beseitigen.
Mrs. Perenna? Sheila? Oder wer sonst? Auf jeden Fall irgend jemand, den die Truppenverschiebungen im britischen Heer interessierten.

Tuppence lag am Morgen grübelnd im Bett, als Klein-Betty in ihr Zimmer stürzte, ehe man ihr noch die lauwarme, leicht nach Tinte schmeckende Flüssigkeit, »Morgentee« genannt, ans Bett gebracht hatte.
Betty war strahlender Laune und voller Eifer. Sie hatte Tuppence unzweifelhaft in ihr Herz geschlossen. Sie kletterte aufs Bett, hielt ein völlig zerfleddertes Bilderbuch unter Tuppence Nase und befahl nachdrücklich: »Les!«
Tuppence' las gehorsam:
»Hopp, hopp, hopp, Pferdchen, lauf Galopp,
Trab, trab, trab – da wirft's den Reiter ab.«
Betty rollte sich vor Wonne auf dem Bett herum. Begeistert wiederholte sie: »Tabtabtab«, und dann in den höchsten Tönen krähend: »Jeiter ab!« worauf sie sich mit einem Plumps vom Bett zu Boden fallen ließ.
Dieses Spiel wurde verschiedene Male wiederholt, bis es seinen Reiz verlor. Darauf krabbelte Betty auf dem Boden umher, spielte mit Tuppence' Schuhen und murmelte sehr geschäftig in ihrer eigenen Sprache vor sich hin: »Soo, bums – Betty duut – ei – huuh!
Erleichtert kehrte Tuppence zu ihren Gedanken zurück und vergaß die Gegenwart der Kleinen. Der Vers aus dem Bilderbuch ging ihr noch durch den Kopf und schien sie auszulachen.
». . . Pferdchen, lauf Galopp – Trab, trab, trab – da wirft's den Reiter ab.«
Ja, jetzt liefen sie Galopp, ihr Tommy und sie. Und würden sie wohl eines schönen Tages dabei auf die Nase fallen? Mr. Meadowes mimte tiefe Verachtung für Mrs. Blenkensop. Er war sehr englisch, ein bißchen einfältig, gänzlich phantasielos. Beide paßten vorzüglich in den Rahmen des Sans Souci.
»Ssöön?« fragte Betty. Sie wiederholte die Frage: »Ssöön?«
»Wunderschön«, antwortete Tuppence geistesabwesend. »Reizend, mein Schätzchen.«
Betty war zufrieden und murmelte wieder eifrig vor sich hin.
Tuppence sah jetzt klar vor sich, was sie als nächstes zu tun hatte. Dazu mußte sie sich mit Tommy absprechen. Ja, so ließ es sich machen . . .

Sie lag da und dachte nach, ohne zu merken, wie die Zeit verging. Da kam Mrs. Sprot ganz atemlos auf der Suche nach Betty ins Zimmer

»Oh, da ist sie ja. Ich wußte wieder einmal nicht, wohin sie entwischt war. Aber Betty, du böses Mädchen, was hast du denn da angestellt! Mein Gott, Mrs. Blenkensop, entschuldigen Sie!«

Tuppence setzte sich im Bett auf. Betty stand stolz da und betrachtete mit engelsgleichem Gesichtchen ihrer Hände Werk.

Sie hatte aus Tuppence' Schuhen alle Schnürbänder gezogen und sie in ein mit Wasser gefülltes Glas geworfen. Nun rührte sie entzückt mit dem Fingerchen darin herum.

Tuppence lachte und unterbrach Mrs. Sprots Entschuldigungen.

»Nein, wie lustig! Aber ich bitte Sie, Mrs. Sprot, das macht doch nichts. Es ist meine Schuld, ich hätte auf sie aufpassen sollen. Aber sie war so still.«

»Ach ja.« Mrs. Sprot seufzte. »Wenn sie sich still verhält, ist's immer ein schlechtes Zeichen. Ich werde Ihnen heute vormittag neue Schuhbänder besorgen, Mrs. Blenkensop.«

»Aber nein«, entgegnete Tuppence, »die trocknen doch wieder.«

Mrs. Sprot nahm Betty mit sich, und Tuppence hing weiter ungestört ihren Gedanken nach.

Dann stand sie auf, um sie in die Tat umzusetzen.

6

Tommy blickte etwas mißtrauisch auf das Päckchen, das Tuppence ihm in die Hand drückte.

»Das ist es?«

»Ja. Aber sei vorsichtig. Um Gottes willen nichts verschütten.«

»Bestimmt nicht. Aber was ist das für ein gräßliches Zeug?«

»Asa foetida«, erwiderte Tuppence. »Nur ein paar Körnchen

davon, und ›Ihr Freund wird sich schleunigst von Ihnen zurückziehen‹, wie es in der Reklame heißt.«
»Schauderhaft«, murmelte Tommy.
Kurz danach ereigneten sich einige Zwischenfälle.
Der erste war der unerklärliche Geruch in Mr. Meadowes' Zimmer.
Mr. Meadowes war ja wirklich nicht anspruchsvoll und keineswegs ein unbequemer Gast. Zuerst erwähnte er den Geruch ganz nebenbei, dann aber mit wachsendem Nachdruck und einer gewissen Gereiztheit.
Mrs. Perenna wurde als höchste Instanz zugezogen. Sosehr es ihr gegen den Strich ging, sie konnte nicht ableugnen, daß es nach irgend etwas roch. Und zwar ziemlich unangenehm. Vielleicht, so meinte sie, war der Gashahn am Kamin undicht.
Tommy bückte sich und schnupperte. Nein, vom Gashahn kam der Geruch nicht. Auch nicht vom Boden. Er war überzeugt, daß irgendwo eine tote Ratte lag.
Nun, so etwas mochte woanders vielleicht vorkommen, meinte Mrs. Perenna, aber in ihrer Pension gab es keine Ratten – höchstens eine kleine Maus. Aber sie hatte auch noch nie eine Maus hier gesehen.
Mr. Meadowes sagte energisch, daß *dieser* Geruch allermindestens von einer Ratte kommen müsse, und noch energischer setzte er hinzu, er würde auf keinen Fall mehr in diesem Zimmer schlafen. Mrs. Perenna solle ihm gefälligst ein andres Zimmer geben.
»Aber natürlich«, sagte Mrs. Perenna, »das wollte ich Ihnen selbst gerade vorschlagen. Allerdings ist leider nur noch ein Zimmer frei, und dazu ein ziemlich kleines ohne Aussicht aufs Meer. Aber wenn Sie damit einstweilen vorliebnehmen wollen . . .«
Mr. Meadowes war einverstanden. Nur weg von diesem gräßlichen Geruch. Mrs. Perenna führte ihn daraufhin in ein kleines Zimmer, das zufälligerweise gerade dem von Mrs. Blenkensop gegenüberlag, und wies Beatrice an, Mr. Meadowes' Sachen in dieses Zimmer zu bringen. So war alles zufriedenstellend geordnet.

Der zweite Zwischenfall war Mr. Meadowes' Heuschnupfen. Jedenfalls sprach er zuerst von Heuschnupfen. Später gab er zögernd zu, vielleicht habe er sich doch erkältet. Er nieste dauernd, und seine Augen tränten. Niemand bemerkte die leise Andeutung von Zwiebelgeruch in Mr. Meadowes' großem seidenem Taschentuch; er übertönte ihn auch völlig mit einer dichten Wolke von Eau de Cologne.
Nach unendlichem Niesen und Schnauben entschloß sich Mr. Meadowes erschöpft, einen Tag im Bett zu bleiben.
Gerade an diesem Morgen bekam Mrs. Blenkensop zufällig einen Brief von ihrem Sohn »Douglas«. Sie war so aufgeregt und verwirrt, daß sie jedem Gast von diesem Brief erzählen mußte.
»Denken Sie nur, der Brief ist überhaupt nicht durch die Zensur gegangen. Douglas konnte ihn einem Freund mitgeben, der auf Urlaub fuhr, und nun hat er mir endlich einmal ganz offen schreiben können. Jetzt sehe ich erst«, fügte sie mit weisem Kopfnicken hinzu, »wie wenig wir hier wissen, was vorgeht.«
Nach dem Frühstück ging sie in ihr Zimmer, öffnete das japanische Kästchen und legte den Brief hinein. Zwischen die zusammengefalteten Blätter streute sie vorsichtig etwas Reispuder, ganz unauffällig, nur einen Hauch. Sie schloß das Kästchen und drückte ihre Finger fest auf die Oberfläche.
Als sie ihr Zimmer verließ, hustete sie, und aus dem gegenüberliegenden Raum kam ein geschickt nachgeahmtes Niesen. Tuppence lächelte und ging die Treppe hinab.
Sie hatte schon beim Frühstück verkündet, daß sie nach London fahren wolle – sie müsse mit ihrem Anwalt sprechen und einige Besorgungen machen. Die Pensionsgäste umringten sie und überhäuften sie mit verschiedenen Aufträgen – »Aber natürlich nur, wenn Sie wirklich Zeit haben.«
Major Bletchley hielt sich abseits von dem Weibergeschnatter. Er las die Zeitung und begleitete seine Lektüre mit laut geäußerten Kommentaren. Vor der Haustür traf Tuppence Klein-Betty und fragte sie, was sie ihr aus London mitbringen solle. Betty hatte eine Schnecke gefunden, die sie mit ihren heißen Händchen umklammerte, und plapperte ent-

zückt vor sich hin. Tuppence machte Vorschläge: »Ein Miezekätzchen? Ein Bilderbuch? Buntstifte zum Malen?« Betty entschied: »Betty Siffe malen.« Und Tuppence schrieb »Buntstifte« auf ihre Einkaufsliste.
Sie ging durch den Garten, um über einen kleinen Pfad durch das Hinterpförtchen auf die Straße zu gelangen, als sie unerwartet auf Carl von Deinim stieß. Er lehnte an der Gartenmauer, seine Hände waren zu Fäusten geballt; als Tuppence sich ihm näherte, sah sie, daß sein gewöhnlich so unbewegtes Gesicht völlig verzerrt war vor Erregung.
Tuppence blieb unwillkürlich stehen und fragte: »Ist etwas los?«
»Ja, es ist etwas los«, antwortete er mit gepreßter, heiserer Stimme. »Sie kennen wohl die Redensart, etwas sei weder Fisch noch Fleisch, nicht wahr?«
Mrs. Blenkensop nickte.
»Sehen Sie, das paßt genau auf mich«, sagte Carl bitter. »Ich kann es einfach nicht mehr ertragen. Ich flüchtete aus meinem Vaterland, floh vor Ungerechtigkeit und Grausamkeit. Hier wollte ich die Freiheit finden, denn ich haßte Nazi-Deutschland. Aber zum Teufel, ich bin und bleibe ein Deutscher. Dagegen hilft gar nichts.«
»Es ist wohl nicht leicht für Sie«, murmelte Tuppence.
»Ach, nicht leicht! Ich sage Ihnen, ich *bin* Deutscher. Im Herzen, in allen meinen Gedanken bin ich Deutscher. Deutschland ist und bleibt mein Vaterland. Sie haben immer so freundlich mit mir gesprochen; ich glaube, Sie verstehen mich. Ich kann einfach nicht mehr. Wenn ich von bombardierten deutschen Städten lese, von deutschen Soldaten, die in den Tod gehen, von abgeschossenen deutschen Flugzeugen – es sind meine Landsleute, die da sterben! Und wenn der alte Eisenfresser, der Major, seine Zeitung liest und dann sagt: Diese Schweine – Herrgott, dann packt mich die Wut . . . Ich kann nicht mehr, sage ich Ihnen, ich kann nicht mehr.« Sehr leise fuhr er fort: »Und darum ist es vielleicht das beste, ich mache Schluß.«
Tuppence packte ihn am Arm. »Dummes Zeug«, sagte sie resolut. »Wie sollten Sie denn anders denken und empfinden?

Das ist doch nur natürlich. Jedem würde es so gehen. Aber damit müssen Sie eben fertig werden.«
»Wenn man mich nur internierte! Es wäre leichter für mich.«
»Ja, vielleicht. Aber inzwischen arbeiten Sie ja und machen sich nützlich. Nützen nicht nur England, sondern der ganzen Menschheit, stimmt das nicht? Sie arbeiten doch an der Seuchenbekämpfung, wenn ich nicht irre?«
Sein Gesicht hellte sich ein wenig auf.
»Ja, und ich habe schon recht hübsche Erfolge. Eine ganz einfache Methode habe ich herausgefunden – billig und nicht schwierig in der Anwendung.«
»Na, sehen Sie«, sagte Tuppence, »das ist doch etwas! Eine Arbeit, die sich lohnt. Die Leiden der Menschen mildern, aufbauen statt zerstören – ist das nicht eine große Befriedigung für Sie? Daß wir auf die Deutschen schimpfen, ist doch klar – drüben wird man wohl genauso auf die Engländer schimpfen. Aber wir sind alle Menschen, und im Menschlichen sind wir alle gleich. Das ist und bleibt wahr, und das andere ist nur die Kriegsmaske.«
Während sie sprach, gingen ihr, wie vor kurzem ihrem Mann, die letzten Worte Edith Cavells durch den Kopf: »Patriotismus ist nicht genug. Ich muß mein Herz von Haß frei halten.« Diese Frau, die ihr Land bis in den Tod geliebt hatte, bedeutete für sie und Tommy den höchsten und reinsten Ausdruck wahren Heldensinns und Opfermuts.
Carl von Deinim ergriff ihre Hand und zog sie an die Lippen.
»Ich danke Ihnen«, erwiderte er. »Was Sie sagen, ist gut und wahr. Ich will um Kraft ringen.«
Lieber Gott, dachte Tuppence, während sie die Straße entlang stadtwärts ging, nun muß der einzige Mensch, der mir hier gefällt, gerade ein Deutscher sein! Es stellt alles auf den Kopf!

Tuppence hielt sich genau an ihr Programm. Sie hatte zwar nicht die geringste Lust, nach London zu fahren, fand es aber doch angebracht, es zu tun, da sie es nun mal gesagt hatte.
Sie löste eine Rückfahrkarte dritter Klasse, und als sie sich vom Schalter abwandte, lief sie Sheila Perenna in die Arme.
»Hallo«, sagte Sheila. »Wohin geht die Reise? Ich muß mich

hier nach einem Paket erkundigen, das verlorengegangen ist, wie es scheint.«
Tuppence erzählte, was sie vorhatte.
»Ach ja, richtig«, sagte Sheila beiläufig, »Sie sprachen ja davon, aber ich wußte nicht, ob Sie heute oder an einem andern Tag fahren wollten. Kommen Sie, ich bringe Sie zum Zug!«
Sheila war heiterer als sonst; sie sah weder mürrisch noch finster aus. Ganz zugänglich und liebenswürdig plauderte sie über alltägliche Belanglosigkeiten und blieb bei Tuppence, bis der Zug abfuhr.
Tuppence winkte ihr vom Fenster aus zu, solange sie das junge Mädchen sehen konnte; dann setzte sie sich auf ihren Eckplatz und versank in heftige Grübelei.
War Sheila wirklich ganz zufällig gerade jetzt auf den Bahnhof gekommen? War es nicht eher ein Zeichen dafür, wie gründlich auf der anderen Seite gearbeitet wurde? Wollte sich Mrs. Perenna vergewissern, daß diese Quasselstrippe, die Blenkensop, wirklich nach London fuhr?
Es sah ganz so aus.

Erst am nächsten Tag konnte Tuppence mit Tommy reden. Sie waren übereingekommen, niemals in der Pension selbst etwas zu besprechen.
Mrs. Blenkensop traf Mr. Meadowes, der gerade einen kleinen Spaziergang über die Strandpromenade machte; sein Schnupfen schien sich gebessert zu haben. Sie nahmen auf einer der Bänke Platz.
»Also?« fragte Tuppence.
»Ja«, sagte Tommy, »etwas habe ich herausbekommen. Himmel, war das ein Tag! Dauernd mit einem Auge am Schlüsselloch. Mein Nacken ist noch ganz steif.«
»Dein Nacken interessiert mich nicht«, meinte Tuppence gefühlsroh. »Fang an, erzähle!«
»Gut. Zuerst kamen natürlich die Mädchen und brachten das Zimmer in Ordnung. Mrs. Perenna ging auch hinein – aber da waren die Mädchen noch drin, und sie kanzelte sie nur wegen irgend etwas ab und kam gleich wieder heraus.

Und dann lief das kleine Ding, die Betty, hinein und kam mit ihrem Stoffhund wieder heraus.«

»Ja, schön. Und weiter.«

»Noch eine Person«, sagte Tommy langsam.

»Wer?«

»Carl von Deinim.«

»Oh!« Tuppence fühlte, daß ihr Herz sich zusammenzog. Also doch! »Wann?« fragte sie.

»Während des Mittagessens. Er kam vorzeitig aus dem Eßzimmer, ging zuerst in sein eigenes Schlafzimmer, dann schlich er leise über den Gang und in dein Zimmer. Er blieb fast eine Viertelstunde drin. Ich denke, das genügt«, schloß er nach einer bedeutsamen Pause.

Sie nickte.

Ja, es genügte. Das war ein Beweis. Was für Gründe konnte Carl von Deinim haben, in Mrs. Blenkensops Schlafzimmer einzudringen und eine Viertelstunde drinzubleiben? Es gab nur einen Grund. Er hatte die Hand im Spiel, kein Zweifel. Aber dann war er ein hervorragender Schauspieler ...

Wie er heute früh mit ihr gesprochen hatte! Hatte nicht jedes Wort echt geklungen? Aber natürlich, mit der Wahrheit täuschte man den Gegner am leichtesten. Carl von Deinim war Patriot, er arbeitete für sein Vaterland. Man konnte und mußte ihn achten – ja, aber auch bis aufs Blut bekämpfen.

»Es tut mir doch leid«, sagte sie langsam.

»Mir auch«, gab Tommy zu, »er ist so sympathisch.«

»Vielleicht«, sagte Tuppence, »wären wir beide, du und ich, in Deutschland zu etwas Ähnlichem fähig.«

Tommy nickte.

»Also«, fuhr Tuppence fort, »nun wissen wir ja ungefähr, woran wir sind. Carl von Deinim – und mit ihm vermutlich Sheila und ihre Mutter. Mrs. Perenna hat wahrscheinlich alle Fäden in der Hand. Und dann ist da noch diese Ausländerin, die gestern mit Carl geredet hat. Ja, die gehört auch irgendwie dazu.«

»Und was tun wir jetzt?«

»Wir müssen irgendwann Mrs. Perennas Zimmer durchsuchen. Möglicherweise finden wir etwas, bekommen einen

Fingerzeig. Und natürlich müssen wir sie beobachten – aufpassen, wohin sie geht, wen sie unterwegs trifft. Weißt du, Tommy, wie wäre es, wenn wir Albert kommen ließen?«
Tommy überlegte.
Vor vielen Jahren hatten sie Albert als Pagen in einem Hotel kennengelernt, und später hatte er manches waghalsige Abenteuer mit dem jungen Ehepaar Beresford geteilt. Schließlich war er ganz in ihre Dienste getreten und hatte gut und erfolgreich mit ihnen gearbeitet. Vor etwa sechs Jahren hatte er geheiratet und war jetzt der stolze Besitzer der Kneipe »The Duck and Dog« im Süden Londons.
»Albert wird begeistert sein«, fuhr Tuppence schnell fort. »Wir wollen ihn kommen lassen. Er kann in dem kleinen Wirtshaus beim Bahnhof wohnen und die Perennas für uns überwachen.«
»Und seine Frau?«
»Sie ist kürzlich mit den Kindern zu ihrer Mutter nach Wales gezogen. Wegen der Luftangriffe. Es paßt alles wie bestellt.«
»Ja, Tuppence, die Idee ist gut. Wir beide können ja nicht hinter der Frau herlaufen, das würde sofort auffallen. Albert ist gerade der Richtige. Nun etwas anderes: Wir müssen wohl auch sehen, was mit der sogenannten Polin los ist. Sie hat mit Carl gesprochen und treibt sich dauernd hier herum – vielleicht bekommen wir da noch was in die Hand.«
»Mir scheint, daß sie hierherkommt, um Botschaften zu bringen oder Aufträge entgegenzunehmen.«
»Bleibt vorläufig das Durchsuchen von Mrs. Perennas Zimmer.«
»Wird nicht leicht sein, bei der Perenna zu stöbern. Wenn sie ausgeht, ist Sheila meistens da, und dann rennen Mrs. Sprot und Betty dauernd im Treppenhaus herum, und Mrs. O'Rourke sitzt oft in ihrem Zimmer dicht daneben.«
Tuppence dachte nach.
»Am besten wird es während des Mittagessens gehen.«
»Das hat Carl gestern auch gedacht.«
»Siehst du. Ich könnte Kopfweh vorschützen und mich in mein Zimmer zurückziehen. Aber nein, dann kommt vielleicht jemand auf den Gedanken, mich pflegen zu wollen.

Warte, so wird es gehen: Ich komme vor dem Essen ganz leise ins Haus und gehe direkt in mein Zimmer, ohne etwas zu sagen. Später kann ich dann etwas von meinem Kopfweh erzählen.«

Tommy sah ernst und besorgt aus.

»Tuppence, wir müssen uns beeilen. Die Nachrichten heute klingen sehr schlecht. Wir *müssen* etwas herausbekommen, und zwar bald, sehr bald.«

Tommy hatte gerade einen Brief in den Kasten geworfen, adressiert an Mr. Albert Batt, »The Duck and Dog«, Glarmorgan Street, Kennington.

Er kaufte noch eine der Zeitschriften, die den Anspruch erhoben, das englische Publikum über die wahren Hintergründe von allem und jedem aufzuklären, und schlenderte ganz harmlos zur Pension zurück.

»Hallo, Meadowes!« hörte er plötzlich hinter sich rufen. Commander Haydock saß in seinem Zweisitzer und winkte ihm zu. »Soll ich Sie nach Hause fahren?«

Tommy dankte und stieg ein.

»Soso, Sie lesen dieses Mistblatt auch?« fragte Haydock und deutete auf das scharlachrote Titelblatt der *Inside Weekly News.*

Mr. Meadowes war ein bißchen beschämt, wie alle Leser dieses Blattes, wenn sie erwischt wurden.

»Schauderhafter Mist«, gab er zu, »aber manchmal wissen die Leute doch allerlei, was hinter den Kulissen vorgeht.«

»Und manchmal wissen sie gar nichts und schreiben reinen Blödsinn.«

»Stimmt.«

»Die Sache ist doch so«, sagte der Commander, »wenn ein Schwätzer recht gehabt hat, behält man es; und die vielen Male, wo er nicht recht gehabt hat, vergißt man.«

»Was halten Sie von den Gerüchten, daß Stalin nun doch eine Annäherung an uns sucht?«

»Wunschträume, mein Lieber, Wunschträume«, antwortete Haydock. »Die Russen sind schlau. Besser, man wartet ab. – Sie waren nicht wohl?«

»Ein Anfall von Heuschnupfen. Bekomme ich um diese Jahreszeit leider immer.«
»Na, wie steht's jetzt? Können Sie schon wieder Golf spielen?«
Tommy sagte, daß er sogar große Lust dazu habe.
»Recht so. Wie wäre es mit morgen? Vielleicht gegen sechs?«
»Ja, sehr gern.«
»Gut. Abgemacht.«
Haydock bremste kurz vor der Tür der Pension.
»Was macht denn die schöne Sheila?« fragte er dann.
»Es geht ihr ganz gut, glaube ich. Ich bekomme sie allerdings wenig zu sehen.«
Haydock lachte dröhnend.
»Möchten wohl mehr von ihr zu sehen bekommen, wie? Kann ich mir denken! Ein bildschönes Mädchen, aber verdammt spröde. Läuft auch ein bißchen viel mit dem deutschen Bengel herum. Verflucht unpatriotisch. Natürlich kann sie mit uns alten Knaben nichts mehr anfangen, aber gibt es nicht nette junge Engländer, so viele sie nur will? Ausgerechnet mit einem Deutschen muß sie sich einlassen! Gefällt mir gar nicht.«
»Geben Sie acht«, sagte Mr. Meadowes, »er kommt gerade hinter uns den Hügel herauf.«
»Meinetwegen kann er's hören! Hoffentlich hat er alles gehört! Dem Herrn Baron da möcht' ich gern mal den Hintern versohlen. Wäre er ein anständiger Kerl, dann würde er jetzt für sein Land kämpfen, statt sich zu drücken und hier herumzuflitzen.«
»Na«, sagte Tommy, »wenigstens ein Deutscher weniger für die Invasion.«
»Sie meinen, weil er hier schon mittendrin ist? Haha, famos, Meadowes! Aber wissen Sie, das mit der Invasion ist alles haariger Blödsinn. Wir hatten nie eine Invasion im Lande und werden nie eine haben. Wozu haben wir denn schließlich unsere gesegnete Flotte?«
Mit dieser patriotischen Betrachtung gab Haydock Gas, und der Wagen schoß den Hügel hinan zum »Schmugglernest«.

Es war zwanzig Minuten vor zwei, als Tuppence in die Pension kam. Sie bog von der Straße ab und ging durch den Garten. Das Haus betrat sie durch die Fenstertür des Salons. Ein Geruch nach Irish Stew und ein leises Tellerklappern, von Stimmengemurmel übertönt, kamen ihr entgegen; das Mittagsmahl war in vollem Gange.

Tuppence wartete nahe der Salontür, bis Martha, das Hausmädchen, durch die Halle ins Eßzimmer gegangen war; dann lief sie schnell auf Strümpfen die Treppe hinauf.

Sie ging in ihr Zimmer, zog ihre weichen Filzpantoffeln an und schlüpfte über den Flur in Mrs. Perennas Zimmer

So, jetzt war sie drin! Sie blickte sich um. Eigentlich ein abscheuliches Handwerk! Widerlich, was sie jetzt tun mußte. Und unverzeihlich für den Fall, daß Mrs. Perenna – eben nur eine gewöhnliche Mrs. Perenna war. Die Nase in andrer Leute Privatsachen stecken – brrr!

Tuppence schüttelte sich wie ein Terrier, doch wies sie sich gleich darauf selbst zurecht: Herrgott, es war schließlich Krieg! Und entschlossen ging sie auf Mrs. Perennas Toilettentisch zu.

Mit ein paar flinken, zweckmäßigen Griffen prüfte sie rasch und genau den Inhalt der Schubladen. Dann wandte sie sich dem großen Schreibtisch zu.

Tommy hatte ihr ein paar Werkzeuge mitgegeben und ihr gesagt, wie sie zu gebrauchen wären. Ein paar geschickte Drehungen – das Schloß sprang auf.

Tuppence riß die Schublade heraus. Eine Geldkassette mit ein paar Zwanzigpfundscheinen und etwas Silbergeld – ein Schmuckkästchen. Da – Papiere! Also endlich etwas – vielleicht die ersehnten Beweise. Sie sah sie schnell durch, so flüchtig, wie die Eile es ihr gebot.

Eine Hypothek auf das Haus – eine Abrechnung von der Bank – Briefe. Briefe? Herrgott, die Zeit raste; wie konnte Tuppence nur in der Eile feststellen, ob da irgend etwas Doppelsinniges geschrieben war! Zwei Briefe von einem Freund aus Italien, ziemlich geschwätzig und anscheinend ganz harmlos. Vielleicht doch nicht so harmlos? Ein Brief von einem Mortimer Simon aus London – ein trockener Geschäftsbrief ohne irgendwelche Bedeutung. Wie konnte man nur solch einen Brief aufheben? Oder war Mr. Mortimer doch nicht so bedeutungslos? Ganz unten lag noch ein Brief mit schon etwas verblaßten Schriftzügen. »Pat«, war er unterschrieben und begann: »Eileen, mein Lieb, das ist der letzte Brief, den ich Dir schreiben kann . . .«

Nein und nochmals nein! Tuppence brachte es nicht über sich, das zu lesen. Sie faltete den Brief wieder zusammen, schob den ganzen Stoß ordentlich aufeinander – dann stieß sie plötzlich die Schublade zu – keine Zeit mehr, sie zu verschließen . . .

Als sich die Tür öffnete und Mrs. Perenna auf der Schwelle stand, suchte Tuppence mit nervösen Händen zwischen den Flaschen und Büchsen auf dem Waschtisch herum.

Mrs. Blenkensop starrte ihrer Wirtin etwas verlegen und ziemlich einfältig ins Gesicht.

»Oh, Mrs. Perenna, bitte, bitte, entschuldigen Sie. Ich bin halb verrückt vor Kopfweh, und da dachte ich, ich nehme etwas Aspirin und gehe zu Bett, und ich konnte doch mein Aspirin nicht finden, da hab ich gedacht . . . hab ich mir erlaubt . . . ich wußte, Sie haben Aspirin, Sie hatten es ja kürzlich Miss Minton angeboten . . .«

Mrs. Perenna fegte grimmig ins Zimmer.

»Aber liebe Mrs. Blenkensop«, sagte sie scharf, »warum um alles in der Welt sind Sie denn nicht zu mir gekommen?«

»Das war natürlich ganz dumm von mir. Aber Sie waren alle beim Lunch, und es ist mir so gräßlich, Aufsehen zu machen.«

Mrs. Perenna ging an Tuppence vorbei und nahm das Röhrchen vom Waschtisch.

»Wie viele brauchen Sie?« fragte sie unfreundlich.

Mrs. Blenkensop bat um drei Tabletten und ging mit Mrs. Perenna zu ihrem eigenen Zimmer. Das Anerbieten einer Wärmeflasche lehnte sie hastig und verlegen ab.

An der Tür schleuderte ihr Mrs. Perenna noch einen Trumpf ins Gesicht: »Aber Sie haben ja Aspirin, Mrs. Blenkensop! Ich hab's doch selbst gesehen.«

»Natürlich habe ich welches«, rief Tuppence und schlug sich

vor den Kopf, »ich weiß doch, aber ich finde und finde es nicht!«
Mrs. Perenna fletschte bedrohlich die großen weißen Zähne. »Nun, ruhen Sie sich bis zum Tee gut aus.«
Sie ging aus dem Zimmer und schloß die Tür. Tuppence atmete erleichtert auf; dann streckte sie sich auf dem Bett aus, für den Fall, daß die Wirtin etwa noch einmal zu ihr käme.
Hatte die andere Verdacht geschöpft? Diese Zähne, diese großen, weißen Zähne – *»Damit ich dich besser fressen kann!«* Oh, armes Rotkäppchen. Tuppence hatte sich von Anfang an vor diesen Zähnen gefürchtet. Auch Mrs. Perennas Hände sahen bedrohlich aus.
Wenigstens schien sie Tuppence' Erklärung nicht ganz unwahrscheinlich gefunden zu haben. Was aber, wenn sie später die unverschlossene Schublade entdeckte? Vielleicht dachte sie dann, sie hätte sie selber versehentlich offengelassen. So etwas kann geschehen. Ob die Papiere wohl auch ordentlich genug an ihrem Platz lagen? Ob keine Spur sie verriet?
Natürlich würde Mrs. Perenna, falls etwas nicht stimmte, eher ein Dienstmädchen verdächtigen als Mrs. Blenkensop. Allenfalls würde sie von ihr denken, sie sei eine unverschämt neugierige Person und stöbere gern in andrer Leute Sachen. Solche Frauen gab es ja.
Aber wenn Mrs. Perenna nun wirklich die berüchtigte deutsche Agentin M. war? Dann müßte sie vor Gegenspionage auf der Hut sein.
Hatte etwas in ihrem Verhalten darauf hingedeutet? Nein, sie war ein bißchen ärgerlich, aber ganz natürlich gewesen – nur zuletzt die bissige Bemerkung über das Aspirin ...
Plötzlich fuhr Tuppence steil in die Höhe: Es fiel ihr ein, daß sie ihr eigenes Aspirin, das Jodfläschchen und ihre Pfefferminztropfen beim Auspacken zuhinterst in die Schreibtischschublade gestopft hatte. Also – nicht nur sie spionierte in andrer Leute Zimmer. Mrs. Perenna war ihr zuvorgekommen.

7

Am folgenden Tag fuhr Mrs. Sprot nach London.
Mit ein paar schüchternen Andeutungen hatte sie es sofort erreicht, daß verschiedene Gäste des Hauses sich erboten, Betty zu hüten.
Für den Vormittag hatte Tuppence die Kindermädchenpflichten übernommen. Mrs. Sprot ermahnte Betty zum letzten Mal, brav und lieb zu sein, dann ging sie. Und Betty belegte Tuppence mit Beschlag.
»Pielen«, sagte sie. »Verstecken pielen.«
Sie lernte täglich besser sprechen und hatte in letzter Zeit die Gewohnheit angenommen, ihr Köpfchen mit völlig unwiderstehlichem Lächeln auf die Schulter zu legen und »bittebitte« zu murmeln.
Eigentlich hatte Tuppence mit dem Kind spazierengehen wollen, aber es regnete. So begaben sie sich zusammen in Bettys Schlafzimmer, und die Kleine lief zum Schreibtisch, in dessen unterer Schublade ihre Spielsachen aufbewahrt lagen.
»Wollen wir Bonzo verstecken?« schlug Tuppence vor.
Aber Betty hatte ihre Wünsche schon geändert und bettelte: »Les. Les ssöne Gessichte.«
Tuppence zog ein arg mitgenommenes Bilderbuch voller Fettflecken aus der Reihe auf dem Bord, wurde aber von Betty quiekend zurechtgewiesen.
»Nein, nein! Bäh-bäh Buch, bäh-bäh.«
Tuppence sah sie erstaunt an und betrachtete dann das Buch; es war eine illustrierte Ausgabe von *Rotkäppchen.*
»War Rotkäppchen böse?« fragte sie. »War es ungehorsam? Armes Rotkäppchen.«
Aber Betty beteuerte weiter mit heftigem Abscheu: »Bähbäh!« und dann mit großer Anstrengung: »Mutzig!«
Sie nahm Tuppence das Buch aus der Hand, stellte es an seinen Platz zurück und zog am andern Ende der Reihe das gleiche Buch heraus.
»Feines Rottäppsen, lieb, sauber!« sagte sie strahlend.
Nun begriff Tuppence, daß die zerrissenen, fleckigen Bilderbücher durch neue und saubere ersetzt worden waren. Das

belustigte sie. Also war auch Mrs. Sprot eine von diesen »hygienischen Müttern«, mit der dauernden Furcht vor Staub und Schmutz und Bazillen, eine von den Müttern, die vor Angst umkamen, wenn das Kind ein Spielzeug in den Mund steckte.

Tuppence selbst, in der freien, heiteren Atmosphäre eines Landpfarrhauses aufgewachsen, hielt herzlich wenig von dieser übertriebenen Hygiene. Ihren eigenen zwei Kindern hatte sie immer ein »unerläßliches Quantum Schmutz« zugestanden. Aber sie nahm jetzt gehorsam das saubere Buch und las daraus vor. Betty murmelte zärtlich: »Rottäppsen daa – Omama heijahaija – huuh, böse Wolff!« und tippte mit ihrem klebrigen Fingerchen auf die Bilder, so daß Tuppence dachte, nun würde wohl bald ein drittes Exemplar fällig sein. Sie lasen dann *Hopp hopp hopp, Pferdchen, lauf Galopp* und die *Geschichte von den Heinzelmännchen,* und dann versteckte Betty die Bücher, und Tuppence brauchte zu Bettys Wonne eine unendliche Zeit, um sie zu finden, und so verging der Vormittag wie im Fluge. Nach dem Mittagessen wurde Betty zum Schlafen in ihr Bettchen gelegt, und Mrs. O'Rourke lud überraschenderweise Tuppence in ihr Zimmer ein.

Mrs. O'Rourkes Zimmer war bemerkenswert unordentlich. Es roch dort nach Pfefferminztee, altbackenem Kuchen und Mottenkugeln. Auf allen Tischen standen Fotos von Mrs. O'Rourkes Kindern und Enkeln, Nichten und Neffen, Großnichten und Großneffen – eine wahre Familien-Orgie.

»Sie haben eine reizende Art, mit Kindern umzugehen«, bemerkte Mrs. O'Rourke freundlich.

»So etwas verlernt man nicht«, sagte Tuppence, »mit meinen beiden . . .«

»Beiden?« fiel Mrs. O'Rourke ihr ins Wort. »Wenn ich nicht irre, sprachen Sie doch immer von dreien?«

»Ja, gewiß, drei. Aber die zwei jüngeren sind fast gleichaltrig, und ich dachte gerade daran, wie ich immer mit ihnen spielte.«

»Ach so. Bitte, nehmen Sie doch Platz, Mrs. Blenkensop. Machen Sie es sich bequem.«

Tuppence setzte sich gehorsam. Wenn sie sich nur in Mrs.

O'Rourkes Gesellschaft nicht so unbehaglich gefühlt hätte! Aber ihr war zumute wie Hänsel und Gretel vor dem Hexenhaus.
»Nun sagen Sie einmal«, begann Mrs. O'Rourke, »was halten Sie eigentlich von dieser Pension?«
Tuppence sprudelte etwas unbestimmt Wohlwollendes hervor, doch Mrs. O'Rourke unterbrach sie ziemlich schroff.
»Das meine ich nicht. Sagen Sie, finden Sie nicht auch, daß hier irgend etwas nicht stimmt?«
»Nicht stimmt? Nein, davon habe ich nichts bemerkt.«
»Und Mrs. Perenna? Sie interessieren sich doch für sie. Sie beobachten sie dauernd, wie ich bemerkt habe.«
Tuppence errötete.
»Sie . . . nun, sie ist doch eine interessante Frau.«
»Gar nicht«, entschied Mrs. O'Rourke, »eine ganz alltägliche Person, falls . . . sie wirklich das ist, was sie scheint. Aber vielleicht ist sie's nicht. Nicht wahr?«
»Ich muß sagen, Mrs. O'Rourke, ich verstehe Sie nicht. Was meinen Sie eigentlich?«
»Nun, man scheint nach außen hin eine bestimmte Person zu sein; aber in Wirklichkeit steht die Sache ganz anders. Da ist zum Beispiel dieser Mr. Meadowes; aus dem werde ich auch nicht klug. Manchmal ist er der typische Engländer, dumm und durchschnittlich bis auf die Knochen; und dann fange ich wieder einen Blick von ihm auf, oder er sagt ein Wort – und das ist alles andre als dumm. Recht merkwürdig, finden Sie nicht auch?«
»Ich finde Mr. Meadowes sehr typisch«, gab Tuppence bestimmt zurück.
»Und dann noch . . . aber vielleicht wissen Sie schon, wen ich meine?«
Tuppence schüttelte den Kopf.
»Der Name fängt mit S an«, sagte Mrs. O'Rourke ermunternd. Sie nickte mehrmals mit großem Nachdruck und blickte Tuppence dabei erwartungsvoll in die Augen.
Plötzlich wurde es Tuppence zu bunt. Da war ein junges, verletzliches Geschöpf, dem mußte man zu Hilfe kommen – sie konnte dem Impuls nicht widerstehen.

»Sheila ist ein junger Rebell«, sagte sie scharf. »In ihrem Alter ist das ganz natürlich.«
Mrs. O'Rourke nickte immer noch. Ein merkwürdiges Lächeln bog ihre Mundwinkel nach oben.
»Vielleicht wissen Sie nicht«, sagte sie leise, »daß Miss Minton Sophia heißt?«
»Oh«, rief Tuppence verblüfft, »Sie sprachen von Miss Minton?«
»Durchaus nicht«, sagte Mrs. O'Rourke.
Tuppence blickte aus dem Fenster, um ihre wachsende Nervosität zu verbergen. Verflixtes altes Weib – der war sie nicht gewachsen! Mrs. O'Rourke verbreitete eine unheimliche Atmosphäre, und Tuppence fühlte fast so etwas wie Angst.
Dieses lächelnde Ungetüm von einer Frau – da saß sie und schnurrte freundlich wie eine Katze, und doch spürte man die Tatzen und die Krallen, die gut zuzupacken und festzuhalten verstanden ...
Unsinn! dachte Tuppence. Alles Unsinn, alles Hirngespinste. Und sie starrte in den Garten hinaus. Der Regen hatte aufgehört. Von den Bäumen tröpfelte es sacht hernieder.
Und doch kann nicht alles Einbildung sein, mußte Tuppence wider Willen denken. Ich habe ja gar nicht soviel Phantasie. Irgend etwas lauert hier – etwas Böses. Wenn ich nur wüßte ...
Hier brachen ihre Gedanken ab.
Hinten im Garten wurden die Büsche vorsichtig auseinandergeschoben. Ein Gesicht erschien in der Lücke, ein Gesicht, das unverwandt zum Haus hin starrte – das Gesicht der Fremden, die mit Carl von Deinim auf der Straße gesprochen hatte.
Es starrte so unbeweglich, so steinern – fast als sei es nicht menschlich. Die Frau starrte, starrte zu den Fenstern der Pension hinauf. Ausdruckslos war ihr Blick und dabei doch zweifellos drohend. Unbeweglich, steinern. In diesem Gesicht, diesem Blick war etwas, das in schneidendem Gegensatz zum Sans Souci und seiner platten, alltäglichen Pensionsatmosphäre stand.
Nur ein oder zwei Sekunden zögerte Tuppence; dann

wandte sie sich hastig vom Fenster ab, murmelte eine Entschuldigung und stürzte aus dem Zimmer, die Treppen hinunter und zur Eingangstür.
Sie lief den Gartenpfad hinab, nach der linken Seite, wo das Gesicht aufgetaucht war.
Nichts. Niemand weit und breit. Tuppence teilte die Büsche, trat auf die Straße hinaus und blickte hügelauf und -ab. Niemand – nichts! Wohin mochte die Frau verschwunden sein?
Ärgerlich kehrte sie um und betrat wieder den Garten. Konnte sie sich die ganze Sache nur eingebildet haben? Nein, die Frau war dagewesen.
Wie besessen machte Tuppence die Runde durch den Garten und spähte hinter jeden Busch, aber von der fremden Frau war keine Spur zu finden. Von den regennassen Bäumen klatschten schwere Tropfen auf sie herab. Das unheimlich beklemmende Gefühl ließ sie nicht mehr los, als sie sich wieder dem Haus zuwandte – eine gestaltlose, erschreckende Vorahnung von etwas Entsetzlichem, das bevorstand.

Da es nicht mehr regnete, zog Miss Minton Betty für einen Spaziergang an. Sie wollten in den Ort gehen und eine Zelluloid-Ente für die Badewanne kaufen.
Betty war furchtbar aufgeregt und trippelte so quecksilbrig hin und her, daß man ihre Ärmchen nur mit Mühe in den wollenen Pullover zwängen konnte.
Als die beiden sich schließlich auf den Weg machten, hörte man Klein-Bettys entzückendes Geplapper noch lange von der Straße her.
Zwei Zündhölzchen, kreuzweise auf den Marmortisch in der Halle geworfen, übermittelten Tuppence die Nachricht, daß Mr. Meadowes diesen Nachmittag auf Mrs. Perennas Spuren verbrachte. Sie selbst begab sich in den Salon und ließ Mr. und Mrs. Cayleys Gesellschaft über sich ergehen.
Mr. Cayley war in sehr gereizter Laune. Er sei nach Leahampton gekommen, so erklärte er, um völlige Ruhe und Erholung zu finden, aber mit diesem Kind im Hause – konnte da von Ruhe die Rede sein? Den ganzen Tag lief es krähend umher, sprang die Treppen hinunter, rannte über den Flur . . .

Mrs. Cayley murmelte besänftigend, Betty sei doch wirklich ein reizendes kleines Ding; aber die Bemerkung wurde sehr unwirsch aufgenommen.
»Natürlich, zweifellos«, sagte Mr. Cayley, seinen langen Hals nervös hin und her drehend, »aber ihre Mutter sollte sie ruhiger halten. Man muß doch auf andere Menschen Rücksicht nehmen. Auf Kranke, deren Nerven Ruhe verlangen.«
»Es ist nicht leicht«, sagte Tuppence, »ein Kind in diesem Alter ruhig zu halten. Es wäre auch gar nicht natürlich – Kinder sind nur still, wenn ihnen etwas fehlt.«
Mr. Cayley schluckte ärgerlich.
»Unsinn, Unsinn. Diese verrückten modernen Ideen. Die Kinder dürfen heutztuage einfach tun, was ihnen Spaß macht – Unsinn das. Ein Kind sollte man dazu anhalten, daß es ruhig dasitzt. Es kann mit seinen Puppen spielen, ein Buch lesen oder sonst etwas tun.«
»Du lieber Gott«, sagte Tuppence lächelnd, »sie ist ja noch nicht einmal drei Jahre alt, da können Sie doch nicht verlangen, daß sie liest.«
»Einerlei, es muß etwas geschehen. Ich werde mit Mrs. Perenna reden. Heute früh hat das Kind schon vor sieben Uhr im Bett gesungen – jawohl, gesungen! Ich hatte eine schlechte Nacht hinter mir und war gerade ein bißchen eingedämmert; natürlich bin ich dann sofort wieder aufgewacht.«
»Es ist sehr wichtig, daß mein Mann soviel wie möglich schläft«, bekräftigte Mrs. Cayley ängstlich. »Der Arzt hat es gesagt.«
»Warum gehen Sie nicht in ein Sanatorium?« fragte Tuppence.
»Meine liebe Dame, Sanatorien sind unerschwinglich teuer, und außerdem wäre die Atmosphäre dort ganz ungeeignet für mich. Die Krankenluft würde sich ungünstig auf mein Unterbewußtsein auswirken.«
»Fröhliche Gesellschaft, hat der Arzt gesagt«, kam ihm Mrs. Cayley hastig zu Hilfe. »Unterhaltung und Anregung.«
Soweit Tuppence beurteilen konnte, bestand Mr. Cayleys Unterhaltung in einer endlosen Wiederholung seiner Kran-

kengeschichte, und Anregung empfing er nur, wenn sich ein andrer für seine Klagen zu interessieren schien.
Geschickt wechselte sie das Thema.
»Ich würde so gern etwas über Ihre Ansichten vom Leben in Deutschland hören. Haben Sie sich in den letzten Jahren nicht längere Zeit dort aufgehalten? Erzählen Sie doch, es ist so interessant, die Meinungen eines welterfahrenen Mannes kennenzulernen.«
Schmeichelei war nach Tuppence' Ansicht bei jedem Mann der wirksamste Köder. Und richtig, Mr. Cayley biß sofort an.
»Ganz richtig, meine liebe Dame, ich hege wirklich keine Vorurteile. Mein Blick ist klar und unbestechlich. Also meiner Meinung nach . . .«
Was nun folgte, war ein nicht enden wollender Monolog. Tuppence warf nur zuweilen ein »Oh, wie interessant« oder »Sie verstehen aber zu beobachten« ein, hörte jedoch mit einer Gespanntheit zu, die nicht nur gespielt war. Denn Mr. Cayley, von der Aufmerksamkeit, die er fand, hingerissen, entpuppte sich als aufrichtiger Bewunderer des Nazisystems. Er deutete an, obschon er es nicht offen aussprach, wieviel besser es gewesen wäre, wenn England und Deutschland sich gegen das übrige Europa verbündet hätten.
Miss Minton und Betty, die von ihrem Ausflug zurückkehrten, unterbrachen endlich den Monolog, der fast zwei Stunden gedauert hatte. Aufblickend bemerkte Tuppence einen sonderbaren Ausdruck in Mrs. Cayleys Gesicht. Was war es? Begreifliche weibliche Eifersucht, weil ihr Mann sich so lange einer anderen Frau gewidmet hatte? Unruhe, weil Mr. Cayley seine politischen Ansichten so unumwunden geäußert hatte?
Der Tee wurde serviert, und bald darauf kam Mrs. Sprot aus London zurück. Sie setzte sich, trank mehrere Tassen Tee und erzählte des langen und breiten von ihren Einkäufen in London. Nach dem Tee begab man sich auf die Terrasse, denn die Sonne schien jetzt so warm, als hätte es nie geregnet.
Betty sprang lustig umher, ging auf Entdeckungsreise hinter die Büsche und kam mit einem Lorbeerblatt oder mit einer

Handvoll Kieselsteinchen zurück, die sie einem der Erwachsenen in den Schoß warf, wobei sie lange, aber unverständliche Erklärungen abgab. Zum Glück verlangte sie keine große Teilnahme bei ihren Spielen, sie war ganz zufrieden mit einem gelegentlichen »Wie hübsch, Darling. Ganz recht hast du.«

Geplauder, ein bißchen Klatsch, Mutmaßungen über den Krieg ... Ob es wohl wahr war, daß ...? Haben Sie schon gehört, daß ...? Man sagt, daß ... Politische und militärische Skandalgeschichten wurden mit viel Behagen erörtert.

Plötzlich sah Mrs. Sprot auf die Uhr und fuhr auf.

»Meine Güte, beinahe sieben. Das Kind müßte doch schon längst im Bett liegen. Betty – Betty!«

Betty war schon einige Zeit nicht mehr auf die Terrasse gekommen, aber niemand hatte ihre Abwesenheit bemerkt.

Mrs. Sprot rief sie mit steigender Ungeduld.

»Bettyyy! Wo mag das Kind nur stecken?«

»Sicherlich richtet es irgendwo Unheil an«, sagte Mrs. O'Rourke mit ihrem tiefen Lachen. »Wenn Kinder so still sind, ist immer etwas verdächtig.«

»Betty! Komm sofort!«

Keine Antwort. Mrs. Sprot stand ein wenig ärgerlich auf.

»Nun muß ich sie doch suchen gehen. Wo mag sie nur hingelaufen sein?«

Miss Minton meinte, sie habe sich versteckt, und Tuppence, eingedenk der eigenen Kindheit, riet, in der Küche nachzusehen. Aber Betty war weder im Haus noch im Garten zu finden. Sie durchsuchten alle Schlafzimmer, gingen rufend durch den Garten – keine Spur von Betty.

Mrs. Sprot wurde immer unruhiger.

»Das ist aber wirklich ungezogen. Ob sie auf die Straße gelaufen ist?«

Sie trat mit Tuppence aus der Pforte, und beide blickten den Weg zum Hügel hinauf und hinab. Auf der Straße stand nur ein Laufbursche mit seinem Rad und plauderte mit dem Dienstmädchen von der gegenüberliegenden Villa.

Tuppence fragte die beiden. Zuerst schüttelten sie den Kopf, dann schien das Dienstmädchen sich zu erinnern, und es er-

kundigte sich: »Ein kleines Mädchen in einem grüngestreiften Kleid?«
»Ja, ja!« rief Mrs. Sprot eifrig.
»Das habe ich vor einer halben Stunde gesehen – es ist mit einer Frau die Straße hinuntergegangen.«
»Mit einer Frau?« fragte Mrs. Sprot erstaunt. »Mit was für einer Frau denn?«
Das Mädchen überlegte.
»Ja, etwas komisch hat sie ausgesehen. War wohl eine Ausländerin. Merkwürdig angezogen. Sie hatte so eine Art Schal umgebunden und keinen Hut – eben komisch, verstehen Sie? Ich hab sie schon ein- oder zweimal hier gesehen, und schon beim ersten Mal dachte ich, die ist wohl ein bißchen angepufft – na, Sie verstehen mich schon«, sagte sie.
Mit plötzlichem Entsetzen sah Tuppence wieder das Gesicht vor sich, das nachmittags durch die Büsche gestarrt hatte, und sie entsann sich ihres unheimlichen Vorgefühls.
Mrs. Sprot taumelte.
»O Betty, mein Kleines! Sie ist entführt, sie ist geraubt! Wie sah die Frau aus? Wie eine Zigeunerin?«
Tuppence schüttelte energisch den Kopf.
»Nein, sie war blond, sehr blond, ein breites Gesicht mit hohen Backenknochen und weit auseinanderstehenden blauen Augen.«
Mrs. Sprot starrte sie an.
Hastig erklärte Tuppence: »Ich sah die Frau heute nachmittag, sie spähte vom Ende des Gartens durch die Büsche. Ich hatte schon früher bemerkt, daß sie sich hier herumtreibt. Einmal hat auch Carl von Deinim mit ihr gesprochen. Es muß die gleiche Frau sein.«
»Mein Gott«, stöhnte Mrs. Sprot, »was soll ich tun?«
Tuppence legte den Arm um sie.
»Jetzt kommen Sie zuerst einmal ins Haus zurück und trinken einen Schluck Kognak. Dann rufen wir sofort die Polizei an. Sicher werden wir Betty bald wieder hierhaben.«
Mrs. Sprot ging gehorsam mit ihr. Sie murmelte halb betäubt: »Wie konnte Betty nur mit einer ganz fremden Frau gehen? Das verstehe ich nicht.«

»Sie ist ja noch so klein«, sagte Tuppence, »viel zu klein, um sich vor Fremden zu fürchten.«
Mit schwacher Stimme jammerte Mrs. Sprot: »Ach, du liebe Zeit, womöglich will sie meine Betty umbringen!«
»Unsinn«, entgegnete Tuppence derb, »es wird schon alles in Ordnung kommen. Die Frau ist einfach nicht richtig im Kopf.« Aber sie selbst glaubte kein Wort von dem, was sie sagte.
Carl! Ob Carl etwas wußte? Hatte Carl etwas damit zu tun? Ein paar Minuten später verwarf sie diesen Gedanken. Carl war sichtlich ebenso entsetzt wie alle anderen, völlig überrascht, konnte das Vorgefallene nicht glauben.
Kaum waren sie sich über das Geschehene klar, als Major Bletchley schon die Führung übernahm.
»Also, meine Liebe«, sagte er zu Mrs. Sprot, »nun setzen Sie sich erst einmal – so – trinken Sie ein Schlückchen Kognak – der wird Ihnen nichts schaden – und ich gehe jetzt sofort zur nächsten Polizeistation.«
»Warten Sie noch einen Augenblick«, murmelte Mrs. Sprot. »Vielleicht ist . . .« Sie lief die Treppen hinauf in ihr Zimmer. Kurz darauf kam sie wie von Sinnen wieder heruntergerast. Sie stürzte in den Salon, und riß Major Bletchleys Hand vom Telefonhörer, den er gerade abheben wollte.
»Nein, nein«, keuchte sie. »Nicht, um Gottes willen nicht . . .« Aufschluchzend fiel sie in einen Stuhl.
Alle drängten sich um sie. Nach ein paar Augenblicken faßte sie sich etwas, richtete sich mit Mrs. Cayleys Hilfe auf und streckte den Fragenden etwas entgegen.
»Das fand ich auf dem Fußboden in meinem Zimmer. Es war um einen Stein gewickelt und durchs Fenster geworfen. Lesen Sie, um Gottes willen, lesen Sie nur!«
Tommy nahm ihr den Zettel aus der Hand und entfaltete ihn. In einer steifen, offensichtlich ungeübten Handschrift stand da mit wild hingekritzelten Buchstaben geschrieben:
»Das Kind ist bei uns in Sicherheit. Später werden Sie erfahren, was Sie zu tun haben. Wenn Sie die Polizei holen, werden wir das Kind töten. Unternehmen Sie nichts. Warten Sie Anweisungen ab. Sonst . . .«

Als Unterschrift waren ein Totenschädel und zwei gekreuzte Knochen gezeichnet.
Nun sprach alles durcheinander. »Dreckige Mörderbande«, schimpfte Mrs. O'Rourke. »Schufte«, rief Sheila Perenna. »Phantastisch, phantastisch, aber glauben Sie ja kein Wort. Der übliche Trick«, meinte Mr. Cayley. »Oh, das süße, kleine Geschöpf«, jammerte Miss Minton. »Ich kann es nicht verstehen, es ist einfach unglaublich«, sagte Carl von Deinim. Und über alle Stimmen erhob sich die Stentorstimme Major Bletchleys: »Verdammter Blödsinn! Einschüchterungsversuch! Natürlich muß man sofort die Polizei benachrichtigen. Die wird schon alles herausbekommen.«
Er wollte wieder zum Hörer greifen. Aber mit einem Aufschrei fiel Mrs. Sprot ihm in den Arm.
Er brüllte: »Aber meine liebe Mrs. Sprot, wir müssen die Polizei verständigen. Das Ganze ist doch ein primitiver Trick, damit wir den Schuften nicht auf die Spur kommen.«
»Sie werden sie umbringen!«
»Ach, Unsinn. Das wagen sie nicht.«
»Und ich will nicht, hören Sie, ich will nicht! Ich bin ihre Mutter. Ich habe zu entscheiden.«
»Gewiß, gewiß. Aber damit rechnen die gerade – die denken sich, daß Sie nun Angst haben. Ist ja auch nur natürlich. Aber glauben Sie mir, ich bin ein alter Soldat und habe allerlei erlebt – wir müssen die Polizei verständigen.«
»Nein, nein!«
Bletchley schaute hilfesuchend um sich.
»Meadowes, sind Sie nicht auch meiner Meinung?«
Tommy nickte nur langsam.
»Cayley? – Sehen Sie, Mrs. Sprot, Meadowes und Cayley sind beide meiner Meinung.«
»Männer!« schrie Mrs. Sprot plötzlich mit verzweifelter Energie. »Alle seid ihr Männer. Fragen Sie die Frauen!«
Tommys Augen suchten Tuppence. Aber Tuppence sagte leise mit bebender Stimme: »Mrs. Sprot hat recht.«
Sie dachte: Deborah! Derek! Mein Gott, wenn sie es wären! Ich könnte auch nicht anders handeln. Tommy und die an-

deren Männer haben sicher recht; aber ich könnte es nicht. Ich würde es niemals wagen.
Und selbst Mrs. Cayley fand den Mut zu stammeln: »Ich denke, ja, wissen Sie, nein wirklich . . .« Der Rest war ein unverständliches Gemurmel.
Jemand betrat die Halle. Mrs. Perenna. Sie war hochrot im Gesicht; offenbar war sie den Hügel herauf gelaufen.
»Was ist los?« fragte sie. Ihre Stimme klang hart und befehlend. Das war nicht mehr die liebenswürdige Pensionsinhaberin, sondern eine Frau, die sich Respekt zu verschaffen wußte.
Alle sprachen auf sie ein, es war ein zusammenhangloses Gerede, aber sie erfaßte die Lage schnell. Und ohne daß sie ein Wort zu verlieren brauchte, empfanden alle plötzlich sie als oberste Instanz.
Sie hielt den hastig gekritzelten Zettel einen Augenblick in der Hand und gab ihn dann zurück.
»Die Polizei?« Sie sprach scharf und bestimmt. »Nein, das hat keinen Zweck. Die tappt erst einmal im dunkeln, und wir können es auf keine Verzögerung ankommen lassen. Suchen Sie selbst.«
Bletchley zuckte die Schultern. »Also gut«, sagte er, »wenn Sie die Polizei nicht wollen, bleibt natürlich nur die Selbsthilfe übrig.«
»Sie können noch keinen großen Vorsprung haben«, sagte Tommy.
»Das Mädchen sah sie vor einer halben Stunde«, warf Tuppence ein.
»Haydock!« rief Bletchley plötzlich. »Ja, Haydock muß uns helfen. Er hat ein Auto. Die Frau sieht auffallend aus, sagen Sie? Eine Ausländerin? Dann kann man ihr wohl auf die Spur kommen. Los, verlieren wir keine Zeit! Kommen Sie mit, Meadowes?«
Mrs. Sprot stand auf.
»Ich komme auch mit.«
»Liebe Mrs. Sprot, Sie sollten das lieber uns überlassen.«
»Ich komme mit.«

Haydock erfaßte die Sachlage mit einer Schnelligkeit, die dem alten Seebären alle Ehre machte. Ein paar Minuten später fuhr er mit seinem Wagen vor, Tommy nahm neben ihm Platz, und auf dem Rücksitz wurden Bletchley, Mrs. Sprot und Tuppence verstaut. Mrs. Sprot hätte Tuppence keinen Augenblick von ihrer Seite gelassen, und außerdem war Tuppence (mit Ausnahme von Carl von Deinim) die einzige, die wußte, wie die geheimnisvolle Kindsräuberin aussah.

Der Commander verstand sich auf schnelles Handeln und auf Organisation. Im Handumdrehen hatte er Benzin getankt, dem Major eine Karte der näheren Umgebung und eine in größerem Maßstab von Leahampton zugeschoben, und schon raste er davon.

Mrs. Sprot war noch einmal die Treppe hinaufgelaufen, um ihren Mantel zu holen. Aber als sie den Hügel hinabfuhren, zeigte sie Tuppence eine kleine Pistole in ihrer Handtasche.

»Ich habe sie aus Major Bletchleys Zimmer geholt«, erklärte sie mit merkwürdiger Ruhe, »er sagte einmal, daß er eine hätte.«

Tuppence sah sie etwas verwundert an.

»Ja, meinen Sie denn ...«

»Wir können sie vielleicht brauchen«, fiel Mrs. Sprot ein. Ihr zusammengepreßter Mund war nur noch eine scharfe Linie.

Tuppence dachte, was für Kräfte doch der mütterliche Instinkt in dieser ganz alltäglichen jungen Frau weckte. Vermutlich gehörte Mrs. Sprot sonst zu den Frauen, die in Ohnmacht fielen, wenn sie nur eine Schußwaffe erblickten.

Auf Haydocks Vorschlag fuhren sie zuerst zum Bahnhof. Haydock ging zum Fahrkartenkontrolleur, Tommy in den Schalterraum, Bletchley zum Auskunftsbeamten. Tuppence und Mrs. Sprot begaben sich zur Damentoilette; vielleicht hatte sich die Entführerin irgendwie unkenntlich machen wollen, bevor sie den Zug nahm.

Aber keine der Nachforschungen führte zu einem Ergebnis. Der weitere Schlachtplan war schwieriger. Haydock meinte, vermutlich hätten die Verbrecher ein Auto gehabt. Die Frau hatte Betty nur geholt, dann waren sie alle zusammen fortgefahren.

»Wir wollen einmal versuchen, uns in ihre Lage zu versetzen«, sagte Tuppence. »Wo hatten sie ihren Wagen? Natürlich so nahe wie möglich bei der Pension, aber er durfte nicht gesehen werden. Denken wir also nach. Betty und die Frau kommen den Hügel hinunter. Unten gelangen sie auf die Strandpromenade. Dort könnte der Wagen gestanden haben . . .«

In diesem Augenblick trat ein kleiner Mann mit einem Kneifer etwas mißtrauisch auf sie zu.

»Entschuldigen Sie«, sagte er leicht stotternd, »S-s-sie sind ho-hoffentlich nicht böse – aber ich mußte einfach hören, was Sie b-bei der Auskunft sagten. N-natürlich wollte ich nicht lauschen, ich wollte nur nach einem P-paket fragen – schrecklich lange dauert die Zustellung jetzt immer w-wowohl we-wegen der Truppenverschiebungen – a-a-aber wenn leicht verderbliche Eßwaren drin sind – im P-pa-paket, meine ich – ja, da habe ich gehört – und es war wohl wirklich ein komischer Z-z-zufall . . .«

Mrs. Sprot sprang auf ihn zu. »Haben Sie sie gesehen? Haben Sie mein Kind gesehen?« Sie packte seinen Arm.

»Oh, das ist also Ihr kleines Mädchen? Nein, denken Sie nur!«

Mrs. Sprot schrie: »So reden Sie doch!« und preßte den Arm des kleinen Mannes, daß er stöhnte.

»Bitte«, sagte Tuppence rasch, »erzählen Sie uns so schnell wie möglich, was Sie gesehen haben. Wir wären Ihnen sehr dankbar dafür.«

»Ja, also w-w-wirklich, vielleicht stimmt es g-g-gar nicht. Aber die Beschreibung p-p-paßte so g-gut.«

Tuppence fühlte die Frau an ihrer Seite zittern, aber sie selbst zwang sich zur Ruhe. Hastig durfte sie jetzt nicht sein; diesen Menschenschlag kannte sie nur zu gut: wichtigtuerisch, mißtrauisch, unkonzentriert, unfähig, geradezu zu reden. Wollte man ihn zur Eile bewegen, so wurde alles nur noch schlimmer. »Bitte, erzählen Sie uns doch«, sagte sie freundlich.

»Ja, es war nur – mein Name ist übrigens R-Robbins. Edward Robbins.«

»Ja, Mr. Robbins?«
»Ich wohne in Whiteway, Ernes Cliff Road, in einem dieser n-neuen Häuser an einer n-neuen Straße – sehr praktisch eingerichtet, jeder Komfort, schöne Aussicht, und die D-Dünen nur ein paar Schritte entfernt.«
Tuppence sah, daß Major Bletchley kurz vor dem Explodieren war. Sie wies ihn mit einem Blick zur Ruhe.
»Und Sie haben das kleine Mädchen gesehen, das wir suchen?« fragte sie.
»Ja, ich glaube, das muß es ge-gewesen sein. Ein kleines Mädchen mit einer m-m-merkwürdig aussehenden Frau, ha-haben Sie doch gesagt, nicht? W-wirklich ist mir zuerst die Frau auf-gef-f-fallen. Wir sind ja heute alle hinter der Fünften Kolonne her – wir sollen die Augen gut offenhalten, das sollen wir doch! Ja, wi-wie gesagt, da sah ich diese Frau. Ist das nun eine Pflegerin oder ein Kindermädchen? sagte ich mir. Viele Spioninnen sind schon auf diese Weise ins Land gekommen und haben sich als Kindermädchen ausgegeben; und die Frau sah so merkwürdig aus und ging die Straße nach den Dünen zu – mit dem kleinen Mädchen – und das kleine Mädchen schien müde zu sein und m-mochte nicht mehr laufen; und halb acht war es auch – um diese Zeit gehören Kinder doch ins Bett. Da sah ich mir die Frau scharf an. Das mochte sie wohl nicht, denn jetzt lief sie beinahe und z-zog die Kleine hinter sich her, und dann nahm sie sie auf den Arm und ging zum Pfad nach den Klippen, und da-das fand ich doch komisch, denn da sind gar keine Häuser mehr – nein – nichts bis nach Whitehaven, nichts, und bis dahin geht's fünf Kilometer immer durch die Dünen. Das f-fand ich sonderbar. Vielleicht wollte sie von dort aus Zeichen geben? Man spricht jetzt soviel von Spionen, und d-darum sah ich sie mir scharf an, und das behagte ihr ganz und gar nicht.«
Mit einem Satz war Haydock im Wagen und warf den Motor an.
»Ernes Cliff Road? Das ist auf der anderen Seite der Stadt?«
»Ja, immer die Promenade entlang, durch die Altstadt und d-dann aufwärts.«

Die anderen waren schon in den Wagen gesprungen und hörten nicht mehr auf Mr. Robbins. Tuppence rief noch zurück: »Danke, Mr. Robbins!« und fort sausten sie, während er ihnen mit offenem Mund nachstarrte.
In rasendem Tempo fuhren sie durch die Stadt und gelangten zu einigen verstreuten Häusern, deren hübsche Lage durch die Nähe der Gasanstalt etwas beeinträchtigt wurde. Ein paar kleine Straßen führten aufwärts zu den Dünen: Ernes Cliff Road war die dritte.
Haydock bog dort ein und fuhr bergauf. Die Straße versandete auf halber Höhe des Hügels und setzte sich in einem schmalen Serpentinenpfad fort.
»Es wäre besser, wir würden aussteigen und zu Fuß weitergehen«, meinte Bletchley.
»Ich kriege den Karren schon noch hinauf«, brummte Haydock zögernd. »Der Boden ist fest genug. Bißchen holprig, aber es wird schon gehen.«
»O ja, bitte, versuchen Sie's«, rief Mrs. Sprot, »wir haben keinen Augenblick zu verlieren!«
»Gott gebe, daß wir auf der rechten Spur sind«, murmelte Haydock. Der Wagen schnaufte schwer, während er sich über den unebenen Boden vorwärts mahlte. Die Steigung war steil, aber der Wagen nahm sie tapfer, und sie erreichten die Höhe ohne Zwischenfall. Von hier übersah man den ganzen Weg, bis er sich in einer Kurve zur Bucht von Whitehaven abwärts senkte.
»Weit und breit nichts zu sehen«, sagte Haydock.
Er war aufgestanden und spähte durch den Feldstecher, den er vorsorglicherweise mitgenommen hatte. Plötzlich straffte sich seine Gestalt. Im Blickfeld des Glases hatte er zwei kleine, bewegliche Punkte entdeckt.
»Donnerwetter, da haben wir sie.«
Er sprang wieder auf den Führersitz, und der Wagen rumpelte vorwärts. Von jetzt ab ging alles sehr schnell: Die Insassen des Wagens wurden zwar auf und ab und von einer Seite zur andern gestoßen, aber die beiden kleinen Punkte wurden immer größer und deutlicher. Jetzt erkannte man sie schon ganz genau – eine große Gestalt und eine kleine – noch näher

– eine Frau mit einem Kind an der Hand – näher – ja, das Kind trug ein grüngestreiftes Kleidchen, Betty.

Mrs. Sprot stieß einen erstickten Schrei aus.

»Alles in Ordnung, meine Liebe«, sagte Major Bletchley und klopfte ihr freundlich auf den Rücken. »Jetzt haben wir sie.«

Weiter – weiter.

Plötzlich wandte die Frau sich um und sah den Wagen auf sich zukommen.

Mit einem Schrei nahm sie das Kind auf den Arm und begann zu laufen. Aber sie lief nicht vorwärts, sondern seitwärts, zum Rand der Klippe.

Nach ein paar Metern konnte das Auto nicht mehr folgen; der Boden war hier zu uneben, und Felsbrocken lagen umher. Der Wagen blieb stehen, und die Insassen sprangen hinaus, Mrs. Sprot als erste. Mit wilden Sätzen rannte sie den beiden Flüchtlingen nach. Die andern folgten ihr.

Noch fünfzehn Meter – da drehte sich die Frau um und stellte sich ihnen. Sie stand jetzt hart am Rand der Klippe. Mit einem heiseren Aufschrei drückte sie das Kind fester an sich.

»Mein Gott«, schrie Haydock, »sie wirft die Kleine über die Klippe hinunter!«

Die Frau stand dort, Betty fest an sich gepreßt. Ihr Gesicht war von Haß verzerrt. Sie schrie etwas mit heiserer Stimme, aber niemand verstand sie. Und noch immer hielt sie das Kind und blickte von Zeit zu Zeit in den Abgrund – kaum einen Meter entfernt von ihr.

Alle standen wie versteinert da, festgenagelt vor Entsetzen, unfähig, sich zu bewegen, aus Angst, die Katastrophe auszulösen.

Haydock griff in die Tasche. Er zog seine Armeepistole heraus und schrie: »Lassen Sie das Kind los – oder ich schieße!«

Die fremde Frau lachte; sie drückte Betty noch fester an die Brust. Die beiden Gestalten verschmolzen ineinander.

»Ich darf nicht schießen«, stöhnte Haydock. »Es ist unmöglich, ich könnte das Kind treffen.«

»Die Frau ist wahnsinnig«, stammelte Tommy. »Jetzt wird sie mit dem Kind hinunterspringen.«
Haydock wiederholte hilflos: »Ich darf nicht schießen.«
In diesem Augenblick krachte ein Schuß. Die Frau taumelte und fiel, das Kind noch in den Armen haltend, nach vorn. Die Männer rannten auf sie zu. Mrs. Sprot stand schwankend da, die rauchende Pistole in der Hand, die Augen weit aufgerissen.
Mit steifen Füßen machte sie ein paar Schritte vorwärts.
Tommy kniete bei der Gestürzten. Er drehte sie vorsichtig herum. Er blickte der Frau ins Gesicht – eine wilde, eigenartige Schönheit. Die Augen waren noch geöffnet, starrten ihn an – dann verschleierten sie sich – brachen – ein kleiner Seufzer, und die Frau war tot.
Klein-Betty war heil und gesund. Sie krabbelte hoch und rannte auf ihre Mutter zu, die starr und unbeweglich wie eine Statue dastand.
Endlich kam Leben in Mrs. Sprot. Sie warf die Waffe fort, fiel auf die Knie und riß das Kind in ihre Arme.
»Gerettet!« rief sie. »Gerettet! O Betty, Betty!« Und dann, ganz leise, mit furchtsamem Flüstern: »Habe ... Habe ich sie getötet?«
»Daran dürfen Sie jetzt nicht denken«, sagte Tuppence energisch.
»Denken Sie an Betty, nur an Betty.«
Mrs. Sprot hielt schluchzend das Kind an sich gepreßt.
»Ein Wunder«, murmelte Haydock, »weiß Gott, ein Wunder. Ich hätte nicht so schießen können. Dabei hat die Frau sicher vorher noch nie eine Pistole in der Hand gehabt – schierer Instinkt. Ein Wunder, sage ich, ein glattes Wunder.«
»Gott sei Dank«, murmelte Tuppence. »Viel fehlte nicht mehr ...«
Sie blickte über den jähen Abgrund ins Meer hinunter und schauderte.

8

Die gerichtliche Untersuchung fand ein paar Tage später statt. Eine Vertagung war notwendig gewesen, damit die Polizei die Erschossene als eine gewisse Wanda Polonska, polnischer Flüchtling, identifizieren konnte.

Nach der dramatischen Szene auf der Klippe wurden Mrs. Sprot und Betty ins Sans Souci zurückgebracht. Die junge Mutter war völlig zusammengebrochen und fast ohnmächtig. In der Pension war sie natürlich die Heldin des Tages; voller Neugier umdrängten sie alle und versorgten sie mit Wärmflaschen, Tee und einem kräftigen Schluck Kognak.

Commander Haydock hatte sich sofort mit der Polizei in Verbindung gesetzt. Unter seiner Führung hatten die Beamten den Schauplatz des tragischen Ereignisses inspiziert.

Das Interesse der Presse konzentrierte sich ganz auf Commander Haydock und Mrs. Sprot. Mr. Sprot war telegrafisch herbeigerufen worden. Er kam sofort, um Frau und Kind zu sehen, mußte jedoch am gleichen Tag wieder abreisen. Er war ein liebenswürdiger, aber recht uninteressanter junger Mensch.

Die gerichtliche Untersuchung wurde in der üblichen Weise mit der Identifikation der Leiche eröffnet. Sie wurde von einer gewissen Mrs. Calfont vorgenommen, einer Dame mit dünnen Lippen und bohrenden Augen, die einige Monate in der Flüchtlingshilfe gearbeitet hatte.

Ihrer Aussage nach war die Polonska mit einem Vetter und dessen Frau, ihren einzigen Verwandten, nach England gekommen. Die Frau war wohl damals schon infolge der in Polen erlebten Greuel geistig leicht gestört gewesen; ihre Familie, auch mehrere Kinder, waren ermordet worden. Übrigens wußte die Frau niemandem Dank für Hilfe und Unterstützung, sondern hatte ein schweigsames und verdächtiges Wesen gezeigt. Sie sprach immer mit sich selbst und schien überhaupt nicht normal. Man hatte sie in einem Haushalt untergebracht, doch hatte sie ihren Dienst ohne Verständigung der Polizei vor einigen Wochen verlassen.

Der Coroner fragte, warum die Verwandten der Toten nicht zugegen wären. Hier konnte Inspektor Brassey eine Erklärung abgeben.
Das Ehepaar war wegen gewisser Machenschaften auf einer Schiffswerft unter Spionageverdacht verhaftet worden. Diese beiden Ausländer waren angeblich als Flüchtlinge ins Land gekommen, hatten aber sofort versucht, in der Nähe einer Marinebasis Arbeit zu finden. Die ganze Familie war verdächtig; in ihrem Besitz hatte sich eine größere Geldsumme befunden, über die sie keine Rechenschaft abgeben konnte. Über Wanda Polonska war nichts Näheres bekanntgeworden – nur wußte man, daß sie offensichtlich antibritisch eingestellt war. Vielleicht war auch sie eine feindliche Agentin und ihre Verwirrtheit nur vorgetäuscht.
Mrs. Sprot brach, sobald sie aufgerufen wurde, in Tränen aus.
Der Coroner war sehr sanft und freundlich zu ihr und berührte die Ereignisse mit viel Takt.
»Es ist so entsetzlich«, schluchzte sie, »so furchtbar, zu denken, daß ich einen Menschen getötet habe. Ich wollte es gar nicht ... nie habe ich an so etwas gedacht ... aber Betty ... die Frau hätte sie ja die Klippe hinuntergeworfen ... das mußte ich doch verhindern ... o Gott, o Gott, wie ist das alles nur zugegangen!«
»Verstehen Sie, mit Schußwaffen umzugehen?«
»Aber nein! Ich habe nur manchmal so zum Spaß geschossen, auf dem Jahrmarkt, in Schießbuden, und da habe ich nie etwas getroffen. O Gott, mir ist zumute, als ob ich einen Mord begangen hätte!«
Der Coroner beruhigte sie und fragte, ob sie schon früher mit der toten Frau zu tun gehabt hätte.
»Nein, niemals. Nie zuvor habe ich sie gesehen. Sie muß völlig irrsinnig gewesen sein – sie kannte doch weder mich noch Betty.«
Im Verlauf des weiteren Verhörs sagte Mrs. Sprot aus, sie hätte einmal einem Nähzirkel zugunsten polnischer Flüchtlinge angehört, sonst aber nie etwas mit Polen zu tun gehabt.
Der nächste Zeuge war Haydock. Er erzählte genau, wie er

der Kindsräuberin gefolgt war, und beschrieb die Gefahr, in der das Kind geschwebt hatte.

»Sie können mit Bestimmtheit aussagen, daß die Frau im Begriff war, mit dem Kind über die Klippe hinunterzuspringen?«

»Entweder wollte sie das, oder sie beabsichtigte, das Kind ins Meer zu werfen. Sie schien wie von Sinnen vor Haß. Es war ganz unmöglich, vernünftig mit ihr zu reden. Man konnte nur handeln. Ich selbst dachte daran zu schießen; ich wollte sie allenfalls nur verletzen, aber sie hielt das Kind wie einen Schild vor sich. Ich schoß nicht – aus Angst, das Kind zu treffen. Mrs. Sprot aber wagte es und rettete so glücklicherweise das Leben des kleinen Mädchens.«

Mrs. Sprot brach wieder in Tränen aus.

Die Verhandlung war dann bald zu Ende. Der Coroner stellte fest, daß Wanda Polonska durch die Hand der Mrs. Sprot getötet worden war, die allerdings in Notwehr gehandelt hatte. Mrs. Sprot traf keinerlei Schuld.

Die Polonska hatte in ihrem Vaterland unsäglich Grauenhaftes durchgemacht, wodurch vermutlich ihr Geist getrübt worden war.

Das Verdikt bestätigte diese Ausführungen.

Am folgenden Tage trafen sich Mrs. Blenkensop und Mr. Meadowes, um ihre Eindrücke auszutauschen.

»Exit Wanda Polonska, und wir wissen soviel wie zuvor«, bemerkte Tommy trübselig.

Seine Gefährtin nickte.

»Vielleicht noch weniger, was? Keine Papiere, nicht die leiseste Andeutung, woher das Geld für sie und ihren Vetter stammte, keine Möglichkeit mehr, zu erfahren, mit wem sie zusammenkam.«

»Verfluchte Geschichte«, sagte Tommy und fügte bedrückt hinzu: »Tuppence, die letzten Nachrichten gefallen mir gar nicht.«

Tuppence gab ihm recht. Tatsächlich waren die letzten Nachrichten vom Kriegsschauplatz alles andere als ermutigend.

Das französische Heer war auf dem Rückzug, die Evakuierung von Dünkirchen in vollem Gange. In wenigen Tagen mußte Paris fallen. Mit Entsetzen und Verwirrung machte man sich die Unzulänglichkeit der englischen Rüstung klar und die Unmöglichkeit, der deutschen Kriegsmaschine mit ihren motorisierten Einheiten wirksamen Widerstand entgegenzusetzen.
»Ist das nun unsere gewöhnliche Schlamperei und Langsamkeit«, fragte Tommy, »oder steckt hinter dem Ganzen ein wohlberechneter Plan?«
»Ich glaube eher an geheime Machenschaften. Aber wer kann es beweisen?«
»Niemand. Dafür sind unsere Gegner zu schlau.«
»Aber schließlich haben wir uns doch schon eine Menge Läuse aus dem Pelz gekämmt.«
»Ja natürlich, verdächtiges Gesindel wird festgenommen, genug und übergenug. Doch den Kopf oder die Köpfe, die hinter allem stecken – die haben wir noch nicht. Dennoch muß da ein Kopf sein, eine Organisation, ein bis in die kleinsten Einzelheiten sorgfältig ausgeheckter Plan – und dieser Plan rechnet mit unserer Saumseligkeit, mit unserem kleinlichen Parteienhader, unseren nationalen Eigentümlichkeiten und nützt unsere zaudernde Langsamkeit für seine eigenen Zwecke aus.«
»Deshalb sind wir hierhergeschickt worden«, sagte Tuppence mit einem unterdrückten Seufzer, »und da stehen wir – mit leeren Händen.«
»Na, etwas haben wir immerhin schon geschafft«, erinnerte Tommy.
»Etwas, ja. Carl von Deinim und Wanda Polonska. Immer wieder das kleine Kroppzeug.«
»Aber warum wurde gerade dieses Kind entführt? Wer sind die Sprots? Reichtümer haben sie nicht – also ist auch kein Lösegeld zu erwarten. Irgendeine Beschäftigung bei der Regierung oder an gut informierter Stelle hat auch keiner von den beiden.«
»Ich weiß, Tommy. Es ist ganz unverständlich.«
»Kann Mrs. Sprot uns nicht auf die Sprünge helfen?«

»Ach, diese Frau!« rief Tuppence ärgerlich. »Jedes Suppenhuhn hat mehr Verstand. Denken kann die überhaupt nicht. Sie sagt nur immer: ›So sind diese schrecklichen Deutschen, so sind sie eben!‹«
»Blödes Geschwätz«, erwiderte Tommy. »Die Deutschen wissen, was sie wollen. Wenn die von ihren Agenten ein Kind rauben lassen, dann haben sie ihren Grund dafür.«
»Ich meine immer«, sagte Tuppence, »Mrs. Sprot müßte irgendeinen Anhaltspunkt finden, wenn sie nur einmal richtig nachdenken wollte. Da muß etwas sein – vielleicht eine Information, die sie bekommen hat, ohne zu wissen, was sie damit anfangen soll.«
»›*Unternehmen Sie nichts. Warten Sie Anweisungen ab*‹«, zitierte Tommy den in Mrs. Sprots Zimmer gefundenen Zettel. »Verflucht noch mal, es muß etwas dahinterstecken.«
»Zweifellos. Ich denke manchmal, daß man Mrs. Sprot – oder ihrem Mann – irgend etwas zum Aufbewahren gegeben hat, gerade weil sie so gewöhnliche Durchschnittsmenschen sind, daß niemand sie verdächtigen wird – aber was könnte das nur sein?«
»Du, das ist nicht dumm!«
»Vielleicht. Klingt aber doch ziemlich nach Spionagefilm. In Wirklichkeit kommt so etwas wohl nicht vor.«
»Hast du Mrs. Sprot nicht gesagt, daß sie ihr Gehirn ein bißchen anstrengen soll?«
»Gewiß. Aber es interessiert sie gar nicht. Sie denkt nur an Betty. Betty ist wieder da – alles andere ist ihr gleichgültig –, höchstens daß sie noch manchmal hysterische Zustände kriegt, weil sie gemordet hat.«
»Frauen sind komisch«, bemerkte Tommy sinnend. »Damals war die Person doch wie eine Rachegöttin. Sie hätte kalten Blutes ein ganzes Regiment niedergeknallt ohne die geringsten Gewissensbisse, nur um ihr Kind zurückzubekommen. Und kaum hat sie mit einem unwahrscheinlichen Glück die Entführerin wirklich zur Strecke gebracht, da kriegt sie Zustände und heult und winselt.«
»Das Gericht mußte sie freisprechen. Das war nur in Ordnung.«

»Natürlich. Mein Gott, ich hätte in dem kritischen Augenblick nicht den Mut zum Schießen aufgebracht.«
»Sie auch nicht – wenn sie sich die Sache überlegt hätte –, alles war reiner Zufall. Sie brachte es über sich, unter diesen Umständen abzudrücken, weil sie keine Ahnung von der Gefährlichkeit des Schusses hatte.«
Tommy nickte. »Ganz biblisch«, sagte er, »David und Goliath.«
»Oh!« rief Tuppence plötzlich.
»Was hast du?«
»Ich weiß selbst nicht. Als du eben ›biblisch‹ sagtest, da knackste etwas in meinem Gehirn, aber nun ist es wieder weg.«
»Na – David und Goliath?«
»Nein – warte, ich glaube, etwas mit König Salomon.«
»Zedern? Tempel? Viele Frauen? Viele, viele Kebsweiber?«
»Hör bloß auf!« Tuppence bedeckte die Ohren mit den Händen. »Wenn du so redest, verfliegt es ganz. Wenn ich wenigstens wüßte«, sagte sie nach kurzer Pause, »an wen mich das Gesicht der Frau erinnert hat.«
»Welcher Frau? Der Wanda Polonska?«
»Ja. Als ich sie das erste Mal sah, kam mir ihr Gesicht irgendwie bekannt vor.«
»Dann hättest du sie also früher schon mal gesehen? Meinst du das?«
»Gesehen habe ich sie bestimmt noch nie.«
»Mrs. Perenna und Sheila sind im Typ vollkommen verschieden.«
»An die habe ich auch nicht gedacht. Übrigens, Tommy, diese beiden – da ist mir auch so allerhand durch den Kopf gegangen.«
»Na und . . .?«
»Ich weiß nicht. Aber da ist dieser Zettel, den Mrs. Sprot auf dem Fußboden gefunden hat, nachdem Betty entführt worden war.«
»Und?«
»Entsinnst du dich? Um einen Stein gewickelt und durchs Fenster geworfen. Das ist natürlich Quatsch! Jemand hat ihn

dort hingelegt – Mrs. Sprot sollte ihn finden. Ich glaube, das war Mrs. Perenna.«
»Also – Mrs. Perenna, Wanda Polonska, Carl – du meinst, sie arbeiten alle Hand in Hand?«
»Ja. Und ist dir nicht auch aufgefallen, daß Mrs. Perenna gerade im kritischen Augenblick hereinkam? Sie entschied dann, die Polizei nicht anzurufen, sondern nahm gleich die ganze Sache selbst in die Hand.«
»Also tippst du immer noch auf sie für M.?«
»Du etwa nicht?«
»Vielleicht.«
»Tommy, ist dir sonst etwas eingefallen?«
»Vielleicht etwas ganz Abwegiges.«
»Willst du es mir nicht erzählen?«
»Nein, lieber noch nicht. Ich habe noch keinen vernünftigen Anhaltspunkt. Aber vielleicht haben wir gar nicht nach M. zu fahnden, sondern nach N.«
Und wieder versank er in Grübelei: Aber das Kind – wozu brauchten sie das Kind?

Vor dem Sans Souci stand ein Auto mit der Aufschrift »Polizei«.
Tuppence war zu sehr in ihre eigenen Gedanken vertieft, um darauf zu achten. Sie betrat das Haus von der Straße her und ging geradewegs nach oben in ihr Zimmer.
Verblüfft blieb sie auf der Schwelle stehen: Eine schlanke hohe Gestalt am Fenster wandte sich bei ihrem Eintreten um.
»Mein Gott«, sagte Tuppence, »Sheila?«
Das Mädchen kam auf sie zu, und Tuppence sah, daß sie totenbleich war; die Augen blickten, tief in die Höhlen gesunken, flammend und tragisch.
»Ich habe hier auf Sie gewartet«, sagte Sheila. »Gottlob, daß Sie endlich gekommen sind.«
»Was ist geschehen?«
Die Stimme des Mädchens bebte vor Erregung. »Carl ist verhaftet worden«, flüsterte es.
»Die Polizei?«
»Ja.«

»Du lieber Gott!« stieß Tuppence hervor. Was sollte sie nur sagen und tun? Sheila hatte ganz ruhig gesprochen, aber Tuppence wußte, wie ihr zumute sein mußte.
Gewiß, vielleicht war sie seine Mitverschworene; aber sie liebte Carl von Deinim. Tuppence' Herz zog sich zusammen vor Mitleid für das verzweifelte junge Ding.
»Was soll ich nur machen?« fragte Sheila.
Das klang so hilflos, so völlig verloren, daß Tuppence am liebsten geheult hätte.
»Sie haben ihn fortgebracht«, fuhr Sheila fort, und ihre Stimme war eine Trauerharfe. »Ich werde ihn niemals wiedersehen.« Dann schrie sie auf: »Was soll ich tun, was soll ich nur tun?« Sie fiel neben dem Bett auf die Knie und schluchzte herzzerreißend.
Tuppence streichelte den dunklen Kopf.
»Vielleicht ist es gar nicht so schlimm«, sagte sie unsicher. »Möglicherweise soll er nur interniert werden.«
»Nein, das ist es nicht. Jetzt durchsuchen sie sein Zimmer.«
»Aber wenn sie dort nichts finden . . .«, sagte Tuppence langsam.
»Natürlich werden sie nichts finden! Was sollen sie denn finden?«
»Ich weiß nicht. Vielleicht wissen Sie etwas?«
»Ich?!«
Ihr Zorn, ihr Erstaunen waren zu echt; das konnte unmöglich Heuchelei sein. Und wenn Tuppence zuvor noch so überzeugt von Sheilas Mitschuld gewesen war, jetzt schwand jeder Verdacht.
»Aber wenn er unschuldig ist . . .«, begann Tuppence.
Sheila fiel ihr ins Wort: »Als ob es darauf ankäme! Die Polizei wird ihm schon etwas anhängen. Die englische Polizei ist zu allem fähig. Meine Mutter sagt das auch.«
»Vielleicht glaubt Ihre Mutter das, aber sie hat unrecht. Verlassen Sie sich auf mich: Das stimmt nicht.«
Sheila blickte sie forschend an. »Gut«, sagte sie nach einer Weile. »Sie werden es ja wissen. Ich glaube Ihnen.«
Tuppence fühlte sich recht unglücklich.
»Sie sind zu leichtgläubig, Sheila«, bemerkte sie scharf.

»Vielleicht haben Sie auch Carl zuviel geglaubt. Das war nicht klug.«
»Ach, Sie sind gegen ihn? Und ich hatte gemeint, Sie hätten ihn gern. Er glaubte es auch.«
Rührend, diese jungen Geschöpfe mit ihrer Zutraulichkeit und der Zuversicht, daß jedermann ihnen wohlwollte. Und dabei stimmte es sogar. Hatte sie nicht echte Zuneigung für Carl empfunden? Empfand sie sie nicht immer noch?
»Sheila«, sagte sie müde, »hier geht es nicht darum, ob ich Carl gern habe oder nicht. Wir sind im Krieg, im Krieg mit Deutschland. Es gibt viele Wege, dem eignen Land zu dienen – man kann auch nach Nachrichten fahnden, kann hinter der Kampflinie im Feindesland arbeiten. Es ist sehr, sehr tapfer, das zu tun. Allerdings ...«, ihre Stimme sank, »wird einer dabei gefaßt, so bedeutet es – das Ende.«
»Und Sie denken wirklich, Carl ...«
»Er könnte in dieser Weise für sein Land gearbeitet haben. Möglich ist es doch.«
»Nein!« entgegnete Sheila.
»Und doch könnte gerade das seine Aufgabe gewesen sein: als Flüchtling, als wütender Nazigegner hierherzukommen, in Wirklichkeit aber als Spion.«
»Das ist nicht wahr«, sagte Sheila ruhig. »Ich kenne Carl. Ich kenne sein Herz und seinen Sinn. Er ist dankbar dafür, daß England ihn arbeiten läßt. Wenn so wild auf Deutschland geschimpft wird, dann fühlt er sich allerdings als Deutscher, und das ist bitter genug für ihn. Aber er haßt die Nazis und ihre Methoden.«
»Wenigstens hat er das gesagt«, warf Tuppence ein.
Sheila sah sie groß und vorwurfsvoll an.
»Sie halten ihn also wirklich für einen Spion?«
Tuppence zögerte.
»Zum mindesten scheint es mir nicht unmöglich.«
Sheila ging zur Tür.
»Danke. Ich weiß nun genug. Ich wollte Sie bitten, uns zu helfen. Das bedaure ich jetzt.«
»Aber was um alles in der Welt könnte ich denn tun?«
»Sie kennen alle möglichen Menschen. Ihre Söhne sind in

der Armee und in der Marine und kennen einflußreiche Leute. Haben Sie das nicht öfter als einmal erzählt? Vielleicht ... vielleicht könnten sie etwas für ihn tun?«
»Meine Söhne werden wohl kaum etwas ausrichten können. Es tut mir leid.«
Sheila warf den Kopf zurück. »Dann gibt es keine Hoffnung für uns«, rief sie leidenschaftlich. »Man wird ihn fortbringen und einsperren, und eines Tages, ganz früh am Morgen, wird man ihn an die Wand stellen und erschießen – und das wird das Ende sein!«
Sie stürzte aus dem Zimmer und warf die Tür hinter sich zu.
Oh, diese Iren und ihr Temperament! dachte Tuppence in einem Wirbel einander widersprechender Gefühle. Ist Carl von Deinim nun ein Spion? Dann verdient er natürlich, erschossen zu werden. Ja, er verdient es, verstehst du, Tuppence? Laß dich gefälligst nicht behexen von dem Mädchen und seiner süßen irischen Stimme. Er ist ein Spion, kein Märtyrer, kein tragischer Held. Aber in ihr sprach noch eine andere Stimme und ließ sie nicht los: Oh, wäre es doch nicht wahr! Wenn es nur nicht wahr wäre!
Aber konnte sie – nach allem, was sie wußte – noch zweifeln?

Der Angler am Ende der Alten Mole warf seine Leine aus und zog sie dann vorsichtig wieder ein.
»Also eine klare Sache.«
»Leider«, sagte Tommy. »Es ist wirklich schade. Der Junge ist nett und sympathisch.«
»Mein Lieber, das sind diese Leute meistens. Kleine Stänker und feige Hunde gehen nicht freiwillig in Feindesland. Sie wissen selbst, wieviel Mut dazu gehört. Aber die Beweise sind ganz einwandfrei.«
»Wirklich ganz einwandfrei?«
»Ohne jeden Zweifel. Zwischen den chemischen Aufzeichnungen fand sich eine Liste eventueller Faschistenfreunde in der Fabrik. Auch ein sehr scharfsinnig ausgedachter Sabotageplan. Ferner ein chemisches Verfahren, um große Mengen Nahrungsmittel zu vernichten. Das dürfte genügen.«
»Und wäre es nicht immerhin möglich«, begann Tommy un-

sicher – (innerlich verwünschte er Tuppence, weil er ihr hatte versprechen müssen, das zur Sprache zu bringen) »... könnte nicht jemand all dies Material bei ihm eingeschmuggelt haben?«
Mr. Grant lächelte ein wenig diabolisch. »Das ist zweifellos die Ansicht Ihrer Frau«, vermutete er.
»Ja, meine Frau meinte das.«
»Wahrscheinlich kein schlechter Gedanke«, sagte Mr. Grant verständnisvoll. »Aber ernsthaft wird so etwas wohl nicht in Frage kommen«, fuhr er fort. »Es wurde auch eine Geheimtinte bei ihm gefunden. Das allein ist verdächtig genug. Und wie geschickt er es angefangen hat. Nicht etwa die übliche Flasche auf dem Waschtisch. ›Vor Gebrauch schütteln‹ oder sonst etwas Ähnliches. Früher habe ich einmal etwas in der Art gesehen: einen Westenknopf mit Geheimtinte. Verstehen Sie? Wenn die Tinte gebraucht wurde, warf man den Knopf ins Wasser. Aber Carl von Deinim hatte keine Knöpfe genommen, sondern Schuhbänder. Verflucht durchtrieben.
»Oh!« Irgendeine Erinnerung blitzte in Tommys Kopf auf, ganz verschwommen, ganz unbestimmt ...
Tuppence war flinker. Als Tommy ihr die Unterhaltung wiedergab, erfaßte sie sofort den springenden Punkt.
»Schuhbänder! Aber Tommy, das erklärt alles!«
»Was erklärt es?«
»Dummerle, Betty natürlich. Entsinnst du dich denn nicht mehr? Ich fand es doch so drollig – sie saß da vor meinem Bett, zog die Schnürbänder aus meinen Schuhen und warf sie ins Wasser. Das hatte sie sicher einmal bei Carl gesehen und machte es nach. Wahrscheinlich hatte Carl Angst, sie würde das noch öfters tun oder davon plappern, und deshalb ließ er sie von der Frau entführen.«
»Das zeigt die Sache allerdings in einem klaren Licht«, gab Tommy zu.
»Ja, aber nun muß man weitersehen.«
»Das müssen wir entschieden«, sagte Tommy ernst. »Es ist verdammt nötig.«
Weiß Gott, es war dringend nötig. Die Nachrichten wurden immer schlimmer. Frankreich hatte kapituliert, ganz plötz-

lich, und die französische Küste war gänzlich von den Deutschen besetzt. Das Gerede von Invasion nahm drohende Gestalt an. »Carl von Deinim war nur ein Glied in der Kette«, sagte Tommy. »Vermutlich leitet doch Mrs. Perenna die ganze Sache.« Dann fragte er langsam: »Glaubst du wirklich, daß das Mädchen nichts damit zu tun hat?«

»Ich bin ganz sicher.«

Tommy seufzte. »Du mußt es ja wissen. Armes Ding, es ist hart für sie. Zuerst der Mann, den sie liebt – dann die Mutter. Was bleibt ihr noch?«

»Wir können ihr gewiß nicht helfen.«

»Aber wenn wir uns nun doch irren? Wenn M. oder N. jemand anders ist?«

»Jetzt fängst du wieder von vorn an«, sagte Tuppence kühl. »Sind das nicht vielleicht doch Wunschträume?«

»Was heißt das?«

»Sheila Perenna! Das heißt es.«

»Tuppence, du bist wohl übergeschnappt!«

»Gar nicht! Sie wickelt dich um den Finger wie jeden anderen Mann auch.«

»Unsinn!« sagte Tommy ärgerlich. »Ich habe eine ganz neue Spur.«

»Und zwar?«

»Das möchte ich noch nicht sagen.«

»Und ich denke, wir müssen zuerst einmal scharf auf Mrs. Perenna aufpassen. Wohin sie geht, wen sie trifft – alles müssen wir herauskriegen. Irgendwo muß da ein Anhaltspunkt sein. Willst du Albert sagen, daß er heute nachmittag hinter ihr her sein soll?«

»Sag du es ihm. Ich habe zu tun.«

»Was denn, wenn man fragen darf?«

»Golf spielen.«

9

»Wie in alten Zeiten, nicht wahr, Mrs. Beresford?« sagte Albert. Er strahlte vor Glück. Seine erste Jugend war vorbei, und er hatte ganz hübsch Fett angesetzt, aber im Herzen war er der romantische Junge geblieben, der zusammen mit Tommy und Tuppence waghalsige Abenteuer bestanden hatte.

»Wissen Sie noch, wie Sie mich damals trafen?« fragte er. »Dauernd mußte ich in diesem Hotel Messing und Kupfer putzen, und der Wirt, dieser Tyrann, war immer hinter mir her. Nie war etwas recht gemacht. Dann kamen Sie. Und dann wollte ich nichts anderes mehr tun, als mit Ihnen arbeiten. Mein Gott, hatten wir eine tolle Zeit damals. Aber nun sind wir ja alle gesetzte Leute.« Albert seufzte, und aus einer natürlichen Gedankenverbindung heraus fragte Tuppence, ob es seiner Frau in Wales gutgehe.

»Danke, sie kann eigentlich nicht klagen. Zwei Luftangriffe hat sie allerdings auch da schon mitgemacht. In den Feldern sind Bombenkrater, daß man ein ganzes Lastauto reinsetzen könnte, schreibt sie. Das nennt sich nun Sicherheit. Dann hätte sie ja auch in Kensington bleiben können, schreibt sie.«

Tuppence wurde nachdenklich. »Ich weiß nicht, Albert«, sagte sie, »hätten wir Sie nicht lieber mit dieser Geschichte hier verschonen sollen? Vielleicht war es doch nicht recht . . .«

»Unsinn, Mrs. Beresford«, entrüstete sich Albert. »Was hab ich nicht alles getan – ich wollte doch zur Armee oder sonst was tun, aber die waren ja so verdammt hochnäsig und haben mich gar nicht angesehen. Soll warten, bis sein Jahrgang drankommt, hieß es. Ein strammer Kerl wie ich, in der Blüte seiner Jahre, und so scharf drauf, den Nazis eins auszuwischen! Und nun sagen Sie, ich kann den Brüdern hier an den Karren fahren – großartig! Genau, was ich will. Wir müssen ja heute alle vor der Fünften Kolonne auf der Hut sein. Hier bin ich, und nun will ich wieder mit Ihnen und Captain Beresford zusammen marschieren – durch dick und dünn.«

»Gut, Albert. Dann hören Sie jetzt zu.«

»Wie lange kennen Sie Bletchley schon?« fragte Tommy. Sie gingen über den Golfplatz, und Tommy sah zufrieden seinem Ball nach.
Auch Commander Haydock war guter Laune. Er schulterte seine Schläger.
»Bletchley? Muß einmal nachdenken. Ja, etwa neun Monate werden es wohl sein. Letzten Herbst kam er hierher.«
»Ein Freund Ihrer Freunde, nicht wahr?« fragte Tommy verlogen.
»Ein Freund? Hat er das gesagt?« Haydock machte ein etwas überraschtes Gesicht. »Nein, eigentlich nicht. Ich kenne ihn nur vom Club her.«
»Bißchen was Geheimnisvolles um ihn, finden Sie nicht auch?«
Diesmal war der Commander vor Überraschung fast sprachlos. »Geheimnisvoll? Der alte Bletchley?« rief er ungläubig aus. Tommy seufzte im Innern. Da hatte ihm seine Phantasie einen Streich gespielt.
Haydock machte seinen nächsten Ball und ging ihm nach. Als sie wieder zusammentrafen, fragte er: »Wie in aller Welt kommen Sie darauf? Bletchley geheimnisvoll? Aber er ist doch der prosaischste Bursche, den ich je gesehen habe. Typischer alter Soldat: verbohrt in seine beschränkten Anschauungen, sieht nicht über die eigene Nasenspitze hinaus; eben ein alter Soldat. Aber geheimnisvoll?«
»Ich weiß ja auch nicht«, sagte Tommy unbestimmt, »jemand hat gemeint . . .«
Sie spielten weiter. Haydock gewann und zeigte sich darüber sichtlich befriedigt.
Nun brauchte er nicht mehr aufs Spiel zu achten und kehrte, wie Tommy gehofft hatte, zu der Bemerkung über Bletchley zurück.
»Wie meinten Sie das überhaupt – geheimnisvoll?« fragte er.
Tommy zuckte die Schultern.
»Ach, eigentlich nur . . . es weiß niemand etwas Näheres über ihn.«
»Er hat beim Rugbyshire-Regiment gedient.«
»Wissen Sie das bestimmt?«

»Ja. Das heißt . . . nein, bestimmt weiß ich es nicht. Nun aber heraus mit der Sprache, Meadowes. Was ist los mit Bletchley? Doch nichts Krummes?«
»Aber nein, natürlich nicht!« widerrief Tommy hastig. So, nun hatte er Haydock auf die Fährte gehetzt. Der Hase mochte laufen. Er selbst konnte in aller Ruhe beobachten, wie der Commander die Jagd aufnahm.
»Bißchen reichlich typisch ist er ja. Beinahe übertrieben«, gab Haydock zu.
»Ja, eben das.«
»Verstehe, verstehe. Sie meinen überchargiert, wie man beim Theater sagt, was? Wenn ich recht drüber nachdenke . . . tatsächlich, niemand hat Bletchley gekannt, bevor er herkam. Er hat keinen alten Freund hier, keinen Bekannten.«
»Soso«, sagte Tommy. »Wie wär's, wenn wir noch eine Runde spielten?« fügte er hinzu. »Bißchen Übung täte mir ganz gut. Und der Abend ist wunderschön.«
Sie nahmen das Spiel auf und trennten sich dann. Als sie sich wieder auf dem Grün trafen, verlangte Haydock mit Nachdruck: »Erzählen Sie mir, was haben Sie über ihn gehört?«
»Nichts, wirklich gar nichts.«
»Mit mir brauchen Sie nicht so vorsichtig zu sein, Meadowes. Mir werden doch alle Gerüchte zugetragen. Verstehen Sie? Jeder kommt mit seinen Geschichten zu mir. Also, was haben Sie gemeint? Bletchley ist nicht der, für den er sich ausgibt?«
»Es war wirklich nur ein ganz unbestimmter Gedanke.«
»Was sollte er denn aber sein? Deutscher? Unsinn, der Mann ist so englisch wie Sie und ich.«
»Ja, sicher ist er das.«
»Gerade er schreit doch immer, man solle alle Ausländer internieren. Und denken Sie nur, was für eine wütende Abneigung er gegen diesen jungen Deutschen hatte. Mit Recht übrigens. Der Polizeichef hat mir im Vertrauen erzählt, für das, was man gefunden hat, müßte Deinim ein dutzendmal gehängt werden. Da war ein Plan, die Wasservorräte des ganzen Landes zu vergiften, und dann beschäftigte er sich gerade mit einem neuen Giftgas – in einer unserer Fabriken!

Himmel, sind wir kurzsichtig! Daß man den Menschen überhaupt hereingelassen hat! Aber unserer Regierung kann man ja alles aufbinden. Genau die gleiche Geschichte wie mit diesem Hahn . . .«

Tommy hatte nicht die geringste Lust, sich die alte Platte nochmals anzuhören. Absichtlich tat er einen Fehlschlag.

»O weh!« rief Haydock. Er zielte scharf und schlug kräftig zu. Der Ball rollte ins Loch. »Gemacht. Sie haben heute keine sehr glückliche Hand. – Ja, wovon sprachen wir doch gerade?«

»Von Bletchley. Daß er ohne Zweifel ein Ehrenmann ist«, sagte Tommy bestimmt.

»Selbstverständlich, selbstverständlich. Übrigens . . . da habe ich einmal eine komische Geschichte über ihn gehört . . . was war es doch gleich? Damals fiel mir nichts dabei auf . . .«

Zu Tommys Ärger gesellten sich in diesem Augenblick zwei andere Herren zu ihnen. Alle vier gingen sie ins Clubhaus, um etwas zu trinken. Dann sah Haydock auf die Uhr und sagte, Meadowes und er müßten leider gehen. Tommy war sein Gast zum Abendessen.

Das »Schmugglernest« war wie stets so blank und einladend wie eine frischgebackene Torte. Ein großer, kräftiger Diener in mittleren Jahren wartete ihnen mit der Geschicklichkeit eines Berufskellners auf. So ausgezeichnete Bedienung fand man sonst eigentlich nur in den Londoner Restaurants.

Als der Diener das Zimmer verließ, machte Tommy eine Bemerkung in diesem Sinne.

»Ja, es war ein glücklicher Zufall, daß ich Appledore bekommen habe.«

»Wie haben Sie das nur angestellt?«

»Er meldete sich auf ein Inserat. Seine Zeugnisse waren vorzüglich, er machte den weitaus besten Eindruck von allen Bewerbern und verlangte nur mäßigen Lohn. Natürlich habe ich ihn vom Fleck weg engagiert.«

»Der Krieg hat uns auch unsere besten Kellner fortgenommen«, sagte Tommy lachend. »Tatsächlich waren fast alle guten Kellner Ausländer. Vermutlich kein geeigneter Beruf für einen Engländer.«

»Bißchen zu servil. Wedeln und Pfötchen geben – das paßt nicht zu John Bull.«

Den Kaffee nahmen sie auf der Terrasse.

»Was wollten Sie mir eigentlich vorhin auf dem Golfplatz erzählen?« fragte Tommy behaglich. »Irgendeine komische Geschichte von . . . ja, richtig, von Bletchley.«

»So? Hab ich das gesagt? Von Bletchley? – Oh, sehen Sie nur! Ein Licht draußen auf dem Meer. Wo ist mein Fernglas?«

Tommy seufzte. Selbst die Sterne in ihrem Lauf schienen sich gegen ihn verschworen zu haben. Haydock lief aufgeregt ins Haus, kam wieder auf die Terrasse, suchte den ganzen Horizont mit seinem Glas ab, erzählte des langen und breiten, wie der Feind von hoher See aus zur Küste hin signalisieren könnte – Ausführungen, die übrigens recht unwahrscheinlich klangen. Zum Schluß entwarf er ein düsteres Bild von der wahrscheinlich sehr bald zu erwartenden Invasion.

»Keine Organisation, keine vernünftige Zusammenarbeit. Sie waren ja selbst im Krieg, Meadowes. Sie wissen, was es heißt, wenn die rechte Zusammenarbeit fehlt. Aber natürlich, mit einem alten Mann wie Andrews . . .«

Da war Commander Haydock wieder bei einer seiner Lieblingsklagen. Schwer, ihn davon loszureißen. Ihm selbst hätte man das Oberkommando anvertrauen sollen, da hätten alle etwas lernen können, Colonel Andrews zuallererst.

Der Diener brachte Whisky und Liköre, während Haydock ganz vertieft weiterdozierte.

». . . und hier steckt alles voller Spione, wie im vorigen Krieg. Überall treiben sie sich herum, als Friseure, als Kellner . . .«

Tommy, behaglich im Sessel zurückgelehnt, betrachtete das Profil Appledores und seine gewandten Bewegungen. Kellner, dachte er. Der Bursche da heißt eher Fritz als Appledore . . .

Warum eigentlich nicht? Er sprach einwandfrei Englisch, aber das taten viele Deutsche, nachdem sie jahrelang in englischen Restaurantes serviert hatten. Äußerlich war der Typ

doch fast der gleiche – blond, blauäugig, die Kopfform . . . ja, die Kopfform . . . wo hatte er doch kürzlich so einen Kopf gesehen?
Ganz impulsiv warf er seine Angel aus. Seine Worte ließen sich sehr gut in Haydocks Redeschwall einfügen.
»Und alle diese albernen Formulare, die dauernd ausgefüllt werden müssen«, sagte der Commander gerade. »Was die nur sollen! Und dann die blödsinnige Fragerei . . .«
»Ja«, sagte Tommy. »Zum Beispiel: Wie heißen Sie? N. oder M.?«
Eine plötzliche Bewegung, ein Krachen. Appledore, der perfekte Diener, war gestolpert. Ein Strom von Crème de Menthe ergoß sich über Tommys Ärmel und Hand.
Der Mann stammelte: »Oh, ich bitte um Verzeihung.«
Aber Haydock brach in helle Wut aus.
»Sie Tolpatsch, Sie Vollidiot, gehen Sie zum Teufel, Sie ungeschickter Affe! Was denken Sie sich eigentlich!«
Sein von Natur aus gerötetes Gesicht war vor Ärger puterrot angelaufen, er brüllte immer weiter, und Appledore entschuldigte sich zerknirscht.
Die Sache war Tommy recht peinlich. Aber auf einmal, wie mit einem Schlag, verrauchte Haydocks Zorn, und er zeigte sich jovial und vergnügt wie immer.
»Kommen Sie, wir wollen das Zeug abwaschen. Greulich klebriges Gesöff. Ausgerechnet Crème de Menthe mußte es sein!«
Tommy folgte ihm ins Haus, wo sie das luxuriöse Badezimmer betraten. Tommy wusch die klebrige, süße Flüssigkeit sorgfältig ab, während Haydock vom Schlafzimmer nebenan auf ihn einsprach.
»Ich habe mich wohl ein bißchen gehenlassen. Armer alter Appledore. Aber er kennt mich schon, er weiß, daß es nicht so bös gemeint ist.«
Tommy wandte sich vom Waschbecken weg, während er sich die Hände abtrocknete. Er hatte nicht bemerkt, daß ein Stück Seife zu Boden gefallen war. Unversehens trat er darauf, und im nächsten Augenblick rutschte er auf dem spiegelglatten Linoleum durch den Raum wie ein wildgeworde-

ner Ballett-Tänzer. Mit ausgestreckten Armen schoß er vorwärts, eine Hand stieß gegen den Rand der Badewanne, die andere gegen ein kleines Schränkchen. Sein Fuß prallte heftig gegen die Schutzleiste der Badezimmerwand.
Was nun geschah, war wie ein Zauberkunststück. Die Wanne glitt von der Wand weg, sie drehte sich in einer verborgenen Angel. Tommy blickte in eine dunkle Nische. Was in der Nische stand, wunderte ihn nicht mehr: ein Radio-Sendeapparat. Haydock hatte zu reden aufgehört. Jetzt trat er unter die Verbindungstür. Und wie man ein Licht anknipst, so rollte in Tommys Hirn plötzlich der ganze Film ab.
War er denn bisher blind gewesen? Das joviale Gesicht, das Gentleman-Gehabe des »waschechten Engländers« – was war es anderes als eine Maske? Wie war es nur möglich, daß er es nicht schon längst erkannt hatte: dieses typische Benehmen des hochnäsig polternden preußischen Offiziers. Der Zwischenfall mit Appledore kam Tommy dabei zu Hilfe; er erinnerte ihn an eine Szene, die er vor langer Zeit mit angesehen hatte: Ein preußischer Junker brüllte damals seinen Untergebenen an, mit der ganzen unverschämten, verletzenden Überheblichkeit des allmächtigen Vorgesetzten. Genauso hatte Haydock heute abend seinen Diener abgekanzelt.
Und alles paßte zusammen – fast unglaubwürdig gut. Der doppelte Bluff. Zuerst war Hahn als feindlicher Agent vorgeschickt worden, um das Terrain vorzubereiten; er hatte fremde Arbeiter beschäftigt, die Aufmerksamkeit auf sich gelenkt, bis der nächste Zweck erreicht war: seine Entlarvung durch den tapferen, wachsamen britischen Marineoffizier Haydock. Und wie natürlich, daß der Engländer das Grundstück kaufte und jedermann bis zum Überdruß seine Geschichte wieder und wieder erzählte. Hier saß also N. ganz ungestört an dem von langer Hand vorbestimmten Ort am Meer, mit einem Geheimsender und seinen Verbindungsleuten im Sans Souci, bereit, alle deutschen Pläne auszuführen!
Gegen seinen Willen mußte Tommy die Gegner bewundern. Großartig war das Ganze ausgedacht! Haydock, gerade Hay-

dock hätte er niemals verdächtigt. Der schien so unzweifelhaft echt. Wenn ihm nicht der bare Zufall zu Hilfe gekommen wäre ...

Die ganze Gedankenreihe fuhr Tommy in wenigen Sekunden durch den Kopf. Aber zugleich machte er sich klar, in welch tödlicher Gefahr er schwebte. Wenn er jetzt nur die Rolle des gutgläubigen, begriffsstutzigen Engländers gut genug spielte!

Er wandte sich lachend Haydock zu – hoffentlich klang das Lachen echt ...

»Bei Ihnen hören ja die Überraschungen überhaupt nicht auf. Ist das auch so ein kleiner Wunderapparat von Hahn? Den haben Sie mir neulich nicht gezeigt.«

Haydock stand unbeweglich. Sein ganzer starker Körper war gestrafft, während er den Ausgang versperrte. Doch dann entspannte er sich und lachte.

»Entschuldigen Sie, Meadowes, aber es war zu komisch. Sie kamen da langgeschlittert wie eine Ballettratte. So etwas sieht man nicht alle Tage. So, nun trocknen Sie sich die Hände ab und kommen Sie.«

Tommy folgte ihm hellwach, jeden Muskel gespannt. Wäre er nur erst aus dem Haus mit dem, was er nun wußte. Ob er Haydock wirklich zu überlisten vermochte? Er mußte diese unschätzbare Entdeckung seinem Auftraggeber übermitteln. Er war jetzt nur Gefäß dieser wichtigen Botschaft, und das Gefäß mußte heil bleiben.

Haydock legte seinen Arm um Tommys Schulter, ganz absichtslos (oder doch nicht?), und führte ihn ins Wohnzimmer. Dann schloß er sorgfältig die Tür hinter sich.

»Alter Freund, ich muß Ihnen etwas sagen.«

Er sprach so freundlich, so natürlich – allenfalls ein bißchen verlegen. Er wies Tommy einen Stuhl an.

»Ein bißchen kitzlige Geschichte«, begann er. »Ja wirklich, ein bißchen sehr kitzlig! Aber warum soll ich Sie nicht ins Vertrauen ziehen? Sie müssen mir nur versprechen, Meadowes, den Mund zu halten, verstanden? Unverbrüchlich, eisern!«

Tommy bemühte sich, so interessiert wie möglich auszusehen.

Haydock setzte sich und zog seinen Stuhl zutraulich näher zu Tommy heran.
»Also, Meadowes, die Sache ist die: Niemand hat eine Ahnung davon, aber tatsächlich arbeite ich mit dem Geheimdienst. M. I. 42 B. X. – das ist meine Abteilung. Sie verstehen?«
Tommy schüttelte den Kopf und zeigte sich noch eifriger und gespannter als zuvor.
»Konnte ich mir denken. Ist auch wirklich sehr geheim. – Sozusagen der innerste Ring, der Kern unseres Geheimdienstes. Wir geben gewisse Nachrichten und Beobachtungen von hier weiter, aber es wäre eine sehr üble Sache, wenn etwas davon durchsickern würde, verstanden?«
»Selbstverständlich«, sagte Mr. Meadowes. »Wirklich sehr interessant! Auf mich können Sie sich natürlich verlassen, von mir erfährt kein Mensch ein Sterbenswörtchen.«
»Das ist die Bedingung. Völlige Diskretion! Ich muß noch einmal betonen – es handelt sich um eine streng vertrauliche Mitteilung. Sie verstehen?«
»Ich verstehe vollkommen. Mein Gott, muß das eine aufregende und spannende Arbeit sein! Wie gern würde ich mehr darüber hören, aber ich darf wohl keine Frage stellen?«
»Leider nicht. Streng geheim, strengstens!«
»Schade. Ich muß mich wirklich entschuldigen. So ein dummer Zufall . . .«
Bei sich dachte Tommy: Sollte er mich wirklich für so harmlos halten? Er kann doch nicht annehmen, daß ich auf diesen Quatsch hereinfalle.
Es schien wirklich recht unwahrscheinlich. Allerdings, Eitelkeit hatte schon manch einem ein Bein gestellt. Und hier in diesem Fall war Commander Haydock der überkluge Mann, ein großes Tier – Mr. Meadowes hingegen ein beschränkter Durchschnittsengländer, ein armseliges Nichts, einer, dem man jeden Bären aufbinden kann. Hoffentlich war Haydock tatsächlich dieser Überzeugung!
Tommy redete weiter, spielte den Neugierigen, den naiv Interessierten.
»Ich weiß ja, fragen darf ich nicht, aber ist diese Arbeit nicht

sehr gefährlich? Waren Sie jemals in Deutschland? Haben Sie vielleicht auch dort für den Geheimdienst gearbeitet?«
Haydock antwortete lebhaft und sehr freundlich. Nun war er wieder durch und durch der englische Seebär – keine Spur mehr von preußischem Offizier. Aber wenn Tommy ihn jetzt ansah, begriff er nicht mehr, wie er sich je hatte täuschen lassen können.
Mr. Meadowes stand auf. Nun kam die letzte, entscheidende Probe. Würde sie gut ablaufen?
»Ich muß jetzt leider gehen. Schon ziemlich spät. Also noch einmal, entschuldigen Sie bitte. Und verlassen Sie sich darauf: Von mir wird bestimmt niemand etwas erfahren.«
Jetzt oder nie, schoß es Tommy durch den Kopf. Wird er mich gehen lassen? Ich muß auf der Hut sein. Ein Schlag gegen den Kiefer ist wohl am wirksamsten . . .
Eifrig und angeregt plaudernd, manövrierte sich Mr. Meadowes allmählich zur Tür.
So, jetzt war er in der Halle. Jetzt öffnete er die Haustür . . .
Durch die Tür zur Rechten sah er Appledore, der das Frühstücksgeschirr für den nächsten Morgen auf einem Brett ordnete.
Also wirklich! Diese Dummköpfe lassen mich gehen? Mit dieser Entdeckung!
Die beiden Männer standen unter der Tür, schwatzten noch miteinander, verabredeten eine Golfpartie für nächsten Samstag.
Nächsten Samstag, dachte Tommy grimmig, auf den kannst du dich freuen, mein Lieber, für dich gibt's keinen nächsten Samstag mehr.
Von der Straße her kamen Stimmen. Zwei Herren vom Club kehrten von einem Ausflug in der Umgebung zurück. Tommy rief sie an. Sie blieben stehen. Haydock und er wechselten ein paar Worte mit ihnen beim Gartentor, dann winkte Tommy seinem Gastgeber noch einmal heiter zu und ging mit den beiden Herren fort.
Er war draußen – draußen mit dem, was er wußte! Und Haydock, dieser Dummkopf, hatte sich übertölpeln lassen!
Er hörte noch, wie Haydock ins Haus zurückging und die

Haustür schloß. Dann schritt er wie befreit mit den beiden neugefundenen Freunden hügelabwärts, sorglos plaudernd. Ob das Wetter sich halten würde? Der alte Monroe hatte das letzte Mal miserabel gespielt. Und der junge Marsh, dieser Feigling, war ein Kriegsdienstverweigerer aus Gewissensgründen. Letzte Nacht hatte es einen bösen Fliegerangriff auf Southampton gegeben – großer Schaden. Was dachte Meadowes über Spanien? Natürlich, nun wo Frankreich am Boden lag . . .

Tommy hätte am liebsten gejauchzt vor Freude. So ein harmloses Geplätscher, das war genau das richtige. Ein guter Geist hatte ihm gerade im rechten Augenblick diese beiden über den Weg geführt.

An der Pforte zur Pension verabschiedete er sich von ihnen und betrat den Garten.

Leise vor sich hinpfeifend, ging er den Gartenpfad entlang. Gerade als er bei den Rhododendronbüschen um die dunkle Ecke bog, fiel von oben etwas Schweres auf seinen Kopf. Er stürzte vornüber und sank in Dunkel und Vergessen.

10

»Drei Pik haben Sie angesagt, Mrs. Blenkensop?«

Ja, Mrs. Blenkensop hatte drei Pik angesagt. Mrs. Sprot kam atemlos vom Telefon zurück: »Dauernd werden falsche Verbindungen hergestellt, da möchte man ja aus der Haut fahren! Bitte, wie steht die Partie?«

Miss Minton überlegte laut und endlos, ihrer Gewohnheit gemäß. Das Spiel ging nicht vorwärts.

Eigentlich, dachte Tuppence, könnte Miss Minton ihre Karten offen auf den Tisch legen. Sie verrät ohnehin immer alles, was sie hat. Keinen Augenblick kann sie den Schnabel halten.

»Ja, nun weiß ich«, sagte Miss Minton triumphierend, »ein Herz, zwei Treff.«

»Drei Pik«, sagte Tuppence.

»Ich sagte, daß ich passe, nicht wahr?« erkundigte sich Mrs. Sprot.
Sie sahen fragend Mrs. Cayley an, die sich nach vorn lehnte und auf etwas Entferntes zu lauschen schien.
Miss Minton nahm den Faden wieder auf.
»Dann hat Mrs. Cayley zwei Herz angesagt und ich zwei Karo.«
»Und ich drei Pik«, sagte Tuppence.
»Ich passe«, erklärte Mrs. Sprot.
Mrs. Cayley schwieg lauschend. Plötzlich fühlte sie die auf sich gerichteten Blicke.
»O Gott«, sagte sie errötend, »entschuldigen Sie vielmals. Aber ... vielleicht hat mein Mann mich nötig. Hoffentlich sitzt er bequem da draußen auf der Terrasse.« Sie schaute hilflos im Kreis umher. »Aber vielleicht ... bitte entschuldigen Sie ... vielleicht mache ich doch einen Sprung auf die Terrasse und sehe nach. Ich habe so ein sonderbares Geräusch gehört. Ob er sein Buch fallen gelassen hat?«
Sie rannte durch die Balkontür nach draußen.
Tuppence seufzte ungeduldig. »Warum bindet sie sich keine Schnur ums Handgelenk?« sagte sie. »Dann könnte er ziehen, wenn er sie braucht.«
»Die treusorgende Gattin, wie sie im Buche steht«, zirpte Miss Minton. »Ein seltener, ein erfreulicher Anblick, nicht wahr?«
»Finden Sie?« fragte Tuppence gereizt.
Ein paar Minuten saßen die drei Frauen schweigend da und warteten.
»Wo ist eigentlich Sheila heute abend?« fragte Miss Minton dann.
»Ins Kino gegangen«, erwiderte Mrs. Sprot.
»Und Mrs. Perenna?« forschte Tuppence.
»Sie ist in ihrem Zimmer und macht die Abrechnungen«, gab Miss Minton Auskunft. »Arme Mrs. Perenna. Wie anstrengend das sein muß.«
»Aber den ganzen Abend kann sie keine Abrechnungen gemacht haben«, sagte Mrs. Sprot. »Sie kam gerade heim, als ich in der Halle telefonierte.«

»Wo mag sie nur gewesen sein?« fragte Miss Minton, deren ganzes Dasein mit solchen kleinen Interessen ausgefüllt war. »Im Kino war sie sicher nicht, da könnte sie noch nicht zurück sein.«

»Sie hatte keinen Hut auf«, berichtete Mrs. Sprot, »auch keinen Mantel an. Ihr Haar war ganz unordentlich, als ob sie schnell gelaufen wäre. Ganz außer Atem war sie. Sie rannte sofort die Treppe hinauf, sagte nicht einmal guten Abend und starrte mich an, als ob sie mich fressen wollte – und ich hab ihr doch weiß Gott nichts getan.«

Mrs. Cayley trat wieder ein. »Denken Sie nur«, sagte sie, »mein Mann ist ganz allein durch den Garten gegangen. Er sagt, es habe ihm sogar Spaß gemacht. Der Abend ist so mild. So etwas!« Sie setzte sich. »Also bitte, könnten wir noch einmal ansagen?«

Tuppence unterdrückte mit Mühe einen ärgerlichen Seufzer. Als sie die Karten abhoben, kam Mrs. Perenna ins Zimmer.

»War der Spaziergang schön?« fragte Miss Minton.

Mrs. Perenna starrte sie an, hochmütig und verschlossen. »Ich war nicht fort«, entgegnete sie abweisend.

»Oh, entschuldigen Sie. Mrs. Sprot sagte, Sie wären gerade nach Hause gekommen.«

»Ich war nur einen Augenblick im Garten. Ich wollte nach dem Wetter sehen«, antwortete Mrs. Perenna.

Der Ton ihrer Stimme war aggressiv. Sie warf der schüchternen Miss Minton einen so feindseligen Blick zu, daß diese rot wurde.

»Denken Sie nur«, trug nun Mrs. Cayley ihren Anteil zur Unterhaltung bei, »mein Mann ist allein durch den ganzen Garten gegangen.«

»Warum hat er das getan?« fragte Mrs. Perenna scharf.

»Der Abend ist so mild«, plapperte Mrs. Cayley. »Und stellen Sie sich vor, er hat nur ein einziges Halstuch um, aber er will trotzdem draußen bleiben. Hoffentlich erkältet er sich nicht!«

»Es gibt Schlimmeres als einen Schnupfen«, sagte Mrs. Perenna. »Jeden Augenblick könnte eine Bombe fallen und uns alle kurz und klein schlagen.«

»O Gott! Hoffentlich doch nicht?«
»Warum nicht? Ich hätte nichts dagegen.«
Mrs. Perenna entfernte sich durch die Fenstertür. Die vier Damen starrten ihr nach.
»Ich muß schon sagen«, bemerkte Mrs. Sprot, »heute abend ist sie wirklich sonderbar.«
Miss Minton lehnte sich über den Tisch. »Sie meinen doch nicht etwa . . .« Sie blickte scheu um sich. Alle rückten näher zusammen. »Sie wollen doch nicht sagen, daß sie trinkt?« flüsterte sie eindringlich.
»O mein Gott!« rief Mrs. Cayley. »Das wäre allerdings eine Erklärung. Manchmal ist sie wirklich unberechenbar. Was halten Sie davon, Mrs. Blenkensop?«
»Ich glaube es eigentlich nicht. Vielleicht hat sie Kummer. Sie spielen aus, Mrs. Sprot.«
»Was soll ich nur spielen?« fragte Mrs. Sprot und betrachtete ihre Karten.
Sie erhielt darauf keine Antwort, obwohl Miss Minton ihr ganz unbekümmert in die Karten gesehen hatte und wohl einen Vorschlag hätte machen können.
»Hat Betty nicht eben gerufen?« fragte Mrs. Sprot und warf nervös den Kopf zurück.
»Nein«, entgegnete Tuppence entschieden.
Mrs. Sprot blickte wieder zerstreut in die Karten. Offensichtlich weilten ihre mütterlich besorgten Gedanken noch bei Betty.
»Karo, glaube ich«, sagte sie dann.
Das Spiel ging weiter. Mrs. Cayley war an der Reihe.
»Was soll ich nur . . . ja, am besten wohl so«, piepste sie und legte die Karo-Neun auf den Tisch.
Eine tiefe, schwingende Stimme ließ sich dröhnend vernehmen: »Den Fluch von Schottland habt Ihr ausgespielt!«
Mrs. O'Rourke stand in der Fenstertür. Sie atmete tief, ihre Augen funkelten. Mit einem verschmitzten Blick musterte sie den Spieltisch. Dann trat sie ins Zimmer.
»Amüsieren Sie sich bei Ihrem Bridge?« lächelte sie.
»Was haben Sie denn da in der Hand?« fragte Mrs. Sprot neugierig.

»Einen Hammer«, antwortete Mrs. O'Rourke freundlich. »Ich habe ihn soeben im Garten gefunden. Jemand muß ihn dort liegengelassen haben.«
»Komisch«, sagte Mrs. Sprot zögernd, »wer läßt denn einen Hammer im Garten liegen?«
»Ausgesprochen komisch – ganz meine Meinung«, stimmte Mrs. O'Rourke liebenswürdig zu.
Sie schien glänzender Laune. Den Hammer lässig in der Hand schwingend, ging sie in die Halle.
»Nun wollen wir aber weitermachen«, sagte Miss Minton. »Was ist Trumpf?«
Fünf Minuten spielten sie ohne Unterbrechung, dann kam Major Bletchley ins Zimmer. Er war im Kino gewesen und erzählte ausführlich die ganze bewegende Geschichte des *Wandernden Troubadours.*
Das Spiel war noch nicht zu Ende, aber Mrs. Cayley sah auf die Uhr, stellte mit schrillen kleinen Schreckensrufen fest, wie spät es schon sei, und stürzte zu ihrem Mann hinaus.

Als Tuppence am nächsten Morgen zum Frühstück kam, bemerkte sie eine gewisse Spannung in der Luft.
Mrs. Perenna hatte die Lippen zusammengepreßt, sprach wenig und war sehr mißmutig. Als sie aus dem Zimmer ging, schmetterte sie die Tür hinter sich zu.
Major Bletchley bestrich ein Stück Toast dick mit Marmelade und kicherte vergnügt.
»Dicke Luft«, bemerkte er. »Na, schließlich zu begreifen.«
»Was hat's gegeben? Was ist geschehen?« fragte Miss Minton. Sie reckte begierig ihren mageren Hals und genoß die Sensation schon im voraus.
»Ich plaudere nicht aus der Schule«, knurrte der Major.
»Oh! Aber Major!«
»Bitte, erzählen Sie doch«, bat Tuppence.
Nachdenklich blickte der Major seine Zuhörer an: Miss Minton, Mrs. Blenkensop, Mrs. Cayley und Mrs. O'Rourke. Mrs. Sprot und Betty waren im Garten. Dann entschloß er sich zu reden.
»Meadowes«, sagte er geheimnisvoll. »Hat sich die ganze

Nacht herumgetrieben. Immer noch nicht nach Hause gekommen.«
»Was?!« rief Tuppence.
Major Bletchley sah sie boshaft und vergnügt an. Diese Witwe! Er amüsierte sich köstlich.
»Ein Bruder Leichtfuß, der Meadowes«, schmunzelte er. »Natürlich ärgert sich die Perenna.«
»O Gott!« rief Miss Minton und errötete schamhaft.
Mrs. Cayley machte ein sehr entsetztes Gesicht.
Mrs. O'Rourke gluckste belustigt. »Ich habe es schon von Mrs. Perenna gehört«, sagte sie. »Männer sind eben Männer. Alle gleich.«
»Aber vielleicht ist Mr. Meadowes etwas zugestoßen«, warf Miss Minton eifrig sein. »Bei der Verdunkelung ist das doch gut möglich.«
»Schöne Sache, die Verdunklung«, sagte Bletchley. »An allem ist sie schuld.« Er grinste vergnügt, wurde aber ernst, als Mrs. Blenkensop ihn mit unverhohlener Mißbilligung anblickte.
»Vielleicht hat Mr. Meadowes wirklich einen Unfall gehabt«, flötete Miss Minton. »Er könnte doch überfahren worden sein.«
»Vermutlich wird er uns so etwas erzählen«, versetzte der Major. »Überfahren und bewußtlos liegengeblieben und erst am Morgen wieder zu sich gekommen.«
»Am Ende ist er ins Krankenhaus gebracht worden?«
»Das müßten wir schon wissen. Seine Identitätskarte wird er wohl bei sich gehabt haben.«
»O Gott«, seufzte Mrs. Cayley, »was wird nur mein Mann dazu sagen?«
Diese rhetorische Frage blieb unbeantwortet. Tuppence erhob sich mit allen Anzeichen gekränkter Würde, schob den Stuhl zurück und verließ das Zimmer.
Kaum war die Tür hinter ihr zugefallen, als Bletchley vergnügt lachte. »Armer alter Meadowes«, sagte er, »nun ist die lustige Witwe böse auf ihn. Glaubte ihn schon in ihren Krallen zu haben.«
»Aber, aber, Major Bletchley!« zirpte Miss Minton.

Tuppence war ein wenig unruhig über Tommys unerwartete Abwesenheit, aber sie versuchte, sich Mut zuzusprechen. Vielleicht war er plötzlich auf eine Spur gestoßen und konnte nicht lockerlassen. Beide rechneten sie ja damit. Auch hatten sie für unvorhergesehene Fälle bestimmte Maßnahmen verabredet.
Nach Mrs. Sprots Worten mußte Mrs. Perenna gestern abend ausgegangen sein. Ihr ungestümes Ableugnen der Tatsache war nur um so verdächtiger.
Aber trotz aller guten Vorsätze fühlte Tuppence sich leicht beunruhigt. In ihrer Rolle als Mrs. Blenkensop, so beschloß sie, mußte sie jetzt Neugier und Erregung zeigen. Also machte sie sich auf die Suche nach Mrs. Perenna.
Aber Mrs. Perenna hatte gar keine Lust, das Thema zu erörtern. Sie sagte klipp und klar, solch ein Benehmen sei ganz und gar unverzeihlich.
»Aber er könnte doch einen Unfall gehabt haben«, rief Tuppence atemlos. »Er ist bestimmt kein leichtsinniger Mensch oder ... oder so etwas. Sie werden sehen, er ist überfahren worden, oder es ist ihm sonst etwas zugestoßen.«
»Das werden wir ja bald erfahren«, gab Mrs. Perenna kühl zurück.
Abends war noch immer nicht die geringste Nachricht von Mr. Meadowes gekommen, und auf die dringenden Vorstellungen ihrer Gäste hin entschloß sich Mrs. Perenna, sichtlich mit heftigem inneren Widerstreben, die Polizei zu verständigen.
Ein Polizist erschien mit seinem Notizbuch und erkundigte sich nach Einzelheiten. Einige Tatsachen wurden festgestellt: Mr. Meadowes hatte sich um halb elf Uhr abends von Commander Haydock vor dessen Haus verabschiedet und war mit Mr. Walters und Dr. Curtis bis vors Gartentor der Pension gegangen. Dort hatten die Herren sich getrennt, und Mr. Meadowes war in den Gartenpfad eingebogen.
Seit diesem Augenblick schien Mr. Meadowes wie vom Erdboden verschwunden zu sein.
Tuppence erwog zwei Möglichkeiten:

Als Tommy in den Garten ging, hatte er vielleicht Mrs. Perenna gesehen, hatte sich im Gebüsch versteckt und war ihr nachgegangen. Sollte die Pensionswirtin dort ein Zusammentreffen mit einem Unbekannten gehabt haben, so konnte Tommy dem Mann gefolgt sein, während Mrs. Perenna ins Haus zurückging. In diesem Falle forschte er jetzt eifrig der gefundenen Fährte nach.
Die zweite Möglichkeit war weniger erfreulich. Zwei Bilder bedrängten Tuppence – Mrs. Perenna, die »atemlos und zerzaust« ins Haus gelaufen kam, und dann Mrs. O'Rourke, wie sie in der Balkontür stand, lächelnd, den schweren Hammer in der Hand.
Dieser Hammer barg furchtbare Möglichkeiten.
Wieso lag ein Hammer im Garten herum? Wer hatte ihn draußen liegengelassen? Man müßte genau feststellen, wann Mrs. Perenna heimgekommen war. Gegen halb elf mochte es wohl gewesen sein; keine der Bridgespielerinnen hatte besonders auf die Zeit geachtet. Mrs. Perenna hatte heftig erklärt, sie sei nur vors Haus gegangen, um nach dem Wetter zu sehen. Aber man gerät nicht so völlig außer sich, wenn man nur eben nach dem Wetter sieht. Sie mußte angenommen haben, die vier Damen wären bei ihrem Bridge und kümmerten sich um nichts anderes.
Wie spät war es genau gewesen? Das konnte niemand mit Sicherheit sagen.
Wenn die Zeit übereinstimmte, fiel natürlich der stärkste Verdacht auf Mrs. Perenna. Immerhin gab es noch andere Möglichkeiten. Drei der Gäste waren fort gewesen, als Tommy in den Garten kam. Major Bletchley war im Kino gewesen – wollte man ihn verdächtigen, so konnte die weitschweifige Art, wie er den ganzen Film wiedererzählte, auch als Schaffung eines Alibis angesehen werden. Dann war da dieser alberne Hypochonder, Mr. Cayley, mit seinem Spaziergang durch den Garten. Wenn nicht seine Frau ein so läppisches Getue um ihn gemacht hätte, würde jeder angenommen haben, Mr. Cayley hätte die ganze Zeit, wie eine Mumie in Decken und Tücher gewickelt, auf der Terrasse gesessen. (War es nicht an sich schon verwunderlich, daß er sich der

Nachtluft ausgesetzt hatte?) Und schließlich war da noch Mrs. O'Rourke selbst, die lächelnd den Hammer geschwungen hatte ...

»Deb, was ist los? Was ist dir übers Leberlein gekrochen, Darling?«
Deborah Beresford fuhr auf, und dann begann sie zu lachen. Tony Marsdon sah sie mit seinen freundlichen braunen Augen besorgt an, und sie erwiderte den Blick freimütig. Sie konnte ihn gut leiden. Gescheit war er, ein vielversprechender Anfänger in der Chiffrier-Abteilung.
Deborah war mit Leib und Seele bei ihrem Beruf, obschon die Arbeit sehr hohe Ansprüche an die Konzentration stellte. Anstrengend war sie wohl, diese Aufgabe, aber man wußte doch, wofür man arbeitete, und kam sich dazu so angenehm wichtig vor.
»Mir fehlt nichts«, antwortete sie. »Familiensorgen, weißt du.«
»Ja, die liebe Familie. Was hat deine denn angestellt?«
»Ja, siehst du, ich bin eigentlich ein bißchen unruhig wegen Mutter.«
»So? Und warum?«
»Sie ist nach Cornwall gefahren. Wollte dort eine alte Tante pflegen – achtundsiebzig Jahre alt und vollkommen durchgedreht.«
»Zweifelhaftes Vergnügen«, knurrte der junge Mann mitleidig.
»Ich fand es sehr anständig von Mutter. Sie war schon ganz trübsinnig geworden – wollte durchaus etwas für England tun, und an keiner Stelle fand sich Verwendung für sie. Im vorigen Krieg hat sie gepflegt und sonst noch allerhand Nützliches getan, aber heute ist doch alles anders, und Leute in mittleren Jahren werden kaum mehr verwendet. Nur junge Menschen, die ganz gesund sind. Na ja, Mutter blies zuerst richtig Trübsal, und dann fuhr sie nach Cornwall zu Tante Gracy, und da fuhrwerkt sie im Garten herum – Anbauschlacht und so.«
»Sehr vernünftig«, bemerkte Tony.

»Natürlich das Beste, was sie tun konnte. Sie ist noch recht rüstig«, sagte Deborah wohlwollend.

»Und warum bist du so in Sorge?«

»Charles hatte doch Urlaub und fuhr nach Cornwall, dort in die Nähe. Da habe ich ihn gebeten, sie zu besuchen und – na also, sie ist nicht dort.«

»Nicht dort?«

»Nein! Und ist auch nie dort gewesen.«

Tony sah ziemlich bestürzt aus. »Komisch«, murmelte er. »Und wo ist dein Vater?«

»Rotkopf? Irgendwo in Schottland. Arbeitet in einem Ministerium. Schauderhaft langweilig, den ganzen Tag Akten einordnen und jedes Formular dreimal ausfüllen . . .«

»Vielleicht ist deine Mutter zu ihm gefahren?«

»Nein, das geht nicht. Er arbeitet im Sperrgebiet. Frauen haben dort keinen Zutritt.«

»Tja, dann hat sie sich wohl mit Absicht verdrückt.«

Deborah sah Tony besorgt und unglücklich an.

»Ja, aber warum nur? Ich begreife es nicht. Und dann ihre Briefe. Immer über Tante Gracy, den Garten und das Gemüse und so weiter.«

»Das ist doch klar«, sagte Tony. »Natürlich soll jeder denken, sie sei dort. Das kommt ja vor . . . ich meine, daß Leute sich verdrücken – verstehst du?«

Deborahs Augen flammten plötzlich wild.

»Stellst du dir vielleicht vor, daß Mutter mit irgendeinem Jüngling ein vergnügtes Wochenende verlebt? Da bist du aber schön auf dem Holzweg. Du hast ja keine Ahnung, wie Mutter und Vater aneinander hängen. Wir necken die beiden immer deswegen. Vollkommen ausgeschlossen!«

»Ausgeschlossen, natürlich«, sagte Tony hastig. »Entschuldige. So habe ich es ja nicht gemeint.«

Deborah war besänftigt; dann aber runzelte sie wieder nachdenklich die Stirn.

»Da ist noch eine komische Sache. Neulich will jemand Mutter in Leahampton gesehen haben. Ausgerechnet in Leahampton. Ich habe natürlich gesagt, das sei gar nicht möglich, sie sei in Cornwall, aber jetzt . . .«

Tony wollte sich gerade eine Zigarette anzünden und hatte das Zündholz schon angerieben. Er horchte plötzlich auf. Das Zündholz erlosch.
»Leahampton?« fragte er scharf.
»Ja. Aber dahin würde Mutter nie gehen. Lauter pensionierte Offiziere und alte Jungfern.«
»So ungefähr stelle ich es mir dort auch vor«, bemerkte Tony.
Er zündete seine Zigarette an und fragte beiläufig: »Was hat deine Mutter im letzten Krieg gemacht?«
»Ach, ein bißchen gepflegt«, sagte Deb zerstreut, »und chauffiert. Aber keinen Autobus – einen General hat sie gefahren. Und dann so das Übliche.«
»So. War sie nicht vielleicht auch beim Geheimdienst – wie du jetzt?«
»Ausgeschlossen! Für so etwas hat Mutter keinen Kopf. Aber warte ... ich glaube, sie und Vater haben irgendwie mit Gegenspionage zu tun gehabt. Die beiden übertreiben jetzt natürlich – es kommt ihnen alles so schrecklich wichtig vor. Wir fragen auch nicht viel danach – du weißt ja, wie Familiengespräche sind – immer wieder derselbe alte Kohl.«
»O ja«, sagte Tony vergnügt. »Und ob ich das kenne!«

Als Deborah am nächsten Tag in ihr Zimmer kam, fand sie irgend etwas verändert. Sie mußte sich zuerst besinnen, was es war. Dann läutete sie und fragte ihre Wirtin ärgerlich, wo die große Fotografie sei, die immer auf der Kommode gestanden hatte.
Mrs. Rowley war erstaunt und verletzt. Sie wußte nichts, sie hatte bestimmt nichts angerührt. Aber vielleicht Gladys ...
Gladys leugnete natürlich auch ab, irgend etwas angefaßt zu haben. Sie behauptete, der Gasmann sei dagewesen.
Aber Deborah kam es nicht recht wahrscheinlich vor, daß ein Angestellter der Gasgesellschaft gerade das Bild einer Dame in mittleren Jahren mit sich nehmen sollte.
Viel einleuchtender schien ihr, daß Gladys das Glas

zerbrochen und dann Bild und Rahmen mitsamt den Scherben in den Abfalleimer geworfen hatte.
Sie machte weiter kein Aufhebens davon. Sie würde Mutter schreiben und sie um eine neue Fotografie bitten ...
Was machte Tuppence nur für Geschichten? Mir hätte sie es doch sagen können! Was Tony meint, ist natürlich glatter Blödsinn! Tuppence mit jemandem durchgehen?! Aber komisch ist es doch, eine unbegreifliche Geschichte ...!

11

Diesmal mußte Tuppence mit dem Angler am Ende der Mole sprechen.
Wider besseres Wissen hatte sie gehofft, Mr. Grant könnte eine beruhigende Nachricht für sie haben. Aber schon nach den ersten Worten wußte sie, wie es stand: keinerlei Nachricht von Tommy.
Tuppence bemühte sich, ihre Stimme ruhig und geschäftsmäßig klingen zu lassen.
»Es ist doch nicht anzunehmen«, sagte sie, »daß ihm etwas zugestoßen ist?«
»Nein, es besteht kein Grund, das anzunehmen. Aber gesetzt den Fall, es wäre doch so – was würden Sie dann tun?«
»Ich? Weiterarbeiten, natürlich.«
»So gefallen Sie mir. ›Nach der Schlacht bleibt Zeit zum Weinen.‹ Jetzt sind wir im Kampfgewühl. Und wir haben verflucht wenig Zeit. Eine Ihrer Informationen hat sich übrigens als zutreffend herausgestellt. Sie hörten ein Telefongespräch, in dem vom ›Vierten‹ die Rede war. Das ist der Vierte des kommenden Monats. An diesem Tag soll der große Angriff gegen uns erfolgen.«
»Ist das sicher?«
»Durchaus. Unsere Feinde arbeiten sehr methodisch. Alle Pläne werden genau entworfen und bis ins letzte ausgearbeitet. Könnte ich nur dasselbe von uns sagen! Weitsichtige Planung ist nicht unsere Stärke. Am Vierten wird es ernst.«

»Aber wenn wir das wissen ...«
»Wir kennen den festgesetzten Tag. Wir wissen auch, oder glauben wenigstens ungefähr zu wissen, wo es losgehen wird. Diesmal sind wir gerüstet und bereit. Aber da ist immer wieder die alte Geschichte vom Trojanischen Pferd. Die Kräfte von draußen, die uns bedrohen, die kennen wir. Aber wir müßten wissen, was uns von innen gefährlich werden kann. Die Männer, die aus dem hölzernen Pferd herauskommen! Die können die Schlüssel der Festung ausliefern. Ein Dutzend Männer in hohen Ämtern, beim Kommando, in wichtigen Positionen, beim Nachrichtendienst – und das ganze Land kann in eine Verwirrung geraten, wie die Deutschen sie für ihre Pläne brauchen. Wir müssen rechtzeitig erfahren, wie es damit steht.«
»Und ich komme mir so ungeschickt, so unerfahren vor«, sagte Tuppence verzweifelt.
»Darüber machen Sie sich nur keine Sorgen. Erfahrene Leute haben wir, so viele wir nur wollen, aber wem kann man trauen, wenn Verrat im Spiel ist? Sie und Beresford sind unsere irregulären Streitkräfte, unsere Partisanen. Niemand kennt Sie. Daher könnten Sie Erfolg haben – daher haben Sie schon einen gewissen Erfolg gehabt.«
»Können Sie nicht Ihre Leute Erkundigungen über Mrs. Perenna einholen lassen? Irgendeiner muß doch vollkommen vertrauenswürdig sein.«
»Oh, das haben wir schon getan. Wir wissen, daß Mrs. Perenna zur Irischen Revolutionspartei gehört und antienglische Tendenzen hat. Das stimmt. Aber Weiteres war nicht zu ermitteln. Nichts von den allerwichtigsten Informationen. Also los, Mrs. Beresford. Zeigen Sie, was Sie können.«
»Der Vierte«, sagte Tuppence. »Das ist ja ungefähr in einer Woche.«
»Genau in einer Woche.«
Tuppence ballte die Fäuste. »Es muß gehen. Wir werden es schaffen. Ich sage wir, denn ich glaube bestimmt, daß Tommy auf einer Spur ist, und deshalb wird er auch noch nicht zurückgekommen sein. Er geht einer Fährte nach. Nun müßte ich doch einmal sehen ...«

Mit gerunzelter Stirn entwarf sie einen neuen Schlachtplan.

»Verstehen Sie, Albert, das wäre eine Möglichkeit.«
»Natürlich, Mrs. Beresford, ich weiß schon, was Sie meinen. Aber ich bin nicht gerade begeistert davon.«
»Mir scheint es vielversprechend.«
»Mir auch. Aber Sie rennen der Gefahr in den Rachen. Das gefällt mir nicht, und dem Chef würde es auch nicht gefallen.«
»Wir haben schon alles versucht. Alles, was man unter Dekkung tun kann. Die einzige Möglichkeit ist jetzt, ganz offen draufloszugehen.«
»Machen Sie sich auch klar, daß Sie damit einige Vorteile aufgeben müssen?«
»Was haben Sie denn heute, Albert?« Tuppence wurde ungeduldig. »Sie sind ja der reinste Radiovortrag. Sendung für die gute Hausfrau.«
»Ich möchte nur wissen, wo Captain Beresford ist.«
»Ich auch«, sagte Tuppence, und ihr Herz zog sich zusammen.
»Leuchtet mir gar nicht ein, daß er so ohne ein Wort verschwunden ist. Inzwischen hätte er Ihnen schon Nachricht geben müssen. Und deshalb . . .«
»Was deshalb, Albert?«
»Na, mir scheint, er ist ›ganz offen drauflosgegangen‹, und Sie sollten das nicht auch noch tun.« Er dachte nach und fuhr dann grübelnd fort: »Den Captain könnten sie erwischt haben, aber von Ihnen wissen sie offenbar noch nichts – so sollten Sie sich lieber noch in Deckung halten.«
»Schwer, schwer, die richtige Entscheidung zu treffen!« seufzte Tuppence.
»Was hatten Sie sich denn vorgestellt?«
»Ich hatte gedacht«, murmelte Tuppence bedrückt, »ich könnte einen Brief verlieren, einen Brief, den ich geschrieben habe – und dann ein großes Geschrei erheben. Der Brief müßte dann in der Halle gefunden werden, und Beatrice würde ihn vermutlich dort auf den Tisch legen. Und so müßte die richtige Person ihn zu Gesicht bekommen.«

»Und was soll in dem Brief stehen?«
»Ungefähr so: Ich wüßte jetzt, wer die betreffende Person ist, und würde morgen persönlich einen ausführlichen Bericht erstatten. Dann müssen ja M. oder N. zum Vorschein kommen und mich unschädlich zu machen versuchen.«
»Ja, aber wenn es ihnen gelingt . . .«
»Oh, ich muß eben auf der Hut sein. Sie werden mich wohl an irgendeinen abgelegenen Ort locken – und dann treten Sie in Aktion, Albert, denn von Ihnen weiß kein Mensch etwas.«
»Ich soll ihnen dann also nach und sie festnehmen, sie sozusagen auf frischer Tat schnappen?«
Mrs. Beresford nickte. »So habe ich es mir gedacht. Aber ich muß die Sache noch sorgfältig ausarbeiten.«

Tuppence kam aus der Leihbibliothek. Das Buch, das ihr als »sehr nett« empfohlen worden war, hielt sie unter dem Arm, als eine Stimme sie anrief: »Mrs. Beresford!«
Sie drehte sich um und sah einen hochgewachsenen, dunkelhaarigen jungen Mann, der sie freundlich, aber etwas verlegen anlächelte.
»Oh, ich vermute, Sie kennen mich nicht mehr«, sagte er zögernd.
Diese Formel kannte Tuppence nur zu gut. Sie war deshalb gar nicht überrascht, als der junge Mann fortfuhr: »Ich bin einmal mit Deborah in Ihr Haus gekommen . . .«
Deborahs Freunde! Sie hatte eine Unzahl, und für Tuppence sahen alle so ziemlich gleich aus. Brünett, wie dieser Jüngling, oder blond, unter Umständen vielleicht auch rothaarig – aber alle nach dem gleichen Muster: wohlerzogen, manierlich, sympathisch, mit etwas zu langem Haar (für Tuppence' Geschmack). Aber wenn sie das andeutete, sagte Deborah: »O Mum, sei doch nicht so altmodisch! Wenn du wüßtest, wie scheußlich ich kurze Haare finde!«
Zu dumm, daß ihr gerade jetzt einer aus Deborahs Sammlung über den Weg laufen und sie erkennen mußte. Aber sie würde ihn wohl bald abschütteln können.
»Ich bin Tony Marsdon«, erklärte der junge Mann.

»O natürlich«, murmelte Tuppence sehr unaufrichtig.
»Ich freue mich so, daß ich Sie getroffen habe, Mrs. Beresford«, fuhr Tony Marsdon fort. »Ich arbeite mit Deb zusammen, und da ist eine dumme Geschichte passiert.«
»So?« sagte Tuppence. »Was denn?«
»Ja, also Deborah hat Wind davon bekommen, daß Sie gar nicht in Cornwall sind, und das ist natürlich ...«
»Ach, zum Teufel«, sagte Tuppence betroffen. »Wie hat sie denn das herausgefunden?«
Tony Marsdon erklärte es.
»Aber natürlich hat Deb keine Ahnung, was Sie in Wirklichkeit hier tun«, fuhr er vorsichtig fort. Er machte eine diskrete Pause. »Und es geht wohl nicht an«, sagte er dann, »daß Sie Mitwisser haben. Meine Arbeit hingegen liegt auf der gleichen Linie. Ich gelte als ein Anfänger in der Chiffrier-Abteilung. Aber in Wirklichkeit muß ich mich als leicht faschistisch angehaucht ausgeben – Bewunderung für das deutsche System, gelegentliche Bemerkungen, daß eine Allianz mit Hitler noch lange nicht das schlechteste wäre und so weiter. Natürlich nur, um zu sehen, wie die Betreffenden darauf reagieren. Es ist vieles faul, das wissen Sie ja auch, und wir müssen endlich herausfinden, wie weit das geht.«
O ja, sehr vieles ist faul, dachte Tuppence.
»Als Deb mir von ihrer Sorge um Sie erzählte«, fuhr der junge Mann fort, »hielt ich es für das beste, herzukommen und Sie zu warnen. Nun können Sie sich eine glaubwürdige Geschichte zurechtlegen. Zufällig wußte ich ja, was Sie tun und wie wichtig Ihre Aufgabe ist. Es wäre dumm, wenn Ihnen jetzt ein Strich durch die Rechnung gemacht würde, nicht wahr? Vielleicht könnten Sie Deborah schreiben, daß Sie jetzt bei Captain Beresford sind – in Schottland oder wo er sonst ist. Sie könnten ja sagen, Sie hätten Ihren Willen durchgesetzt und dürften nun doch mit ihm arbeiten.«
»Das wäre vielleicht ganz vernünftig«, sagte Tuppence nachdenklich.
»Sie halten mich hoffentlich nicht für aufdringlich?« fragte Tony Mardson fast schüchtern.
»Aber nein. Im Gegenteil, ich bin Ihnen sehr dankbar.«

»Denn sehen Sie ... nun ja, ich habe Deb sehr gern«, sagte Tony ziemlich zusammenhanglos.
Tuppence sah ihn mit einem raschen, belustigten Blick an. Wie weit schien doch die Zeit zurückzuliegen, da die jungen Leute in ihrem Hause Deb den Hof machen wollten und Deb so schrecklich jungenhaft rauh und abweisend war. Dieser Jüngling da, so dachte sie, war ein ungewöhnlich anziehendes Exemplar der Sammlung.
Sie schob das, was sie im stillen »Friedensgedanken« nannte, beiseite. »Mein Mann ist nicht in Schottland«, sagte sie.
»Nein?«
»Nein, er ist ebenfalls hier. Wenigstens war er hier. Jetzt ... ist er verschwunden.«
»Oh, das ist bös! War er vielleicht einer Sache auf der Spur?«
Sie nickte. »Wahrscheinlich. Deshalb nehme ich auch sein Verschwinden nicht als schlechtes Zeichen. Früher oder später wird er mir schon eine Nachricht schicken – auf seine Weise.« Sie lächelte flüchtig.
»Sie werden das Spiel ja gründlich kennen«, sagte Tony etwas betroffen. »Aber Sie sollten doch vorsichtig sein.«
»Ich verstehe, was Sie meinen. Die schönen Heldinnen in Büchern werden immer leicht an verruchte Orte gelockt. Aber Tommy und ich haben unsere Methoden. Wir haben auch unseren Geheimcode.« Sie lächelte. »*Penny plain and tuppence coloured.*«
»Was?« Der junge Mann starrte sie an, als ob sie verrückt geworden wäre.
»Wissen Sie, das bezieht sich auf meinen Spitznamen. Unverschämterweise nennen mich alle in der Familie Tuppence.«
»Ach so.« Tonys Gesicht glättete sich. »Wissen Sie, Mrs. Beresford, ich möchte wirklich nicht aufdringlich sein – aber könnte ich Ihnen nicht in irgendeiner Weise behilflich sein?«
»Ja«, sagte Tuppence grübelnd. »Ja, das wäre vielleicht möglich.«

12

Aus tiefer Bewußtlosigkeit auftauchend, sah Tommy eine Feuerkugel im Raume schwimmen. Im Kern der Kugel saß ein grimmiger Schmerz, das Weltall schrumpfte zusammen, die feurige Kugel schwang langsamer – und dann nahm er wahr, daß die schmerzende Feuerkugel sein eigener Kopf war.

Langsam drangen auch noch andere Dinge in sein Bewußtsein – kalte, verkrampfte Gliedmaßen, wütender Hunger, Unfähigkeit, die Lippen zu bewegen.

Langsamer und immer langsamer schwang der Feuerball ... nun war es wirklich Thomas Beresfords Kopf, der auf festem Grund lag. Auf sehr festem, sehr hartem Grund, der sehr wohl ein Steinboden sein konnte ...

Ja, er lag auf hartem Stein, voller Schmerzen, unfähig, ein Glied zu rühren, entsetzlich hungrig, kalt und elend.

Die Betten bei Mrs. Perenna waren ja gewiß nicht übertrieben weich, aber dies ...

Ach natürlich, Haydock! Der Sendeapparat! Der deutsche Diener! Aber er war doch in den Garten der Pension gegangen ...

Anscheinend war jemand hinter ihm hergeschlichen und hatte ihn niedergeschlagen. Daher tat ihm der Kopf so weh.

Und er hatte sich schon in Sicherheit gewiegt! Also war dieser Haydock kein solcher Dummkopf!

Haydock? Aber Haydock war ja in sein Haus zurückgegangen und hatte die Tür hinter sich geschlossen. Wie konnte er den Hügel heruntergekommen sein, wie hatte er ihm im Garten vom Sans Souci auflauern können?

Das war nicht möglich. Tommy hätte ihn sehen müssen.

Also vielleicht der Diener? Hatte er ihn vorausgeschickt, damit er ihm auflauerte? Nein, auch das war nicht möglich! Beim Durchqueren der Halle hatte er ja durch die halboffene Küchentür Appledore hantieren sehen.

Tommys Augen hatten sich jetzt an die Finsternis gewöhnt und entdeckten ein Rechteck gedämpften Lichts. Ein Fenster oder ein kleines Gitter. Die Luft war eisig und roch muffig.

Also lag er wohl in einem Keller. Seine Hände und Füße waren gebunden, und ein Knebel in seinem Mund war durch eine Binde festgehalten.
Scheint nicht mehr viel Aussicht für mich zu geben, dachte Tommy.
Er versuchte mit aller Kraft, seinen Körper, seine Glieder zu bewegen, aber es war unmöglich.
In diesem Augenblick hörte er ein ganz schwaches Knarren, und eine Tür hinter ihm wurde geöffnet. Ein Mann mit einer Kerze trat herein. Die Kerze setzte er auf den Boden. Tommy erkannte Appledore. Auf einem Tablett brachte er einen Krug Wasser, etwas Brot und Käse.
Er beugte sich nieder, prüfte die Stricke, die Tommy fesselten, und berührte dann den Knebel. Mit völlig farbloser Stimme sagte er: »Das werde ich jetzt wegnehmen. So können Sie etwas essen und trinken. Sobald Sie aber nur das geringste Geräusch machen, kneble ich Sie wieder.«
Tommy versuchte vergeblich, mit dem Kopf zu nicken. Statt dessen schloß und öffnete er mehrmals die Lider.
Sobald Tommy den Mund frei fühlte, bewegte er die Kinnlade, um die schmerzende Steifheit zu verjagen. Appledore hielt ihm ein Glas Wasser an die Lippen. Zuerst machte ihm das Schlucken große Mühe, dann ging es leichter. Das Wasser tat ihm unsagbar wohl.
»Jetzt geht's besser«, murmelte er mit steifer Zunge. »Ja, die alten Knochen. So jung, wie ich war, bin ich nicht mehr. Gibt's auch etwas zu essen, Fritz – oder heißen Sie Franz?«
»Hier heiße ich Appledore«, erwiderte der Mann ruhig.
Er hielt ihm eine Schnitte Brot mit Käse an den Mund, und Tommy biß heißhungrig hinein. Zum Schluß trank er noch ein paar Schluck Wasser.
»Wie geht das Programm weiter?« fragte er dann.
Statt jeder Antwort nahm Appledore wieder den Knebel zur Hand.
»Ich wünsche Commander Haydock zu sehen«, sagte Tommy rasch.
Appledore schüttelte den Kopf, befestigte den Knebel geschickt und ging fort.

Wieder lag Tommy im Finstern und sann vor sich hin. Er sank in eine Art Halbschlaf, aus dem ihn das Geräusch der sich öffnenden Tür aufschreckte. Diesmal kamen Haydock und Appledore zusammen herein. Der Knebel wurde ihm abgenommen und die Armfesseln gelockert, so daß er sich aufsetzen und die Arme ausstrecken konnte.
Haydock hatte eine Selbstladepistole bei sich.
Tommy glaubte keinen Augenblick an einen Erfolg; trotzdem versuchte er, seine Rolle vom letzten Abend weiterzuspielen.
»Hören Sie mal, Haydock«, sagte er entrüstet, »was denken Sie sich eigentlich? Mich einfach niederzuschlagen und zu entführen . . .«
Haydock schüttelte den Kopf. »Sparen Sie Ihren Atem«, sagte er, »es lohnt sich nicht.«
»Und wenn Sie auch zum Geheimdienst gehören! Deshalb können Sie doch nicht einfach . . .«
Haydock schüttelte wieder den Kopf.
»Nein, Meadowes, nein. Versuchen Sie erst gar nicht so zu tun, als ob Sie mir je auf diesen Leim gegangen wären. Sie brauchen Ihre Rolle nicht weiterzuspielen.«
Aber Tommy zeigte sich nicht beunruhigt. Mit Bestimmtheit konnte Haydock gar nichts wissen. Wenn er also gut weitermimte . . .
»Zum Teufel, was bilden Sie sich eigentlich ein?!« fragte er. »Vielleicht sind Ihre Befugnisse sehr weitgehend, aber solche Geschichten dürfen Sie doch nicht machen. Ich kann den Mund halten, bei mir sind Geheimnisse auch ohne solche Mittel sicher, besonders wenn es sich um unser Leben und Sterben handelt.«
»Sie spielen ausgezeichnet«, sagte der andere kalt. »Aber mir ist es ganz gleichgültig, ob Sie zum englischen Geheimdienst gehören oder nur ein alberner Dilettant auf eigene Faust sind . . .«
»Der Teufel soll Sie holen!«
»Machen Sie Schluß, Meadowes.«
»Und ich sage Ihnen . . .«
Haydock warf ihm einen wütenden Blick zu.

»Verflucht noch mal, nun seien Sie aber ruhig. Vor ein paar Tagen hätte es mich noch interessiert, wer Sie sind und für wen Sie arbeiten. Jetzt kommt es nicht mehr darauf an. Die Zeit ist kurz. Und zum Glück konnten Sie keiner Seele von Ihrem Fund berichten.«

»Man wird mich vermissen. Die Polizei wird nach mir suchen.«

Haydock grinste höhnisch; seine Zähne glänzten auf.

»Die Polizei war heute abend bei mir. Nette Leute – zwei gute Freunde von mir. Sie fragten lang und breit nach Mr. Meadowes. Waren sehr besorgt über Ihr Verschwinden. Wollten wissen, in welcher Verfassung Sie den letzten Abend waren, was Sie sprachen. Die haben sich wohl nicht träumen lassen, daß der Mann, von dem sie so viel schwatzten, gerade unter ihren Füßen lag. Die Tatsachen sprechen ja ganz klar: Sie haben dieses Haus heil und in bester Gesellschaft verlassen. Also sucht man hier nicht nach Ihnen.«

»Immer können Sie mich ja nicht hier festhalten«, sagte Tommy heftig.

»Das wird auch nicht nötig sein, mein Lieber«, entgegnete Haydock, jetzt wieder ganz Weltmann, verbindlich. »Nur bis morgen abend. Dann wird ein Boot in meiner kleinen Bucht anlegen, und wir werden Sie auf eine Erholungsreise schicken; aber vermutlich werden Sie den Bestimmungsort nicht lebendig erreichen.«

»Und warum haben Sie mich nicht gleich totgeschlagen?«

»Zu heiß, lieber Freund, zu heiß. Unsere Verbindung zur See war zufällig gerade jetzt unterbrochen, und darum – eine Leiche hier im Keller würde sich bei dieser Hitze bemerkbar machen.«

»Ich verstehe«, nickte Tommy.

Er wußte genug. Alles war klar. Bis das Boot kam, würde man ihn am Leben lassen, dann würden sie ihn umbringen oder betäuben und seine Leiche auf hoher See über Bord werfen. Und sollte sein Körper wirklich gefunden werden, so würde nie ein Verdacht auf das »Schmugglernest« fallen.

»Ich kam hierher«, fuhr Haydock im gemütlichen Plauderton fort, »um Sie zu fragen, ob wir ... hm ... ob wir nachher etwas für Sie tun können?«

Tommy dachte nach. »Danke, nein«, sagte er dann. »Keine Locke für meine kleine Freundin. Sie wird mich vermissen, wenn ihr das Geld ausgeht, aber sie wird sich wohl bald mit einem andern Freund trösten.«

Auf jeden Fall mußte er die Version aufrechterhalten, ohne Helfershelfer und Mitwisser zu sein. Solange Tuppence nicht verdächtigt wurde, konnte das Spiel noch gewonnen werden – wenn auch ohne ihn.

»Wie Sie wollen«, erwiderte Haydock. »Aber wenn Sie Ihrer Freundin gern noch eine Botschaft geschickt hätten, so würde sie pünktlich bestellt werden.«

Er hätte also doch gern etwas über den unbekannten Mr. Meadows in Erfahrung gebracht? Rate, mein Lieber, rate!

Tommy schüttelte den Kopf. »Nichts zu wollen«, sagte er.

»Gut.« Mit völlig gleichgültigem Gesicht nickte Haydock Appledore zu, der darauf die Fesseln und den Knebel wieder befestigte.

Allein gelassen, fühlte sich Tommy alles andere als heiter. Der nahe Tod war ihm gewiß; aber noch mehr bedrückte ihn, daß er keine Möglichkeit hatte, seine Entdeckung zum Wohl des Landes vor die rechte Schmiede zu bringen.

Sein Körper war gänzlich hilflos, und sein Kopf schien wie ausgeleert. Hätte er nicht doch durch Haydock irgendeine Botschaft schicken sollen? Wenn er seine Gedanken klarer beisammengehabt hätte ...

Tuppence war natürlich immer noch eine geringe Hoffnung. Aber was konnte sie tun? Haydock hatte ganz recht, sein Verschwinden würde nie mit dem »Schmugglernest« in Zusammenhang gebracht werden. Er war doch heil und gesund von dort weggegangen. Zwei unbeeinflußte Zeugen konnten es bestätigen. Tuppence würde jede andere Person eher verdächtigen als Haydock.

Die nächste halbe Stunde verbrachte er in angestrengtem Bemühen, seine Fesseln zu lockern oder den Knebel durchzubeißen. Aber es war alles umsonst. Appledore verstand sich auf sein Geschäft.

Jetzt mußte es später Nachmittag sein. Haydock war vermutlich fortgegangen; es drangen keine Geräusche in den Keller.
Verflucht und verdammt, dieser Schuft spielte jetzt seine Partie Golf und stellte nachher im Clubhaus in einer angeregten Plauderstunde beim Whisky seine Vermutungen über Meadowes' Verschwinden an.
»Am gleichen Abend hat er noch bei mir gegessen – er schien ganz normal. Wo kann er jetzt nur sein? Wie vom Erdboden verschwunden ...«
Tommy krümmte sich vor Wut. Der joviale englische Gentleman! Waren denn alle blind, daß sie den preußischen Quadratschädel nicht erkannten? Unglaublich, was ein erstklassiger Schauspieler erreichen konnte.
Da lag er nun – gescheitert, schmählich gescheitert, zusammengeschnürt wie ein Huhn; und niemand hatte eine Ahnung ...
Hätte Tuppence doch nur das Zweite Gesicht! Käme ihr nur der richtige Verdacht! Ihre Hellsichtigkeit war zuweilen fast unheimlich ... Was war das?!
Angespannt lauschte er auf ein fernes Geräusch.
Ein Mann pfiff ein Lied.
Und er lag da, unfähig, durch irgendein Geräusch die Aufmerksamkeit des Mannes auf sich zu ziehen.
Das Pfeifen kam näher. Schauderhaft falsch pfiff der Bursche. Aber trotz allem war die Melodie erkennbar. Das Lied war im vorigen Krieg aufgekommen, und in diesem Krieg war es wieder aufgegriffen worden.
»Wärst du das einzige Mädchen auf Erden und ich der einzige Bursch ...«
Wie oft hatte er es 1917 gesungen und gepfiffen!
Zum Teufel mit dem Kerl da – konnte er nicht wenigstens richtig pfeifen?
Plötzlich straffte sich Tommys Körper. Diese falschen Noten, gerade an dieser Stelle, die kannte er. Nur einer machte immer wieder diesen Fehler!
Albert, dachte er, himmlische Güte, Albert!
Albert schnüffelte ums »Schmugglernest« herum. Albert war

ganz dicht bei ihm, und er konnte weder Hand noch Fuß rühren, keinen Laut von sich geben ...

Keinen Laut? Oho, vielleicht doch!

Ein Geräusch gab es – nicht so leicht mit verbundenem Mund zu machen, aber es ging doch.

Mit verzweifelter Anstrengung begann Tommy zu schnarchen. Die Augen hielt er fest geschlossen, um tiefen Schlaf vorzutäuschen, falls Appledore herunterkommen sollte, und er schnarchte und schnarchte ...

Kurzes Schnarchen, kurzes Schnarchen, kurzes Schnarchen – Pause – langes Schnarchen, langes Schnarchen, langes Schnarchen – Pause – kurz, kurz, kurz ...

Nachdem Tuppence ihn verlassen hatte, war Albert ganz verwirrt.

Mit den Jahren hatte sein Denkapparat die Arbeit verlangsamt, aber er bedachte alles um so gründlicher.

Die ganze Welt, wie sie heute war, schien ihm aus den Fugen geraten.

Das schlimmste aber war der Krieg, aller Übel Urbeginn. Und dann Mrs. Beresford. So eine großartige Frau! Und nun saß sie in der Patsche und wollte noch tiefer hinein – was konnte er nur tun, um es ihr auszureden? Sie hörte nicht auf ihn. Immer wieder diese Fünfte Kolonne – Herrgott, was für ein übles Pack war da beisammen. Vielleicht sogar Engländer? Schöne Schweinerei!

Und der Chef, Mr. Beresford – der einzige, der die Frau zurückhalten konnte, wenn das Temperament mit ihr durchging – gerade jetzt war er auf und davon!

Scheußliche Sache! Sah höchst bedrohlich aus. Als ob sie Beresford erwischt hätten.

Langes Überlegen lag Albert nicht. Wie die meisten Engländer hatte er ein starkes, einfaches Gefühl, das ihn sicherer leitete als der Verstand. Und hatte er erst mal einen Zipfel erfaßt, so ließ er nicht locker, bis er sich irgendwie Klarheit verschafft hatte. Albert war entschlossen, seinen Herrn zu finden, und so machte er sich, mehr wie ein treuer Hund, auf den Weg, um ihn zu suchen.

Er hatte keinen bestimmten Plan. Er suchte genauso, wie er die Handtasche seiner Frau oder seine Brille suchte, wenn diese unentbehrlichen Gegenstände verlegt worden waren. Das heißt, er begab sich zu dem Ort, wo er die Sachen zuletzt gesehen hatte, und begann dort seine Suche.

In diesem Fall wußte man nur, daß Tommy mit Commander Haydock im »Schmugglernest« zu Abend gegessen hatte, dann zur Pension gegangen und in den Garten eingebogen war. Also schritt Albert hügelan zum Gartenzaun und starrte fünf Minuten hoffnungslos auf den Zaun. Da ihm dabei keine Erleuchtung kam, wanderte er langsam weiter hinauf, dem »Schmugglernest« zu.

Auch Albert hatte in dieser Woche das Kino besucht und war von der Geschichte des *Wandernden Troubadours* tief beeindruckt worden. Das war einmal romantisch! Ging es ihm nicht jetzt ebenso? Tatsächlich, genau wie der treue Blondel im Film war er auf der Suche nach seinem gefangenen Herrn. Nur der treue Blondel konnte ihn finden und in die liebenden Arme der Königin Berengaria zurückführen.

Albert seufzte tief, als ihm das schmelzende Lied *»Richard, o mon roi!«* einfiel, das der treue Troubadour unter allen Türmen schluchzte.

Schade, daß er nie eine Melodie behielt. Bis er einmal etwas Neues pfeifen konnte ...

Wie wär's, wenn er es zuerst mit etwas Bekanntem versuchte?

»Wärst du das einzige Mädchen auf Erden und ich der einzige Bursch ...«

Albert blieb stehen und betrachtete das saubere, weißgestrichene Gartentor vom »Schmugglernest«, dort also hatte der Chef zu Abend gegessen.

Er machte noch ein paar Schritte hügelan und kam zu den Dünen.

Hier gab es nur Gras und ein paar Schafe. Nein, da war nichts. Das Gartentor vom »Schmugglernest« flog auf. Ein Auto kam heraus. Ein großer Herr im Sportanzug und mit Golfschlägern fuhr den Hügel hinab.

Das mußte wohl Commander Haydock gewesen sein, über-

legte Albert. Er ging zurück und starrte wieder durchs Tor. Nettes Grundstück. Alles so gut gehalten. Prachtgarten. Und die Aussicht!
Er sah das Haus wohlgefällig an. *»Gar schöne Dinge würd' ich dir sagen«,* pfiff er.
Durch eine Seitentür des Hauses kam ein Mann mit einer Hacke, der durch ein Pförtchen verschwand.
Albert zog in seinem Garten daheim Kapuzinerkresse und ein bißchen Salat. Der Garten interessierte ihn mächtig.
Er schlenderte langsam näher und trat durch das offene Gartentor. Wirklich, alles so ordentlich und tadellos.
Er ging ein wenig herum. Ein paar Stufen führten abwärts zu einem Plateau, auf dem ein Gemüsegarten angelegt war. Dort unten arbeitete der Mann, den Albert aus dem Hause hatte kommen sehen.
Er sah ihm ein paar Minuten interessiert zu. Dann betrachtete er das Haus.
Wirklich nett und anheimelnd, dachte er zum dritten Mal. Feines Ruheplätzchen für so einen Gentleman von der Marine. Da hatte also der Chef neulich zu Abend gegessen.
Albert ging um das Haus herum. Er starrte es an, wie er den Gartenzaun der Pension angestarrt hatte, als müßte es ihm etwas verraten.
»Gar schöne Dinge könnten wir tun«, pfiff er. *»Gar schöne Dinge würd' ich dir sagen; gar schöne Dinge könnten wir tun . . .«* Hatte er da nicht einen falschen Ton erwischt?
Hallo, komische Sache! Der Commander hielt sich Schweine? Dieses langgezogene Grunzen. Komisch – fast als ob jemand da unten wäre. Wer hielt denn Schweine im Keller?
Unsinn, keine Schweine. Da machte einer ein Nickerchen. War im Keller eingeduselt . . .
Na? War ja ein heißer Tag, aber im Keller . . .? Albert pfiff wie ein Dompfaff und schob sich näher.
Von dort kam das Geräusch, von dem kleinen Gitter. Kr-kr-kr–chchchch-chchchch-chchch-kr-kr-kr. Komische Schnarcherei.
Das erinnerte ihn doch an etwas . . .

»Nun sieh einer«, sagte Albert vor sich hin. »Jetzt hab ich's. SOS – das ist es. Punkt, Punkt, Punkt – Strich, Strich, Strich – Punkt, Punkt, Punkt . . .«
Er warf einen schnellen verstohlenen Blick um sich.
Dann kniete er nieder und klopfte leise eine Nachricht an das Eisengitter des Kellerfensters.

13

Beim Schlafengehen war Tuppence noch recht optimistisch gestimmt gewesen, aber als sie in der Morgendämmerung erwachte, zu dieser Stunde, in der alle bösen Geister der Depression über den Menschen herfallen, erlitt ihre Stimmung einen schweren Rückschlag.
Nun aber, als sie zum Frühstück ins Eßzimmer kam, sah sie einen Brief auf ihrem Teller liegen, in sorgfältig verstellter Handschrift adressiert, und sogleich hoben sich ihre Lebensgeister wieder.
Das war keine Nachricht von Douglas, Raymond oder Cyril, keine der anderen bestellten Korrespondenzen, die pünktlich eintrafen. Heute früh lag außerdem eine Karte mit einem Teddybär dabei, lustig und sehr bunt, auf der gekritzelt stand: »Entschuldige, daß ich nicht eher geschrieben habe, alles in Ordnung, Maudie.«
Tuppence schob sie beiseite und öffnete den Brief.

> Liebe Patricia, leider geht es Tante Gracy heute ziemlich schlecht. Die Ärzte sagen nicht geradezu, daß das Ende naht, aber meiner Meinung nach besteht für sie nicht mehr viel Hoffnung. Wenn Du sie noch einmal sehen willst, so müßtest Du heute kommen. Nimm den Zug um 10 Uhr 20 nach Yarrow, dort wird Dich ein Freund des Hauses mit seinem Wagen abholen.
> Ich freue mich, Dich zu sehen, liebe Patricia, obschon der Anlaß so traurig ist.
> Deine
> Penelope

Fast hätte Tuppence laut herausgejubelt. Gute, alte Penny Plain.
Immerhin gelang es ihr mit einiger Anstrengung, eine offizielle Trauermiene aufzusetzen; mit einem tiefen Seufzer legte sie den Brief aus der Hand.
Mrs. O'Rourke und Miss Minton waren beim Frühstück. Ihnen teilte Tuppence den Inhalt des Briefes mit, berichtete ausführlich über Tante Gracy, daß sie geistig frisch gewesen sei, ganz ohne Angst vor Fliegerangriffen und überhaupt so tapfer bei jeder Gefahr, und daß sie nun ihrer Krankheit erliegen mußte. Miss Minton erkundigte sich interessiert, was Tante Gracy eigentlich fehlte, und fand zu ihrem größten Erstaunen, daß ihre Kusine Selina an genau dem gleichen Übel gelitten hatte. Tuppence manövrierte vorsichtig zwischen Wassersucht und Zuckerkrankheit hindurch, wußte dann nicht recht weiter und komplizierte den Fall noch durch ein Nierenleiden. Mrs. O'Rourke, funkelnd vor Habgier, wollte durchaus wissen, ob Tuppence vom Tode der Tante einen pekuniären Vorteil haben würde, und erfuhr, daß der liebe Cyril der Lieblings-Großneffe der alten Dame gewesen sei; sie war auch seine Patin.
Tuppence rief den Schneider an und sagte eine Anprobe für Rock und Mantel an diesem Nachmittag ab. Dann machte sie sich auf die Suche nach Mrs. Perenna und teilte dieser mit, daß sie vermutlich ein oder zwei Nächte fort sein würde.
Mrs. Perenna murmelte die üblichen Beileidsworte. Sie sah diesen Morgen müde, ängstlich und gequält aus.
»Immer noch keine Nachricht von Mr. Meadowes«, murmelte sie. »Wirklich höchst merkwürdig, nicht wahr?«
»Ganz sicher hat er einen Unfall gehabt«, seufzte Mrs. Blenkensop. »Das habe ich ja von Anfang an gesagt.«
»Aber Mrs. Blenkensop, das müßte doch inzwischen bekanntgeworden sein.«
»Was glauben Sie denn?« fragte Tuppence.
Mrs. Perenna schüttelte den Kopf.
»Ich weiß ja auch nicht. Freiwillig ist er sicher nicht so lange

fortgeblieben. Dann hätte er inzwischen eine Nachricht geschickt.«

»Es war wirklich abscheulich, etwas Unrechtes von ihm zu denken«, sagte Mrs. Blenkensop warm. »Daran war nur dieser schreckliche Major Bletchley schuld. Entweder hat Mr. Meadowes einen Unfall erlitten, oder er hat das Gedächtnis verloren oder . . .«

Mrs. Perenna nickte, kräuselte aber die Lippen ziemlich ungläubig. Sie warf Tuppence einen raschen Blick zu. »Eigentlich«, sagte sie, »wissen wir doch recht wenig über Mr. Meadowes.«

»Was soll das heißen?« fragte Tuppence scharf.

»O bitte, werden Sie doch nicht gleich ärgerlich. Ich selbst glaube es ja nicht . . . keine Minute habe ich es geglaubt.«

»Was haben Sie nicht geglaubt?«

»Diese Geschichte. Alle erzählen sie.«

»Was für eine Geschichte? Mir hat niemand etwas erzählt.«

»Nein, natürlich . . . nein, Ihnen wohl nicht. Ich glaube fast, Mr. Cayley hat sie aufgebracht. Der ist aber auch ein besonders mißtrauischer Mensch, finden Sie nicht?«

Tuppence nahm all ihre Geduld zusammen. »Bitte, erzählen Sie doch«, sagte sie.

»Nun ja, Sie wissen ja, wie die Leute so reden. Sie meinen, Mr. Meadowes könnte ein feindlicher Agent sein – einer von dieser scheußlichen Fünften Kolonne.«

Tuppence sah so empört aus, wie es eine beleidigte Mrs. Blenkensop nur fertigbringen konnte.

»Das ist ja himmelschreiend! Hat man je so etwas gehört!«

»Ich glaube bestimmt nicht, daß irgend etwas daran ist. Aber viele haben Mr. Meadowes mit diesem jungen Deutschen zusammen gesehen. Und er hat ihn ja auch immer ausgefragt nach seinen Arbeiten in der chemischen Fabrik – und da meinen die Leute nun, vielleicht hätten die zwei unter einer Decke gesteckt.«

»Aber Mrs. Perenna, Sie glauben doch nicht etwa, daß Carl von Deinim zu Recht verdächtigt wird?«

Mrs. Perennas Gesicht verzog sich einen Augenblick schmerzlich.

»Wie gerne dächte ich, es wäre nicht wahr.«
»Arme Sheila«, sagte Tuppence weich.
Mrs. Perennas Augen flammten auf.
»Ihr Herz ist gebrochen. Mein armes Kind! Warum mußte sie sich gerade diesen Menschen aussuchen?«
»Aber so ist das Leben«, sagte Tuppence und schüttelte bedauernd den Kopf.
»Ja, so ist es!« Mrs. Perennas Stimme klang zornig und tief erbittert. »Leben – das heißt, alles vernichtet sehen, was uns lieb ist – es heißt Sorge und Bitterkeit und Dreck und Asche. Ich mag nicht mehr! Ich habe genug, übergenug von all der Grausamkeit, der Gemeinheit dieser Welt. Ich möchte alles in Stücke hauen, in Grund und Boden schlagen; dann könnten wir eine neue Welt aufbauen; aber ohne diese Gesetze und ohne Tyrannei, ohne daß ein Volk das andere unterjocht. Oh, ich möchte . . .«
Ein Husten unterbrach sie, ein tiefes, kehliges Husten.
Mrs. O'Rourke stand in der Tür, die sie mit ihrer schweren, massigen Fülle völlig versperrte.
»Störe ich?« fragte sie.
Wie ein Schwamm, der über eine Schiefertafel fährt und alles Geschriebene auslöscht, so verschwand mit einem Schlage jede Spur ihres Ausbruchs von Mrs. Perennas Gesicht – es war jetzt nur das geduldige, etwas abgehetzte Gesicht einer Pensionsinhaberin, deren Gäste dauernd für kleinen oder großen Verdruß sorgen.
»Aber nein, Mrs. O'Rourke«, erwiderte sie. »Wir sprachen gerade über Mr. Meadowes. Nicht einmal die Polizei . . .«
»Ach, die Polizei!« unterbrach Mrs. O'Rourke verächtlich. »Allenfalls brummt sie einem Autofahrer eine Buße auf oder ist hinter den armen Teufeln her, die ihre Hundesteuer nicht rechtzeitig zahlen.«
»Aber was halten Sie denn von der Sache, Mrs. O'Rourke?« fragte Tuppence.
»Sie haben doch wohl auch gehört, was man sich erzählt?«
»Daß Mr. Meadowes ein Faschist und ein feindlicher Agent sein soll – ja, das habe ich allerdings gehört«, antwortete Tuppence kalt.

»Etwas Wahres könnte doch dran sein«, meinte Mrs. O'Rourke nachdenklich. »Der Mann hatte etwas an sich – ich hab ihm von Anfang an nicht recht getraut. Wissen Sie, ich habe ihn beobachtet . . .« Sie lächelte Tuppence jetzt geradewegs ins Gesicht, und wie stets war ihr Lächeln furchterregend – das Grinsen eines Menschenfressers. »Er sah gar nicht aus wie jemand, der sich zur Ruhe gesetzt und nichts Rechtes mehr zu tun hat. Wenn ich es mir überlege . . . ja, er wird wohl zu einem bestimmten Zweck hergekommen sein. Was meinen Sie dazu, Mrs. Perenna?«

»Ich weiß gar nichts«, seufzte Mrs. Perenna. »Mir ist die ganze Geschichte sehr zuwider. All das Gerede!«

»Ach, das Gerede. Kümmern Sie sich nicht darum. Die Leute sind ja glücklich, wenn sie etwas zu schwatzen haben. Schließlich werden sie noch behaupten, der gute Mr. Meadowes hätte uns alle um ein Haar in unseren Betten in die Luft gesprengt.«

»Aber Ihre Meinung haben Sie uns noch nicht verraten«, sagte Tuppence.

Wieder lächelte Mrs. O'Rourke ihr breites Menschenfresserlächeln.

»Was ich denke? Der Mann wird schon irgendwo in Sicherheit sein – versorgt und gut aufgehoben.«

Sie spricht, als ob sie Bescheid wüßte, dachte Tuppence, aber sie täuscht sich, Gott sei Dank . . .

Sie machte sich auf den Weg in ihr Zimmer, um sich zum Abendessen anzuziehen. Gerade lief Betty aus dem Schlafzimmer der Cayleys, spitzbübisch und beseligt lächelnd.

»Was hast du wieder angestellt, kleiner Schelm?« fragte Tuppence.

Betty lachte glücklich: »Hoppoppopp, tab, tab, tab, Pferdsen . . .«

»Hopp, hopp, hopp, Pferdchen, lauf Galopp«, sang Tuppence. Sie schwang Betty hoch über ihren Kopf. »Trab, trab, trab – da wirft's den Reiter ab!« Sie kugelte die Kleine über den Fußboden.

In diesem Augenblick erschien Mrs. Sprot mit Bettys Hut und Mäntelchen.

»Verstecken?« fragte Betty hoffnungsvoll. »Such-such?«

»Nein, jetzt können wir nicht Versteck spielen«, sagte Mrs. Sprot.
Tuppence ging in ihr Zimmer und stülpte sich verdrossen den Hut auf den Kopf – Patricia Blenkensop wußte, was sich für eine Dame gehört.
Hallo! In ihrem Hutschrank waren die Hüte anders geordnet als gestern. Hatte man wieder ihr Zimmer durchschnüffelt? In Gottes Namen. Sie war eine einwandfreie Mrs. Blenkensop, niemand konnte einen Gegenbeweis finden.
Penelope Playnes Brief warf sie recht sichtbar auf den Toilettentisch, dann ging sie die Treppe hinab und aus dem Haus. Es war zehn Uhr, als sie vor die Gartenpforte trat. Reichlich Zeit. Sie blickte zum Himmel nach dem Wetter, und dabei trat sie in eine dunkle Pfütze, scheinbar ohne es zu beachten. Ihr Puls schlug wild. Triumph, Triumph, erklang es in ihrem Herzen. Jetzt kriegen wir sie!

Yarrow war ein kleiner Ort auf dem Lande; das Dorf lag abseits vom Bahnhof.
Vor dem Bahnhof wartete ein Auto; ein gutaussehender junger Mann saß am Steuer. Mit linkischer Bewegung berührte er seine verschossene Mütze.
Mißtrauisch stieß Tuppence mit dem Fuß an den Gummireifen.
»Der hat ja gar keine Luft mehr . . .«
»Wir fahren nicht weit, Madam.«
Sie fuhren los, nicht in Richtung des Dorfes, sondern zu den Dünen. Der Wagen kroch den Hügel hinauf und schlug dann einen Seitenpfad ein, der jählings in eine tiefe Schlucht führte. Aus dem Schatten einiger niedriger Bäume löste sich eine Gestalt und kam auf sie zu.
Der Wagen hielt an, Tuppence stieg aus und ging Tony Marsdon entgegen.
»Beresford geht's gut«, sagte er schnell. »Wir haben ihn gestern aufgestöbert. Jetzt ist er noch gefangen – die Gegenseite hat ihn erwischt, und aus guten Gründen muß er noch zwölf Stunden bleiben, wo er ist. Es wird nämlich an einem bestimmten Platz ein kleines Boot erwartet, und das wollen

wir natürlich auch kriegen. Darum lassen wir Beresford noch dort – wir wollen erst in letzter Minute in Erscheinung treten.« Er sah sie besorgt an. »Hoffentlich werden Sie das verstehen?«
»Aber ja!« Tuppence sah neugierig auf eine merkwürdige, durch die Bäume halbverdeckte Stoffmasse.
»Es kann ihm wirklich nichts geschehen«, fuhr der junge Mann ernst fort.
»Natürlich, natürlich«, sagte Tuppence ungeduldig. »Sprechen Sie nur nicht mit mir wie mit einem zweijährigen Kind! Die Sache ist nicht ungefährlich, das wissen wir beide. Was ist das für ein Zeug da?«
»Ja, also . . .« Der junge Mann zögerte. »Darum handelt es sich gerade. Ich habe Auftrag, Ihnen einen bestimmten Vorschlag zu machen. Aber . . . also gern tu ich's nicht, gar nicht gern.«
Tuppence sah ihn kalt an.
»Und warum nicht?«
»Schließlich sind Sie ja Deborahs Mutter. Und ich denke . . . wirklich, was wohl Deb sagen würde, wenn . . . wenn . . .«
»Wenn mir etwas zustieße?« fragte Tuppence. »An Ihrer Stelle würde ich ihr nichts davon erzählen. Erklärungen führen nur zu Mißverständnissen, hat einmal ein kluger Mann gesagt.« Dann lächelte sie ihn freundlich an. »Mein lieber Junge, ich kann mir genau vorstellen, wie Ihnen zumute ist. Sie meinen, Sie und Deb und überhaupt alles, was jung ist, kann sich ruhig in Gefahr begeben, aber ältere Damen müssen geschont werden. Großer Unsinn, mein Junge. Wenn jemand draufgehen soll, dann doch lieber die Älteren, die das Beste vom Leben schon gehabt haben. Aber nun sehen Sie mich nicht länger an wie ein Heiligtum, weil ich Deborahs Mutter bin, sondern erzählen Sie mir endlich, was es mit diesem gefährlichen und unangenehmen Auftrag für mich auf sich hat.«
»Sie sind eine großartige Frau!« rief Tony begeistert.
»Schluß mit Komplimenten«, sagte Tuppence. »Ich habe selbst eine sehr hohe Meinung von mir, also brauchen Sie

mich darin nicht auch noch zu bestärken. Worin besteht mein Auftrag?«
Tony wies mit einer Handbewegung auf den zerknüllten Stoffballen.
»Das sind die Überbleibsel eines Fallschirms«, erklärte er.
»Oho«, sagte Tuppence mit funkelnden Augen.
»Es war nur ein einziger Fallschirm«, fuhr Marsdon fort. »Glücklicherweise ist die Küstenwache hier reichlich vertreten, und die Wachmannschaft war auf der Hut. Die Leute waren rechtzeitig zur Stelle, um sie festzunehmen.«
»Sie?«
»Ja, sie. Es war eine Frau, als Krankenschwester verkleidet. Eine nicht mehr ganz junge Frau, mittelgroß, dunkelhaarig, zierlich gebaut.«
»Mit einem Wort: so ähnlich wie ich?«
»Sie haben es erfaßt.«
»Und?« fragte Tuppence.
»Ja«, sagte Tony langsam, »nun kommt es auf Sie an.«
»Schon im Bilde«, erwiderte Tuppence lächelnd. »Wohin soll ich gehen und was soll ich tun?«
»Mrs. Beresford, Sie sind ein Prachtmensch. Nerven haben Sie!«
»Wohin soll ich gehen, und was soll ich tun?« wiederholte Tuppence ungeduldig.
»Leider sind die Instruktionen recht spärlich. Die Frau hatte in ihrer Tasche ein Stück Papier, darauf stand auf deutsch *›Weg nach Leatherbarrow, gerade östlich vom Steinkreuz. St. Asalph's Road 14. Dr. Binion‹*.«
Tuppence blickte auf. Oben auf dem Hügel, ganz nahe, stand ein steineres Kreuz.
»Das ist es«, sagte Tony. »Die Wegweiser sind natürlich alle fort. Aber Leatherbarrow ist ein größerer Ort, und wenn Sie sich vom Kreuz aus genau östlich halten, müssen Sie hinkommen.«
»Wie weit?«
»Mindestens acht Kilometer.«
Tuppence schnitt eine kleine Grimasse. »Na, Spazierengehen vor dem Mittagessen soll ja der Gesundheit zuträglich sein«,

meinte sie. »Aber hoffentlich lädt mich Dr. Binion zum Essen ein, wenn ich ankomme.«
»Sprechen Sie deutsch, Mrs. Beresford?«
»Gerade das, was man im Hotel braucht. Nein, ich werde englisch sprechen. Ich kann ja sagen, daß meine Instruktionen mir das vorschreiben.«
»Das scheint mir sehr gewagt«, meinte Marsdon.
»Unsinn. Wer wird denn auf den Gedanken kommen, daß ich nicht die Richtige bin? Weiß etwa die ganze Gegend, daß jemand mit dem Fallschirm herunterkam und festgenommen wurde?«
»Die beiden Wachleute, die die Nachricht brachten, werden vorläufig festgehalten. Sie sollen nicht allen Freunden von ihrer Heldentat erzählen.«
»Also?«
»Wir haben alles Nötige hier«, sagte Tony. »Auch eine Frau von der Polizei, Spezialistin für Verkleidungen und Maskierungen. Kommen Sie bitte.«
Im Baumgestrüpp stand ein halbverfallener Schuppen. Vor der Tür erwartete sie eine ältere Frau mit energischem Gesicht.
Sie blickte Tuppence an und nickte zustimmend.
Im Schuppen setzte Tuppence sich auf eine umgestülpte Kiste und überließ sich den erfahrenen Händen der Polizistin. Schließlich gab die Frau sie frei, trat zurück, nickte wieder zustimmend und bemerkte: »So, fertig. Nicht übel, gar nicht übel. Was meinen Sie, Sir?«
»Ausgezeichnet!« rief Tony.
Tuppence streckte die Hand aus und nahm von der Frau einen Spiegel entgegen. Sie betrachtete ihr Gesicht und hätte vor Überraschung fast geschrien.
Ihre Brauen, in einer völlig veränderten Weise geschwungen, gaben dem Gesicht einen fremden Ausdruck. Die Haut war durch kleine, von Löckchen verdeckte Heftpflaster über den Ohren hochgezogen, so daß das ganze Gesicht verändert war. Der Nase war ein Stück Plastilin aufgesetzt, und auf einmal hatte Tuppence ein Adlerprofil. Tiefe Furchen zu beiden Seiten des Mundes ließen sie mehrere Jahre älter er-

scheinen. Alles in allem sah sie sanft und ein wenig einfältig aus.
»Unglaublich geschickt gemacht«, sagte Tuppence bewundernd und betastete vergnügt ihre Nase.
»Geben Sie acht«, mahnte die Frau. »Könnten Sie übrigens das in den Backen halten?« Sie gab Tuppence zwei dünne Kautschukscheibchen.
»Wenn's sein muß«, seufzte Tuppence, nicht gerade begeistert.
Sie schob die Scheibchen in den Mund und rückte sie mit der Zunge in die Backentaschen. »Es ist gar nicht mal so unbequem«, gab sie dann zu.
Nun verließ Tony diskret den Schuppen; Tuppence zog ihre Kleider aus und legte die Schwesterntracht an. Sie paßte ihr ganz gut, nur um die Schultern spannte sie ein wenig. Die dunkelblaue Haube vollendete ihre neue Erscheinung. Aber zu den derben, breiten Schuhen konnte sie sich nicht entschließen.
»Wenn ich acht Kilometer laufen soll«, sagte sie, »dann muß ich schon meine eigenen Schuhe tragen.«
Beide gaben zu, daß sie recht hatte – auch paßten ihre festen Schuhe gut zu der Schwesterntracht.
Sehr interessiert sah sie dann in die dunkelblaue Handtasche: zwei Pfund, vierzehn Shilling und etwas Kupfergeld in englischer Währung; ein Taschentuch und eine Identitätskarte auf den Namen Freda Elton, Manchester Road 4, Sheffield.
Tuppence verstaute ihren Puder und ihren Lippenstift in der Tasche und stand auf, zum Gehen bereit.
Tony Marsdon wandte den Kopf ab. »Ich komme mir vor wie ein Schwein«, brummte er, »ich dürfte es nicht zulassen.«
»Ich kann mir genau vorstellen, wie Sie sich vorkommen.«
»Sehen Sie, wenn die Sache nicht so verzweifelt notwendig wäre ... wir müssen unbedingt in Erfahrung bringen, wo und wie der Angriff geplant ist.«
Tuppence klopfte ihm auf den Arm. »Machen Sie sich keine Sorgen, mein Junge«, tröstete sie. »Ob Sie es glauben oder nicht, die ganze Sache macht mir einen Riesenspaß.«

»Sie sind einfach großartig«, sagte Tony Marsdon mit einem Seufzer.

Tuppence fühlte sich ziemlich müde, als sie das Haus Nr. 14 an der St. Asalph's Road erreicht hatte und aus dem Türschild ersah, daß Dr. Binion Zahnarzt war.
Mit einem Seitenblick bemerkte sie Tony Marsdon. Er saß ein paar Häuser weiter entfernt in einem schnittigen Auto. Sie hatten beschlossen, daß Tuppence, genau der Instruktion folgend, zu Fuß nach Leatherbarrow gehen mußte, denn es hätte auffallen können, wenn sie im Auto gefahren wäre.
Tatsächlich waren zwei feindliche Flugzeuge ziemlich tief in weiten Schleifen über die Dünen geflogen; von diesen Flugzeugen aus konnte ein Beobachter die einsame Gestalt der Krankenschwester leicht verfolgen.
Tony war zusammen mit der Polizistin in der entgegengesetzten Richtung fortgefahren und hatte Leatherbarrow auf einem weiten Umweg erreicht. Jetzt hielt er auf der St. Asalph's Road Wache, und alles war bereit.
»Und auf fliegen die Türen der Arena«, murmelte Tuppence vor sich hin, »und eine Christin tritt ein, den Löwen zum Fraß. Uninteressant ist mein Leben wirklich nicht!«
Sie läutete. Dabei überlegte sie, was für Gefühle Deborah wohl für Tony Marsdon hegen mochte.
Die Tür wurde von einer stämmigen älteren Frau geöffnet.
»Ist Dr. Binion zu sprechen?« fragte Tuppence.
Die Frau sah sie langsam von oben bis unten an.
»Sie sind wohl Schwester Elton?«
»Ja.«
»Kommen Sie bitte nach oben ins Sprechzimmer.«
Sie trat zurück und schloß die Tür hinter Tuppence. Sie standen jetzt in einem engen Hausflur mit Linoleumfußboden. Die Frau führte Tuppence nach oben und öffnete eine Tür im ersten Stock.
»Bitte, warten Sie einen Augenblick. Der Doktor wird gleich kommen.«
Sie ging hinaus und schloß die Tür hinter sich.

Ein sehr gewöhnliches Zahnarzt-Sprechzimmer, die Einrichtung etwas abgenutzt und schäbig.
Tuppence blickte auf den Stuhl und dachte lächelnd, daß er diesmal nicht den gewohnten Schrecken für sie verbarg. Sie fühlte sich zwar »wie beim Zahnarzt«, aber aus ganz anderen Gründen.
Nun würde gleich die Tür aufgehen und »Dr. Binion« hereinkommen. Wer war das wohl? Ein Ausländer? Oder jemand, den sie schon kannte? Halb und halb konnte sie sich ja denken, wer kommen würde ...
Die Tür öffnete sich.
Aber der Eintretende war ein ganz anderer als der, den Tuppence verdächtigt hatte. Niemals hätte sie an diesen Menschen gedacht.
Es war Commander Haydock.

14

Eine Flut argwöhnischer Vermutungen wogte durch Tuppence' Hirn. Also hatte Haydock bei Tommys Verschwinden eine Rolle gespielt! Dann aber schob sie all diese Gedanken entschlossen beiseite. Jetzt hieß es mit allen Sinnen gespannt aufpassen und auf der Hut sein.
Würde Haydock sie erkennen oder nicht? Das war im Augenblick das wichtigste.
Sie hatte sich zuvor eisern darauf eingestellt, auf keinen Fall Erkennen oder auch nur die leiseste Überraschung zu verraten, wer immer auch kommen mochte, und so war sie jetzt sicher, daß sie sich der Lage angemessen verhielt.
Sie erhob sich und stand in bescheidener Haltung da, recht wie eine brave deutsche Frau vor dem Herrn der Schöpfung.
»Sie sind also gekommen«, sagte Haydock.
Er sprach englisch und benahm sich in der gewohnten Weise.
»Ja«, erwiderte Tuppence und fügte hinzu, als überreiche sie ihr Beglaubigungsschreiben: »Schwester Elton.«

Haydock lächelte, als habe sie einen Witz gemacht. »Schwester Elton! Ausgezeichnet.« Er blickte sie wohlwollend an. »Sie sehen täuschend echt aus«, bemerkte er freundlich.
Tuppence neigte den Kopf, sagte aber nichts. Sie wollte ihm die Führung des Gesprächs überlassen.
»Sie wissen doch wohl, was Sie zu tun haben?« fuhr Haydock fort. »Bitte, nehmen Sie Platz.«
Tuppence setzte sich gehorsam. »Ich erwarte von Ihnen genauere Instruktionen«, sagte sie.
»Sehr tüchtig«, sagte Haydock. Seine Stimme klang ein wenig spöttisch.
»Sie wissen den Tag?« fuhr er fort.
»Der Vierte.«
Haydock fuhr auf. Seine Stirn legte sich in tiefe Falten. »Das wissen Sie also?« murmelte er.
Eine Pause entstand.
»Wollen Sie mir bitte sagen«, brach Tuppence das Schweigen, »was ich zu tun habe?«
»Nur Geduld, meine Liebe«, antwortete Haydock. Nach kurzem Überlegen fragte er: »Zweifellos haben Sie vom Sans Souci gehört?«
»Nein«, entgegnete Tuppence.
»Nein?«
»Nein«, sagte Tuppence fest.
Der Commander lächelte seltsam.
»Sie haben also nichts vom Sans Souci gehört? Das überrascht mich allerdings sehr. Ich dachte nämlich, Sie hätten den letzten Monat dort gelebt . . .«
Totenstille.
»Was sagen Sie dazu? Nun, Mrs. Blenkensop?« fragte Haydock.
»Ich weiß nicht, was Sie meinen, Dr. Binion. Ich landete heute früh hier mit dem Fallschirm.«
Wieder lächelte Haydock – ein höchst unangenehmes Lächeln.
»Ein paar Meter Segeltuch in einem Gebüsch können allerhand vortäuschen«, sagte er. »Ich bin auch nicht Dr. Binion, Verehrteste. Dr. Binion ist nur mein Zahnarzt – aber zuwei-

len ist er so freundlich, mir seine Arztwohnung für einige Zeit zur Verfügung zu stellen.«
»Ach?«
»Jawohl, Mrs. Blenkensop! Oder ist es Ihnen lieber, wenn ich Sie mit Ihrem richtigen Namen Beresford anrede?«
Wieder tiefe Stille. Tuppence atmete tief.
Haydock nickte ihr zu.
»Sie sehen, das Spiel ist verloren. Sie sind mir ganz brav ins Garn gegangen.«
Ein scharfes Knacken, ein stählernes Aufblitzen in seiner Hand.
»Und nun rate ich Ihnen«, sagte er mit schneidender Stimme, »keinen Lärm zu schlagen und die Nachbarschaft nicht aufmerksam zu machen! Bevor Sie den Mund öffnen würden, wären Sie schon tot. Aber selbst wenn man Sie schreien hörte, würde sich niemand darum kümmern. Beim Zahnarzt hört man wohl dann und wann einen Aufschrei.«
»Sie haben, wie es scheint, alles gründlich überlegt«, sagte Tuppence sehr ruhig. »Aber haben Sie auch bedacht, daß meine Freunde wissen, wo ich bin?«
»Aha, der treuergebene braunäugige Knabe? Der junge Tony Marsdon, ja? Tut mir leid, Mrs. Beresford, aber gerade Marsdon ist eine unserer Hauptstützen hierzulande. Ich sagte Ihnen ja schon, ein paar Meter Segeltuch täuschen allerhand vor. Seine Fallschirmerzählung haben Sie glatt geschluckt.«
»Und wohinaus wollen Sie mit der ganzen Komödie?«
»Haben Sie das noch nicht begriffen? Nun, Ihre Freunde sollen Ihre Spur nicht allzu leicht finden. Sie führt nach Yarrow und zu einem Mann in einem Auto. Aber eine Krankenschwester, die Ihnen gar nicht ähnlich sieht und zwischen ein und zwei Uhr nach Leatherbarrow gegangen ist, dürfte schwerlich mit Ihrem Verschwinden in Zusammenhang gebracht werden.«
»Sehr geschickt ausgedacht«, warf Tuppence ein.
»Ich bewundere Ihre Kaltblütigkeit«, sagte Haydock. »Wirklich, ich hege große Bewunderung für Sie. Es tut mir leid, daß ich mit allen Mitteln gegen Sie vorgehen muß – aber es

ist äußerst wichtig. Wir müssen wissen, was Sie im Sans Souci entdeckt haben, es hängt zuviel davon ab.«
Tuppence gab keine Antwort.
»Ich rate Ihnen«, fuhr Haydock ruhig fort, »freiwillig zu reden. Sie werden verstehen – ein Zahnarztstuhl und ein paar Instrumente –, es gibt gewisse Möglichkeiten, Sie zu zwingen.«
Tuppence warf ihm nur einen verächtlichen Blick zu.
Haydock lehnte sich im Stuhl zurück. »Eine Memme sind Sie nicht, weiß Gott«, sagte er langsam. »Ich kenne diesen Typ. Zart – mit Stahlnerven. Aber wie steht es nun mit der schlechteren Hälfte?«
»Was soll das heißen?«
»Ich spreche von Thomas Beresford, Ihrem Mann, zuletzt im Sans Souci unter dem Namen Mr. Meadowes lebend. Er liegt jetzt gefesselt im Keller meines Hauses.«
»Das glaube ich nicht«, entgegnete Tuppence scharf.
»Ach, Sie meinen, wegen des Penny-Plain-Briefes. Haben Sie noch nicht gespannt, daß der Brief diesmal ausnahmsweise von unserem Tony kam? Sie waren so nett, ihm den Familiencode zu verraten; damit haben Sie ihm eine gute Handhabe gegeben.«
Jetzt zitterte Tuppence' Stimme.
»Also dann wäre Tommy . . . Tommy ist . . .«
»Er ist nach wie vor in meiner Gewalt. Entschließen Sie sich. Wenn Sie meine Fragen zufriedenstellend beantworten, geben Sie ihm eine Chance. Wenn nicht – nun, ein Schlag auf den Kopf, und dann hinaus aufs Meer und über Bord.«
Tuppence schwieg eine Weile.
»Was wollen Sie wissen?« fragte sie dann tonlos.
»Was ich wissen will? Wer Sie beauftragt hat, auf welche Weise Sie sich mit Ihren Auftraggebern verständigen, was Sie ihnen bisher berichtet haben und – genauestens – was Sie schon in Erfahrung gebracht haben.«
Tuppence zuckte die Schultern. »Ich kann Ihnen vorlügen, was mir gerade einfällt«, wandte sie ein.
»O nein, ich werde alle Ihre Angaben nachprüfen.« Er zog seinen Stuhl etwas näher und wurde sehr freundlich und

eindringlich. »Meine liebe Mrs. Beresford, ich kann mich gut in Ihre Lage versetzen; glauben Sie mir, ich hege wirklich die größte Bewunderung für Sie und Ihren Mann. Sie haben großen Mut. Solche Menschen brauchen wir im neuen Staat, in dem künftigen Staat, wenn das augenblickliche idiotische Regime einmal fortgefegt ist. Wir wünschen von Herzen, aus einigen unserer jetzigen Feinde gute Freunde zu machen – natürlich nur die, um die es die Mühe lohnt. Unter Umständen muß ich den Befehl geben, daß Ihr Mann liquidiert wird – ist ja meine Pflicht! – aber ich tue es höchst ungern. Er ist ein Prachtmensch – ruhig, anspruchslos, gescheit. Ich möchte, daß Sie mich verstehen – es ist so schwierig, in diesem Lande für unsere neue Weltanschauung Verständnis zu finden. Der Führer denkt nicht daran, das Land zu erobern in dem Sinne, wie alle glauben. Er will nur ein neues England schaffen – ein starkes, mächtiges Reich – von Engländern, nicht von Deutschen regiert. Aber von den Besten unter den Engländern, von rassereinen Menschen mit Schneid und Mut. Eine starke neue Welle, die will er schaffen.«

Er lehnte sich weiter vor.

»Schluß mit aller Zauderei und Unfähigkeit, mit Bestechung und Korruption. Schluß mit Geldgier und Profitsucht – und in diesem neuen Staat der Starken brauchen wir Menschen wie Sie und Ihren Mann – tapfer, tüchtig – einst unsere Feinde, jetzt unsere Freunde. Ahnen Sie überhaupt, wie viele hierzulande, wie auch in anderen Ländern, mit uns sympathisieren und an unsere Ziele glauben? Wir alle werden das neue Europa schaffen – ein Europa des Friedens und des Fortschritts. Versuchen Sie es einmal – sehen Sie die Zukunft mit unseren Augen an – denn, glauben Sie mir, nur wir kennen den rechten Weg . . .«

Seine Stimme klang beschwörend. Er neigte sich zu ihr, jeder Zoll die Verkörperung des ehrlichen »englischen Seemanns«. Tuppence blickte ihn an und zermarterte sich den Kopf nach der richtigen Antwort. Aber nur etwas fiel ihr ein, und das war frech, kindisch, unverschämt.

»Hopp, hopp, hopp, Pferdchen, lauf Galopp!« trällerte Tuppence vor sich hin.

Die Wirkung war so überwältigend, daß sie zurückfuhr. Haydock schnellte in die Höhe, sein Gesicht wurde dunkelrot vor Wut; mit einem Schlag war jede Ähnlichkeit mit dem Prototyp des herzlich-biederen englischen Seemanns weggewischt. Jetzt sah sie, was Tommy damals gesehen hatte – den tobsüchtigen, brutalen Preußen.
Er fluchte in fließendem Deutsch. Dann besann er sich, wechselte ins Englische hinüber.
»Sie verfluchtes kleines Luder!« schrie er sie an. »Wissen Sie denn nicht, daß Sie sich mit dieser Antwort alles verdorben haben? Jetzt ist es aus mit Ihnen – mit Ihnen und Ihrem Mann! Anna!« schrie er mit erhobener Stimme.
Die Frau, die Tuppence geöffnet hatte, kam ins Zimmer. Haydock drückte ihr die Pistole in die Hand.
»Bewachen Sie sie. Wenn nötig, schießen Sie.«
Er stürmte aus dem Zimmer.
Tuppence blickte Anna, die mit undurchdringlichem Gesicht vor ihr stand, freundlich an.
»Würden Sie wirklich auf mich schießen«, fragte sie.
»Geben Sie sich keine Mühe. Mich kriegen Sie nicht rum«, antwortete Anna ruhig. »Im vorigen Krieg wurde mein Sohn getötet, mein Otto. Damals war ich achtunddreißig, heute bin ich zweiundsechzig – aber ich habe es nicht vergessen.«
Tuppence sah in das breite, undurchdringliche Gesicht. Es erinnerte sie an das Gesicht der Polin, der Wanda Polonska. Die gleiche erschreckende Wildheit, die gleiche dumpfe Beschränktheit – besessen von einem einzigen Trieb – Mutterschaft – kein Raum für einen anderen Gedanken! Zweifellos gab es auch in England solche Frauen. Mit Vertreterinnen dieser Gattung konnte man nicht diskutieren. Sowenig wie mit der Löwenmutter, der man ihr Junges genommen hat.
Ganz undeutlich fühlte Tuppence in ihrem Hirn etwas rumoren – eine nagende Erinnerung, etwas, das stets dort genistet hatte, aber nie an die Oberfläche des Bewußtseins gelangt war. Salomon ... es hatte mit König Salomon ... zu tun ...

Die Tür ging auf. Commander Haydock kam zurück.
Vor Wut brüllte er: »Wo ist es? Wo haben Sie es versteckt?«
Tuppence starrte ihn an. Sie war völlig verwirrt; sie verstand kein Wort von dem, was er sagte.
»Raus!« schrie Haydock Anna an.
Die Frau gab ihm die Pistole zurück und verließ schnell das Zimmer.
Haydock ließ sich auf einen Stuhl fallen und rang nach Fassung.
»Sie können doch nichts damit anfangen«, keuchte er. »Sie sind in meiner Gewalt, und ich weiß, wie man Leute zum Reden bringt – angenehm ist das nicht. Sie werden mir schließlich doch die Wahrheit sagen müssen. Also heraus damit – was haben Sie damit gemacht?«
Blitzschnell begriff Tuppence, daß sich ihr hier auf alle Fälle wenigstens eine Gelegenheit zum Verhandeln bot. Ein Aufschub! Aber wovon sprach er nur? Was glaubte er in ihrem Besitz?
»Woher wissen Sie überhaupt, daß ich es habe?« fragte sie vorsichtig.
»Durch Ihre Antwort natürlich, verdammte Närrin! Jetzt können Sie mir nichts mehr vormachen! Bei sich tragen Sie es nicht, das ist klar. Sie haben sich ja ganz umgezogen, bevor Sie zu mir kamen.«
»Und wenn ich es nun irgendwo sicher hinterlegt hätte?« tastete Tuppence sich weiter.
»Ach, Albernheiten! Alles, was Sie seit gestern an Briefen aufgegeben haben, ist überwacht worden. Sie haben nichts weggeschickt. Und wo wollten Sie in Leahampton etwas hinterlegen? Bleibt nur die eine Möglichkeit: Sie haben es heute früh vorm Weggehen im Sans Souci versteckt. Ich gebe Ihnen drei Minuten, um mir das Versteck zu nennen.«
Er legte seine Uhr auf den Tisch.
»Drei Minuten, Mrs. Beresford.«
Die Uhr auf dem Kaminsims tickte.
Tuppence saß ganz still da, mit unbeweglichem, undurchdringlichem Gesicht.
Nichts verriet die rasende Flucht ihrer Gedanken.

Wie in einem blendenden Licht sah sie plötzlich alles, die ganzen Zusammenhänge in schneidender Klarheit ... ja, jetzt wußte sie, wer der Mittelpunkt, das Haupt der ganzen Organisation war.
Es gab ihr einen Ruck, als Haydock jetzt sagte: »Noch zehn Sekunden ...«
Wie im Traum beobachtete sie ihn, sah ihn den Arm, die Pistole heben, hörte seine Stimme: »Eins, zwei, drei, vier, fünf ...« Er hatte bis acht gezählt, da krachte der Schuß. Er fiel im Stuhl nach vorn, einen verblüfften Ausdruck auf dem breiten, roten Gesicht. Er hatte sein Opfer so gierig gespannt im Auge behalten, daß ihm entgangen war, wie sich die Tür hinter ihm langsam öffnete.
Wie der Blitz sprang Tuppence auf, rannte durch die Schar der uniformierten Männer im Korridor und umklammerte einen Arm in rauhem Wollstoff.
»Mr. Grant!«
»Ja, ja, liebe Mrs. Beresford, es ist alles in Ordnung. Sie haben sich einfach wunderbar gehalten.«
Aber Tuppence schnitt ihm die Lobesrede ab.
»Rasch! Keine Zeit zu verlieren. Haben Sie ein Auto hier?«
»Ja«, erwiderte er verständnislos.
»Ein schnelles? Wir müssen sofort ins Sans Souci, sofort! Mein Gott, wenn wir nur noch rechtzeitig kommen! Bevor man hier anruft und keine Antwort erhält.«
Zwei Minuten später saßen sie im Auto und rasten durch die Straßen von Leatherbarrow. Dann waren sie auf freiem Gelände, und die Nadel des Tachos stieg und stieg.
Mr. Grant fragte nichts. Er saß ganz still, während Tuppence mit wachsender Angst auf den Tacho starrte. Der Chauffeur hatte seine Anweisungen bekommen und holte alles, was nur möglich war, aus dem Wagen heraus.
Nur einmal sprach Tuppence.
»Tommy?«
»Keine Sorge. Vor einer halben Stunde befreit.«
Endlich, endlich näherten sie sich Leahampton. Jetzt ging es langsamer, erst durch die Stadt, dann den Hügel hinauf.
Tuppence sprang aus dem Wagen und stürzte mit Mr. Grant

über den Gartenweg zum Haus. Die Tür zur Halle stand offen wie gewöhnlich. Niemand war drin. Leichtfüßig raste Tuppence die Treppe hinauf.
Im Vorbeigehen warf sie einen Blick in ihr eigenes Zimmer. Alles war durcheinandergeworfen, die Schubladen herausgezogen, das Bett in Unordnung. Sie nickte und lief durch den Korridor, ins Schlafzimmer von Mr. und Mrs. Cayley. Das Zimmer war leer. Es sah tieffriedlich aus und roch nach Medikamenten.
Tuppence ging flink zu den Betten und riß die Laken heraus. Sie fielen zu Boden, und Tuppence fuhr mit der Hand unter die Matratze. Triumphierend wandte sie sich Mr. Grant zu, ein zerlesenes und halbzerrissenes Kinderbuch in der Hand.
»So! Da haben wir alles!«
»Was, in Gottes Namen . . .«
Sie drehten sich um. Da stand Mrs. Sprot in der Tür und starrte sie an.
»Und nun«, sagte Tuppence, »will ich Ihnen M. vorstellen. Jawohl, Mrs. Sprot! Ich hätte es schon längst merken sollen.«
Mrs. Cayley, die einen Augenblick später eintrat, löste die starre Spannung.
»Mein Gott«, stieß sie empört hervor und betrachtete entsetzt ihres Eheliebsten zerwühltes Bett, »was wird nur mein Mann sagen?«

15

»Längst hätte ich es wissen müssen!« sagte Tuppence.
Sie belebte ihre zerrütteten Nerven mit einem großen Glas Kognak und strahlte abwechselnd Tommy und Mr. Grant an – nicht zu vergessen Albert, der mit einem Krug Bier am Tisch saß und von einem Ohr zum andern grinste.
»Nun erzähle uns alles, Tuppence«, drängte Tommy.
»Du zuerst«, entgegnete Tuppence.
»Da gibt es nicht viel zu erzählen«, sagte Tommy. »Es war reiner Zufall, daß ich den Geheimsender entdeckte. Ich

dachte dann, Haydock würde mich laufenlassen, aber er war mir über.«
Sie nickte. »Er rief natürlich sofort Mrs. Sprot an. Sie lief in den Garten hinaus und lauerte dir mit dem Hammer auf. Sie war nur drei Minuten vom Bridgetisch fort. Mir fiel auf, daß sie etwas atemlos zurückkam, aber gerade sie hätte ich nie verdächtigt.«
»Alles übrige«, fuhr Tommy fort, »ist ausschließlich Alberts Verdienst. Er durchschnüffelte die Gegend wie ein treuer Hund. Ich schnarchte ein paar Morsezeichen, und er begriff. Dann lief er mit seiner Neuigkeit zu Mr. Grant, und beide kamen gestern abend zurück. Weiteres Verständigungs-Geklopfe und -Geschnarch! Ergebnis: Ich blieb, wo und wie ich war, so daß wir das deutsche Boot bei seiner Landung erwischen konnten.«
»Als Haydock heute früh fortging«, fügte jetzt Mr. Grant seinen Anteil zur Ergänzung bei, »besetzten unsere Leute das ›Schmugglernest‹. Und abends haben wir glücklich das Boot geschnappt.«
»Und nun du, Tuppence«, sagte Tommy. »Heraus mit deiner Geschichte!«
»Vor allen Dingen«, begann Tuppence, »war ich die ganze Zeit über einfach dumm. Jeden Menschen hatte ich in Verdacht, nur nicht Mrs. Sprot! Es ist richtig, einmal spürte ich eine furchtbare Bedrohung – nachdem ich das Telefongespräch abgehört hatte, die Nachricht über den geheimnisvollen Vierten. Drei Menschen waren damals um mich, aber ich schrieb die qualvolle Beklemmung Mrs. Perenna oder Mrs. O'Rourke zu. Ganz falsch, gerade das farblose Durchschnittswesen, die Sprot, war die große Gefahr.
So tappte ich weiter im dunkeln. Da verschwand Tommy plötzlich. Ich war gerade dabei, mit Albert einen neuen Plan auszuhecken, als mir Tony Marsdon über den Weg lief. Zuerst schien alles in Ordnung mit ihm – einer der Jünglinge, die Deb im Schlepptau hat. Aber da waren zwei Punkte, die mir zu denken gaben: erstens wurde mir, während ich mit ihm sprach, immer klarer, daß ich ihn nie zuvor gesehen hatte, daß er nie bei uns gewesen war. Zweitens schien er

zwar alles über meine Arbeit in Leahampton zu wissen, aber er glaubte Tommy in Schottland. Da stimmte doch etwas nicht. Wäre er eingeweiht gewesen, so hätte er vor allem über Tommy Bescheid wissen müssen. Tuppence, sagte ich mir, da stimmt etwas nicht.

Mr. Grant hatte mir erzählt, daß die Leute von der Fünften Kolonne überall stecken, an den unwahrscheinlichsten Stellen. Warum also nicht auch unter Deborahs Kollegen? Überzeugt war ich noch nicht, aber doch mißtrauisch genug, und da stellte ich ihm eine Falle. Ich erzählte ihm, Tommy und ich hätten einen bestimmten Code, um uns gegenseitig Nachrichten zukommen zu lassen. Wir haben natürlich auch einen, aber das ist die Postkarte mit dem Teddybären. Dem guten Tony erzählte ich ein Märchen vom ›Penny Plain, Twopence Coloured‹, und richtig, er ging prachtvoll auf den Leim: Heute früh bekam ich seinen Brief, und damit war ich meiner Sache sicher.

Alles Notwendige war schon vorher vorbereitet worden: Ich mußte nur noch den angeblichen Schneider anrufen und eine ›Anprobe‹ verschieben. Das war die Nachricht für Albert, daß der Fisch an der Angel saß.«

»Donnerwetter, das fuhr mir nicht schlecht in die Knochen!« fiel Albert ein. »Das wollen wir schon deichseln, dachte ich mir. Wir fuhren mit einem Bäcker-Lieferauto vors Tor vom Sans Souci und gossen draußen eine Pfütze von so einem klebrigen Zeug hin. Anis muß darin gewesen sein – es roch wenigstens so.«

»Und dann«, nahm Tuppence wieder den Faden auf, »kam ich heraus und trat ›achtlos‹ in die Pfütze. Der Bäckerwagen konnte mir leicht bis zum Bahnhof nachfahren, und als ich die Fahrkarte nach Yarrow löste, kam einer mit mir in den Schalterraum und hörte zu. Von da ab wurde die Sache etwas schwierig.«

»Die Hunde folgten dem Geruch sehr gut«, erzählte jetzt Mr. Grant. »Sie spürten ihn am Bahnhof von Yarrow auf, und nachdem Sie Ihren Schuh am Autoreifen abgerieben hatten, war die Spur wieder da, hinunter zu dem Baumgestrüpp, hinauf zum Steinkreuz und dann über die Dünen. Den Gegnern fiel es wohl nicht ein, wie leicht wir Ihnen folgen konnten, nachdem sie selbst Ihr Fortgehen festgestellt hatten und weggefahren waren.«

»Mir drehte sich aber doch der Magen um«, sagte Albert. »Schockschwerenot, Sie da drin in dem Haus – es konnte Ihnen ja doch alles mögliche zustoßen. Wir also los, durch ein Fenster an der Rückseite hinein, und die Frau geschnappt, als sie die Treppe runterlief. Na, wir kamen auch keine Sekunde zu früh.«

»Ich wußte ja, daß ihr kommen würdet«, sagte Tuppence. »Schwer war es nur, die Geschichte so lang wie möglich hinzuziehen. Wenn ich nicht gesehen hätte, wie die Tür aufging, hätte ich so getan, als wollte ich gestehen. Ich hatte ein wunderbares ›Geständnis‹ auf Lager. Wirklich aufregend, geradezu überwältigend war der Augenblick, als ich jählings die ganze Sache klar und deutlich erkannte und merkte, was für eine Gans ich gewesen war.«

»Und woher kam dir dieses Wissen so plötzlich?« fragte Tommy.

»*Hopp, hopp, hopp, Pferdchen, lauf Galopp*«, trällerte Tuppence prompt. »Als Commander Haydock diese Worte hörte, wurde er blaurot vor Wut. Und nicht etwa, weil das albern und unverschämt war. Nein, ich merkte, daß für ihn irgendein Sinn dahintersteckte. Und dann der Ausdruck dieser Frau – dieser Anna – sie machte ein Gesicht wie die Polin damals. Ja, und dann dachte ich natürlich an König Salomon, und auf einmal war alles klar.«

Tommy seufzte verzweifelt.

»Tuppence, wenn du das noch einmal sagst, bekomme ich einen Anfall. Was war klar? Und was in aller Welt hat König Salomon damit zu tun?«

»Weißt du nicht mehr die Geschichte von den beiden Frauen, die mit dem Kindchen zu König Salomon kamen? Beide behaupteten, es sei ihr Kind, aber Salomon sagte: Gut, wir werden es zerschneiden, mag jede die Hälfte bekommen. – Die falsche Mutter sagte: Abgemacht! Aber die wahre Mutter sagte: Nein, mag die andere es behalten. Denn sie wollte ihr Kind nicht töten lassen. – Als Mrs. Sprot damals die Polin erschoß, sagtet ihr alle, das sei ein wahres Wunder, und wie leicht sie ihr Kind hätte treffen können. Daß ich nicht damals schon alles erraten habe! Wäre es ihr eigenes Kind gewesen, so hätte sie den Schuß niemals gewagt. Das heißt, daß Betty nicht ihr Kind ist. Und deshalb mußte sie die andere Frau erschießen.«

»Warum? Wieso?«

»Natürlich war die andere Frau die wahre Mutter des Kindes.« Nun zitterte Tuppence' Stimme doch ein wenig. »Das arme Ding – gehetzt und gejagt. Sie kam als Flüchtling ins Land, bettelarm, und war froh, daß Mrs. Sprot ihre Betty adoptierte.«

»Aber warum sollte Mrs. Sprot das getan haben?«

»Tarnung! Ein psychologisches Meisterstück von Tarnung. Wer könnte es für möglich halten, daß eine Meisterspionin ihr Kind bei sich hat, wenn sie den großen Coup landen will! Aus diesem Grunde habe ja auch ich Mrs. Sprot nie in Betracht gezogen. Einfach des Kindes wegen. Aber die wahre Mutter litt qualvolle Sehnsucht nach Betty, sie fand Mrs. Sprots Adresse heraus und kam hierher. Dann trieb sie sich in der Nähe der Pension herum, um eine günstige Gelegenheit abzuwarten, und als sie schließlich die Gelegenheit fand, raubte sie ihr eigenes Kind.

Natürlich war Mrs. Sprot außer sich. Unter allen Umständen wollte sie das Eingreifen der Polizei vermeiden. Deshalb schrieb sie selbst den Zettel und behauptete, ihn in ihrem Zimmer gefunden zu haben; sie brachte es auch fertig, sich Major Bletchleys Pistole anzueignen. Als wir dann der armen Person auf die Spur gekommen waren, zögerte sie nicht – keinen Augenblick dachte sie mehr an das Kind – und schoß sie einfach nieder. Die und nicht mit Schußwaffen umgehen können! Eine glänzende Schützin ist sie. Ja, sie tötete die bejammernswerte Frau – und deshalb habe ich auch jetzt kein Mitleid mit ihr. Sie ist durch und durch schlecht.«

Tuppence machte eine Pause.

»Was mich auch noch auf die Fährte hätte führen müssen«, fuhr sie dann fort, »war die Ähnlichkeit zwischen Wanda Polonska und Betty. Es war Bettys Gesichtchen, an das mich

das Gesicht der Frau die ganze Zeit erinnert hatte. Und dann das Spiel mit meinen Schuhbändern. Wieviel wahrscheinlicher war es, daß sie das bei ihrer angeblichen Mutter gesehen hatte, nicht bei Carl von Deinim! Aber sobald Mrs. Sprot Betty dabei erwischt hatte, schmuggelte sie alles mögliche Verdächtige in Carls Zimmer, als Meisterstück dann noch die in Geheimtinte getauchten Schuhbänder. Es war nicht schwer, den Verdacht auf Carl zu lenken.«
»Ich freue mich, daß Carl unschuldig war«, sagte Tommy. »Ich mochte ihn gut leiden.«
»Er ist doch nicht erschossen worden?« fragte Tuppence angstvoll. Warum sprach Tommy in der Vergangenheit?
Mr. Grant schüttelte den Kopf.
»Alles in Ordnung mit Carl«, sagte er. »Tatsächlich habe ich eine Überraschung für Sie.«
»Das freut mich riesig«, erwiderte Tuppence mit einem plötzlichen Aufleuchten in den Augen. »Sheilas wegen! Und natürlich war es sehr dumm von uns, hinter Mrs. Perenna her zu sein – so kurzsichtig wie nur möglich.«
»Sie hat ein bißchen mit der Irischen Revolutionspartei kokettiert«, sagte Mr. Grant. »Das war alles.«
»Ich hatte Mrs. O'Rourke etwas in Verdacht, zuweilen auch die Cayleys . . .«
»Und ich Bletchley«, sagte Tommy.
»Und dabei war es dieses Fischblut, dieses völlige Nichts, das wir für Bettys Mutter hielten!«
»Fischblut?« meinte Mr. Grant. »Wohl schwerlich! Eine äußerst gefährliche Person und dabei eine glänzende Schauspielerin. Leider, leider ist sie Engländerin von Geburt.«
»Dann kann ich sie weder bewundern noch bemitleiden«, sagte Tuppence. »Wenn sie nicht einmal für ihr eigenes Land gearbeitet hat . . .« Mit frisch erwachter Neugier sah sie Mr. Grant an. »Haben Sie denn gefunden, was Sie wollten?«
Mr. Grant nickte.
»Es war alles in den zerfetzten und beschmutzten Kinderbüchern.«
»In den Büchern, die so ›bäh-bäh‹ und ›mutzig‹ waren, wie Betty sagt!« rief Tuppence.

»Das waren sie wirklich«, sagte Mr. Grant trocken. »Im *Rotkäppchen* sind alle Einzelheiten über unsere Flottenaufstellung enthalten. Im *Hans Guck-in-die-Luft* das gleiche für die R.A.F. Angaben über die Armee stehen im *Schneewittchen.*«

»Und *Hopp, hopp, hopp, Pferdchen, lauf Galopp*?« fragte Tuppence.

»Als dieses Buch chemisch behandelt wurde«, antwortete Mr. Grant, »fand sich darin, mit unsichtbarer Tinte geschrieben, die ganze Liste hervorragender Persönlichkeiten, die bei einer Invasion des Landes geholfen hätten. Unter ihnen zwei Polizeidirektoren, ein Vizemarschall der R.A.F., zwei Generäle, der Direktor einer Rüstungsfabrik, ein Minister, viele Polizeichefs, Befehlshaber der Ortsfeuerwehr, eine Unzahl niederer Grade aus Armee und Flotte. Natürlich auch Mitglieder des Geheimdienstes.«

Tommy und Tuppence starrten den Sprecher an.

»Unfaßbar!« stieß Tommy hervor.

Grant schüttelte den Kopf.

»O nein, nicht unfaßbar. Sie unterschätzen die Kraft der deutschen Propaganda. Sie rührt etwas in den Menschen an. Diese Leute geben sich dazu her, ihr Land zu verraten, nicht für Geld, sondern aus dem größenwahnsinnigen Stolz, daß sie in ihrem Vaterland eine Umwälzung zustande zu bringen vermögen.«

»Und jetzt?« fragte Tuppence.

Mr. Grant lächelte.

»Jetzt ... jetzt sollen sie nur kommen! Wir sind bereit!«

16

»Mum«, sagte Deb, »weißt du auch, daß ich beinahe etwas Gräßliches von dir gedacht hätte?«

»So?« sagte Tuppence. »Was denn?«

Ihre Augen ruhten voll Zärtlichkeit auf dem dunklen Kopf ihrer Tochter.

»Als du Vater nach Schottland folgtest und mich glauben machen wolltest, du seist bei Tante Gracy. Und dann warst du gar nicht bei ihr. Stell dir vor, da hab ich doch fast geglaubt, du hättest dir einen Schatz zugelegt!«

»Aber Deb! Wirklich?«

»Ernsthaft natürlich nicht. In deinem Alter! Und ich weiß doch auch, wie ihr ineinander vernarrt seid, du und der Rotkopf. Da war aber so ein Idiot, Tony Marsdon hieß er, der wollte mir das in den Kopf setzen. Und weißt du was? Dir kann ich's ja anvertrauen ... also später hat sich herausgestellt, daß dieser Tony zur Fünften Kolonne gehörte. Er redete allerdings immer schon ein bißchen verdreht daher – daß nichts schlechter werden würde, eher besser, wenn Hitler siegte.«

»Hast du dich ... hm ... mochtest du ihn gern?«

»Tony? Aber keine Spur! Er hat mich immer ziemlich gelangweilt. – Diesen Walzer muß ich aber tanzen.«

Sie schwebte im Arm eines blonden jungen Mannes fort. Tuppence folgte ihr mit den Blicken, dann wandte sie die Augen einem hochgewachsenen Jungen in R.A.F.-Uniform zu, der mit einem schlanken Mädchen tanzte.

»Tommy«, sagte sie, »ich finde unsere Kinder wirklich gar nicht so übel.«

»Hier kommt Sheila«, sagte Tommy.

Er stand auf, als Sheila Perenna sich dem Tisch näherte.

Sie trug ein smaragdgrünes Abendkleid, das ihre dunkle Schönheit prächtig zur Geltung brachte. Aber sie war heute abend eine zürnende Schönheit, und sie begrüßte ihre Gastgeber nicht sehr freundlich.

»Wie Sie sehen, bin ich gekommen«, sagte sie, »weil ich es versprochen hatte. Aber ich begreife nicht, warum Sie mich eingeladen haben.«

»Weil wir Sie gerne mögen«, gab Tommy lächelnd zurück.

»Wirklich?« fragte Sheila. »Aber warum? Das kann ich mir gar nicht vorstellen. Ich habe mich doch Ihnen beiden gegenüber abscheulich benommen.« Nach einer Pause murmelte sie leise: »Aber ich bin Ihnen dankbar.«

»Nun müssen wir Ihnen noch einen netten Tänzer suchen«, sagte Tuppence.

»Ich möchte nicht tanzen. Nein, ich verabscheue diese Tanzerei. Ich bin nur gekommen, um Sie beide zu sehen.«
»Der Tänzer, den wir für Sie eingeladen haben, wird Ihnen schon gefallen«, erwiderte Tuppence lächelnd.
»Ich . . .«, begann Sheila – und verstummte: Carl von Deinim kam durch den Raum auf sie zu.
»Du . . .«, stammelte sie fassungslos.
»Ja«, sagte Carl, »ich bin's wirklich.«
Aber er war diesen Abend anders als sonst. Sheila starrte ihn verwirrt an. Das Blut stieg ihr in die Wangen.
»Ich wußte ja, daß jetzt alles wieder in Ordnung ist«, sagte sie etwas atemlos. »Aber ich dachte, du wärst noch interniert?«
Carl schüttelte den Kopf. »Dazu besteht kein Grund mehr«, antwortete er. »Sheila«, fuhr er fort, »ich habe dich getäuscht, und dafür bitte ich dich um Verzeihung. Ich bin gar nicht Carl von Deinim. Diesen Namen habe ich aus ganz bestimmten Gründen angenommen. Carl von Deinim war mein Freund und Studiengefährte. Ich lernte ihn vor Jahren in England kennen. Noch vor dem Krieg knüpfte ich die alte Bekanntschaft in Deutschland wieder an. Ich war in einem besonderen Auftrag dort.«
»Du gehörtest zum englischen Geheimdienst in Deutschland?« fragte Sheila starr von Staunen.
»Ja. Während meines Aufenthalts dort ereigneten sich merkwürdige Dinge. Es fing damals an. Ein- oder zweimal wäre ich beinahe erwischt worden. Meine Pläne wurden bekannt. Es wurde mir klar, daß irgend etwas nicht stimmte, daß die ›Fäulnis‹, wie sie es nennen, sogar in das Amt, dem ich diente, eingedrungen war. Meine eigenen Leute versuchten, mir Fallen zu stellen. Carl und ich hatten eine flüchtige Ähnlichkeit – mein Großvater war Deutscher –, daher eignete ich mich so gut für die Arbeit in Deutschland. Carl war kein Nazi. Er kannte eigentlich nur ein Interesse: seine Arbeit – chemische Forschung. Kurz vor Kriegsausbruch beschloß er, nach England zu fliehen. Seine Brüder waren in Konzentrationslager gesteckt worden. Er vermutete, seine Flucht würde nur unter größten Schwierigkeiten zu bewerkstelligen sein, aber wunderbarerweise schwanden alle Hindernisse wie von selbst.

Als er mir das erzählte, wurde ich etwas mißtrauisch. Warum erleichterten die Behörden Carl von Deinim alles, warum begünstigten sie seine Ausreise, wo doch seine Brüder und andere Verwandte in Konzentrationslagern saßen und er selbst antinazistischer Gesinnung verdächtig war? Mir schien, man wollte ihn aus bestimmten Gründen gern in England sehen. Meine eigene Stellung wurde immer schwieriger. Carl wohnte im gleichen Haus wie ich. Eines Tages fand ich ihn, zu meinem Entsetzen, tot im Bett. Er war einer Depression erlegen und hatte sich das Leben genommen. Einen hinterlassenen Brief las ich und nahm ihn an mich.
Dann beschloß ich, mich in ihn zu verwandeln. Ich wollte fort von Deutschland, wollte in Erfahrung bringen, warum Carls Ausreise gefördert worden war. Ich zog der Leiche meine Kleider an und legte sie in mein Bett. Der Schuß, der durch den Kopf gegangen war, hatte sein Gesicht entstellt. Und meine Wirtin war halbblind, das wußte ich.
Mit Carls Papieren reiste ich nach England und wandte mich an die Adresse, zu der er sich hätte begeben sollen. Diese Adresse war die Pension Sans Souci.
Während meines Aufenthalts dort spielte ich die Rolle Carl von Deinims. Wie ich sah, war schon alles vorbereitet, damit er in einer chemischen Fabrik arbeiten könnte. Ich dachte zuerst, vielleicht wollte man ihn zwingen, für die Nazis zu arbeiten. Erst später fand ich heraus, daß mein armer Freund als Sündenbock hätte herhalten sollen.
Als ich infolge von Mrs. Sprots Machenschaften verhaftet wurde, sagte ich nichts. Ich wollte meine Identität erst so spät wie möglich aufdecken. So konnte ich besser erkennen, was eigentlich gespielt wurde. Erst vor wenigen Tagen wurde ich von einem unserer Leute erkannt. So kam die Wahrheit heraus.«
»Mir hättest du es erzählen sollen«, sagte Sheila vorwurfsvoll.
»Es tut mir leid, aber das durfte ich nicht«, erwiderte er sanft. Seine Augen senkten sich in ihre. Sie blickte ihn stolz und abweisend an – dann aber schmolz ihr Zorn dahin.
»Du mußtest handeln, wie du gehandelt hast«, sagte sie.

»Darling . . .« Er straffte sich. »Komm, wir wollen tanzen!« Er zog sie mit sich zur Tanzfläche.
Tuppence seufzte.
»Hoffentlich mag Sheila ihn immer noch, auch wenn er kein Deutscher ist, auf dem alle herumhacken.«
»Mir scheint, sie mag ihn sehr.«
»Ja, aber die Iren sind ein widerspruchsvolles Volk. Und Sheila ist die geborene Rebellin.«
»Aber warum hat er damals dein Zimmer durchsucht? Das hat uns ja so arg auf den Holzweg geführt.« Tommy lachte.
»Nun, vermutlich fand er die Mrs. Blenkensop nicht allzu überzeugend. Er hatte uns in Verdacht, genau wie wir ihn in Verdacht hatten.«
»Hallo, ihr zwei!« Derek Beresford tanzte mit dem jungen Mädchen am Tisch seiner Eltern vorbei. »Warum tanzt ihr nicht?« Er lächelte sie ermutigend an.
»Wie lieb sie uns behandeln. So wohlwollend. Einfach rührend«, sagte Tuppence.
Als der Tanz zu Ende war, kamen Deb und Derek mit ihren Tanzpartnern an den Tisch und setzten sich.
»Ich bin froh, daß du nun doch etwas tun kannst«, sagte Derek zu seinem Vater. »Interessant ist es wohl nicht?«
»Reine Bürohockerei«, gab Tommy Auskunft.
»Schadet nichts. Hauptsache, du hast etwas zu tun. Darauf kommt's schließlich an.«
»Und wie schön, daß Mutter nun auch arbeiten darf«, sagte Deborah. »Sie sieht jetzt viel froher und jünger aus. War es sehr langweilig?«
»Ach nein, langweilig eigentlich nicht«, antwortete Tuppence.
»Fein«, sagte Deborah. »Wenn der Krieg einmal zu Ende ist«, fügte sie hinzu, »kann ich dir auch etwas von meiner Arbeit erzählen. Sie ist wahnsinnig interessant, aber ganz geheim.«
»Wie aufregend«, bemerkte Tuppence.
»Ja, schrecklich aufregend und spannend. Natürlich nicht so spannend wie das Fliegen . . .« Neidisch blickte sie Derek an.
»Er soll ja demnächst vorgeschlagen werden, und zwar für . . .«

»Schnabel halten, Deb!« fiel Derek schnell ein.
»Sag mal, Derek«, begann Tommy, »was für Taten hast du eigentlich vollbracht?«
»Ach, gar nichts Besonderes«, murmelte der junge Flieger tief errötend. »Das haben wir alle gemacht. Weiß nicht, warum sie gerade auf mich verfallen sind.«
Er war so verlegen, als hätte man ihm eine Todsünde vorgeworfen.
Er stand auf, und das blonde Mädchen ebenfalls.
»Ich darf keinen Tanz auslassen«, sagte Derek. »Letzter Urlaubsabend.«
»Komm, Charles«, sagte Deborah.
Die beiden jungen Paare tanzten davon.
O mein Gott, betete Tuppence für sich, erhalte sie mir – laß ihnen nichts zustoßen ...
Sie blickte auf und traf Tommys Augen.
»Und die Kleine – was meinst du?« fragte er.
»Betty? O Tommy, wie froh ich bin, daß du daran denkst. Ich glaubte, nur ich mit meinem Mutterinstinkt ... Du bist also wirklich einverstanden?«
»Sie zu adoptieren? Warum denn nicht? Sie hat es bös getroffen – und uns wird es guttun, so etwas Junges im Haus zu haben.«
»O Tommy!«
Tuppence streckte die Hand aus und drückte die seine. Sie blickten einander an.
»Was einer von uns wünscht, will der andere immer auch«, sagte Tuppence glücklich.
Deborah tanzte an Derek vorbei.
»Sieh dir bloß die beiden an«, raunte sie ihm zu. »Nun halten sie sich doch wahrhaftig bei den Händen! Sind sie nicht goldig? Wir müssen besonders nett zu ihnen sein – so wenig schön, wie sie es jetzt im Krieg haben ...«